GOLDMANN

Buch

Unter dem Kommando des ebenso ehrgeizigen wie schwachköpfigen Kapitäns J. P. Horatio Jones kreuzt die *U.S.S. Eugene F. Ebersole*, ein heruntergekommener, rostiger Schiffsveteran, gegen Ende des Vietnamkriegs in asiatischen Gewässern. Um Karriere zu machen und sich bei seinem Kommandanten Whitman Filmore einzuschmeicheln, versucht Jones mit seiner Crew, den eigentlich schon verlorenen Krieg um jeden Preis anzuheizen. Aber ein unbekanntes Wesen droht die patriotische Mission der *Ebersole* zu sabotieren: Eine geheimnisvolle Gestalt schleicht nachts über Deck und hinterläßt anonyme Flugzettel, die zur Meuterei, ja schlimmer noch: zum Frieden aufrufen.

Eine höllische Karriere ist eine sarkastische Abrechnung mit dem militärischen Denken, für das der Krieg nicht die Hölle, sondern eine Karrierechance darstellt. Ein aber-witziger und bitter-böser Anti-Kriegs-Thriller in der Tradition von Joseph Hellers *Catch 22* oder Richard Hookers *M.A.S.H.*

Autor

Robert Littell wurde 1935 in New York geboren. Nachdem er eine Zeitlang Offizier bei der US-Marine war, arbeitete er von 1956–1970 als Auslandskorrespondent der Zeitschrift *Newsweek*. Anfang der siebziger Jahre ließ er sich in Frankreich nieder, um sich nur noch seiner schriftstellerischen Tätigkeit zu widmen.

Robert Littells Werke zeichnen sich durch ihre stilistische Brillanz, die psychologische Wahrhaftigkeit in der Charakterzeichnung und einen zuweilen abgrundtiefen Zynismus angesichts des Treibens der Militärs und Geheimdienste in Ost und West aus. »Dieser Zynismus«, hat Littell einmal in einem Interview mit der französischen Zeitung *Libération* bekannt, »basiert auf meiner Weltanschauung: Die beiden Supermächte wollen uns weismachen, daß es nur zwei Möglichkeiten gebe. Natürlich gibt es noch andere Alternativen, aber ein fast weltweites Komplott verhindert, daß sich die Dinge ändern und hält künstlich den (kalten) Krieg aufrecht. Die Militärs und die Nachrichtendienste wollen unbedingt den status quo beibehalten; schließlich leben sie davon. Ich kann da mitreden, da ich selbst einmal beim Militär war. Ich weiß genug über Berufssoldaten. Diese Leute brauchen diese Spiele. Sie lechzen nach Beförderung, müssen in Fahrt kommen, und schließlich haben sie das Bedürfnis, das zu machen, wozu man sie ausgebildet hat...«

Von Robert Littell sind bislang im Goldmann Verlag erschienen:
Der Töpfer. Roman. Gebunden (30065) · Der Springer (8582) · Task Force 753 (8477) · Sein oder Nichtsein... (8812)

ROBERT
LITTELL

Eine höllische Karriere

Roman

Deutsche
Erstveröffentlichung

GOLDMANN VERLAG

Aus dem Amerikanischen von Dr. Edda Petri-Bean
Die amerikanische Originalausgabe
erschien unter dem Titel
»Sweet Reason«
bei Houghton Mifflin Company, Boston

Made in Germany · 10/87 · 1. Auflage

Umschlaggestaltung: Design Team München
Umschlagillustration: James Douglas, München
Satz: IBV Satz- und Datentechnik GmbH, Berlin
Druck: Elsnerdruck, Berlin
Verlagsnummer: 8865
Lektorat: Dörte Middelhauve/G.R.
Herstellung: Peter Papenbrok
ISBN 3-442-08865-8

Jedes Eindringen,
wie geringfügig auch immer,
wird als faktisches Vergehen
betrachtet.

*(Aus dem Kodex der
Militärgerichtsbarkeit)*

YANKEE STATION

Der erste Tag

Oberleutnant Lustig kann das Maul nicht halten und läßt sich auf eine Wette ein

Erste Wache. Es goß in Strömen. Der Monsunregen prasselte aus einem so merkwürdigen Winkel herunter, daß er die ohnehin schon abblätternde graue Farbe der Deckaufbauten noch mehr wegwusch. Kurz ehe die Zweite Wache an Deck erschien, hörte der Regen plötzlich auf. Die Luft roch nach nasser Wolle, und man hörte wieder die üblichen Geräusche eines Schiffes auf hoher See. Niemals riß der Strom des Ozeans ab, der an der dünnen Außenhaut des Zerstörers vorbeistrich und wie ein Filzstift niemals endende Sätze markierte. Die anderen Geräusche waren die Interpunktion: das Knacken der Nieten, dumpfes Dröhnen der Hauptpropellerwellen, der Maschinen, der Reduktionsgetriebe, der Ventilatoren, Kondensatoren, Generatoren, Entlüfter, Kolben, Pumpen, Kessel und Bilgen. Schotts knallten, in den Leitungen gluckerte es. In der Kombüse rollte klappernd eine Blechtasse. Dann war da noch ein unterdrückter Fluch unter Deck, weil niemand das Ding aufhob, und das Blubbern von hunderttausend Luftblasen, die von den riesigen Schrauben ins Meer gejagt wurden und den Strom erzeugten, der am Rumpf vorbeistrich. Achtern wurde die brodelnde, phophoreszierende Schaumspur wie von einem Riesenrad in die sternenlose, pechschwarze Nacht geschleudert.

Auf der offenen Brücke hockte der Meldegänger der Wache und plagte sich damit ab, mit Lappen Messingplatten zu polieren. Er war ein wieseliger Typ, ein Gefreiter mit schmutzigen Fingernägeln und so vielen Mitessern auf der Stirn, daß man sie für Sommersprossen hätte halten können. Als Putzmittel verwendete er das Brausepulver Kool Aid, das noch aus der Zeit vor dem Verbot von Cyclamaten stammte. Eine Platte hatte er bereits fertigpoliert:

EUGENE F. EBERSOLE DD722
SCHNELL UND SICHER
BETHLEHEM STEELE COMPANY
STATEN ISLAND 20 DEC 1944

Mit der zweiten war er halb fertig. Diese hatte der Kapitän an dem Tag von den Schweißern anbringen lassen, an dem die *Ebersole* ins Kriegsgebiet ausgelaufen war – in einen Teil des Ozeans, den man Yankee Station nannte.

HART KÄMPFEN, WENN WIR K
HART ARBEITEN, WENN WIR A
HART SPIELEN, WENN WIR S
UN
VERMEIDUNG UNN
WÄHREND

»Und was hat er dann gesagt, Calvin?« fragte der Ausguck auf der Steuerbordseite. Er stand mit dem Rücken gegen das Ruderhaus gelehnt. Die Ellenbogen hatte er fest auf die Brust gestützt, um mit dem Feldstecher ruhig Sektor für Sektor die Nacht absuchen zu können, so wie man es ihm während der Grundausbildung beigebracht hatte. Das Fernglas ließ die Dunkelheit lediglich näher, undurchdringlicher und beklemmender erscheinen. Dennoch hielt er weiter Ausschau.

»Dein Vater, meine ich«, sagte der Ausguck wieder und versuchte, etwas zu erreichen, was noch niemandem gelungen war, nämlich mit Calvin Tevepaugh ein Gespräch in Gang zu halten, das länger als drei Minuten dauerte. Aber ihm war alles recht, wenn damit nur die Wache schneller verging. »Was hat er dann gesagt?«

Tevepaugh tunkte den Lappen in den Eimer mit dem Kool-Aid-Pulver und rieb mit kleinen konzentrischen Kreisen die

Platte. »Schei-ße!« antwortete er, um widerwillig seinen Teil zur Unterhaltung beizutragen. »Er wollte, daß ich was andres werd', wie das, was ich jetzt bin. Is ihm aber nie was eingefallen. Mir auch nich. Da bin ich nu eben hier, was ich bin.«

Die Messingplatte war jetzt sauber. Tevepaugh polierte sie noch mit einem trockenen, weichen Tuch nach und kratzte mit dem Daumennagel die letzten Körnchen Kool Aid aus den Buchstaben.

HART KÄMPFEN, WENN WIR KÄMPFEN
HART ARBEITEN, WENN WIR ARBEITEN
HART SPIELEN, WENN WIR SPIELEN
UND
VERMEIDUNG UNNÖTIGER STÖRUNGEN
WÄHREND RUHEPAUSEN

Der Ausguck ließ den Feldstecher am Riemen um den Hals baumeln. Tevepaugh machte sich jetzt daran, die Messingplatte mit den Schiffsbeschleunigungswerten zu polieren.

0 – 15 Knoten	1 Min
15 – 18 Knoten	1/2 Min
18 – 22 Knoten	1 Min

»Nu biste also hier, Calvin. Aber was *machste* eigentlich?« fragte der Ausguck nach einer Weile. Er konnte die Uhr hinter der Tür des Ruderhauses ticken hören.

»Was ich mache? Na, ich bin das einzige Mitglied eines einmaligen Ein-Mann-Orchesters auf dem ältesten Pott der ganzen gottverdammten Marine der Vereinigten Staaten. Genau das ist mein Scheißjob hier.«

Tevepaughs Beschreibung von sich war so genau wie jede, die ein Computer im Personalbüro der Marine ausgegeben hätte. Auf Wache war er der Meldegänger des Wachhabenden, putzte Messing, brachte Kaffee, weckte die Ablösung und tat alles, was irgendein höherer Rang (und jeder auf Wache bekleidete einen höheren Rang als er) ihm auftrug. Wenn er keine Wache schob, war er einfacher Gefreiter, der als Mädchen für alles die Lebensaufgabe hatte, auf dem vorderen Teil des Mittelgangs jeden Quadratzoll Messing oder Holz blitzblank zu halten, ansonsten würde ihm Chief McTigue, der die Deckmannschaft und den Geschützturm 51 mit eiserner Hand führte, den Arsch aufreißen. Wenn aber die *Ebersole* neben einem Flugzeugträger dahintukkerte, um während der Fahrt aufzutanken, zeigte Tevepaugh sein wahres Talent. Während die beiden Schiffe im Abstand von fünfzehn Metern auf Parallelkurs dahindampften, und der Zerstörer aus den riesigen Tanks des Flugzeugträgers Treibstoff in sich hineinlaufen ließ, hielt Tevepaugh auf dem Deck Hof, wo früher die Torpedorohre waren, die Anfang der sechziger Jahre abgebaut worden waren, zehn Jahre, nachdem man sie für überflüssig erklärt hatte. Er saß auf einem Kapitänsklappstuhl aus Segeltuch und hielt liebevoll eine kleine rote elektrische Gitarre in den Armen, die an zwei enorme Lautsprecher angeschlossen war. Tevepaughs Hardrock-Klänge übertönten locker die dreißig Mann starken Orchester mit auf Hochglanz polierten Blasinstrumenten, die auf dem Hangardeck des Trägers verbissen ihr »Anchors Aweigh« und »When the Saints Go Marching In« spielten.

Tevepaughs außergewöhnliche, eigentümliche Art, die anderen Kapellen auszuschalten, war bereits Tradition auf der *Ebersole*, als J. P. Horatio Jones sie als Kapitän übernahm. Der neue Käpt'n erwog ernstlich, diese Nummer zu streichen. »Das gehört sich doch nicht in der Marine«, beschwerte er sich bei seinem Ersten Offizier. »Außerdem kann man bei dem Krach ja kaum etwas übers Telefon verstehen.« Als er aber bei einer Auftankaktion vor Norfolk durch den Feldstecher die Brücke des Flaggschiffs inspizierte und entdeckte, daß der Konteradmiral leicht lächelnd die ungewöhnliche Darbietung zu genießen schien, legte er den Gedanken, Tevepaughs Auftritt zu verbieten, blitzschnell zu den Akten.

»Erster«, rief der Captain und deutete auf Tevepaugh, der auf dem Torpedodeck seine Gitarre vergewaltigte. »Wie heißt dieser Seemann?«

»Tevepaugh, Käpt'n. Gefreiter Calvin Tevepaugh«, antwortete der Erste Offizier.

»Calvin Tevepaugh, hm.« Captain Jones überlegte kurz. »Na schön, dann wollen wir mal sehen, ob wir dem Mann nicht einen Klappstuhl aus Segeltuch besorgen können. Dann muß er nicht mehr auf dieser Tonne sitzen, was?«

»Aye, Aye, Käpt'n.« Der Erste Offizier gab sofort die Order an den Versorgungsoffizier weiter, der daraufhin gleich den Tender des Zerstörers in Norfolk durchsuchte, und mit einem nagelneuen Kapitänsklappstuhl aus Segeltuch zurückkam.

»Ja, verdammt noch mal«, erklärte Tevepaugh dem Ausguck an der Steuerbordseite. »Genau das bin ich – ein Ein-Mann-Orchester.« Dann wischte er sich mit dem Ärmel seines Ölzeugs über die Mitesser.

»Ich«, fing der Ausguck an und versuchte, noch einen weiteren Tropfen Unterhaltung herauszupressen. »Ich bin Zeitsoldat, *ich* habe die ganze Scheiße bald hinter mir.«

»Zeitsoldat! Willst mich wohl verarschen?« feixte Tevepaugh. »Schei-ße! Mann, du hängst doch sofort wieder an der Angel. Du riechst doch meilenweit nach Profi. Wenn du Knete riechst, legst du doch eine Minute später schon wieder auf.«

»Würden wir das nicht alle?« meinte der Ausguck, worauf er und der Meldegänger der Wache über diese nackte Wahrheit laut lachten.

Plötzlich teilte sich die Dunkelheit, in die der Ausguck bis dahin gestarrt hatte. Ein Feuerstrahl blendete ihn, so daß es ihm – so unmöglich das auch scheinen mag – vorkam, als würde am Horizont eine Scheune in Brand stehen. Dabei handelte es sich nur um Tevepaugh, der sich dicht neben ihm, an die Reling der offenen Brücke gelehnt, mit einem der Flammenwerferfeuerzeuge aus dem Laden an Bord eine Zigarette angesteckt hatte.

»WELCHER IDIOT HAT DAS SCHEISSLICHT ANGEMACHT?« brüllte der Deckoffizier, ein rundlicher, pausbäckiger Oberleutnant zur See mit Ansatz zur Glatze und großen Augen. Er hieß Lawrence Lustig. Seine Stimme klang vor Aufregung schrill. »Habt ihr die Verdunkelungsvorschrift für das

Schiff vergessen? Wenn so was noch mal vorkommt, werde ich Meldung machen.«

(»Warum gebt ihr nicht gleich ein Signal mit der Leuchtpistole?« hörte Lustig sich eiskalt und zynisch bemerken. Hinterher ging er immer seine Gespräche Wort für Wort durch. In diesen Mini-Tagträumen kam es nie zu Drohungen oder Temperamentsausbrüchen, weil er unweigerlich einen Spruch losließ, der seinen Gegner unter einer Lawine von Ironie, Logik und Überlegenheit begrub. »Noch besser wäre gewesen«, hätte Lustig noch hinzugefügt, hätte er den Film noch mal ablaufen lassen können, »ihr hättet gleich ein Neonschild aufgestellt mit der Aufschrift: ›Hier kommt die *Ebersole!*‹«)

»Schei-ße!« murmelte Tevepaugh leise und drückte die Zigarette neben dem Klappstuhl aus.

Der Bootsmann der Wache, Artilleriemaat Melvin Ohm, nahm das Stichwort des Deckoffiziers dankbar auf. Er war ein vierschrötiger Kalifornier mit fliehendem Kinn und einer rauhen Stimme, die aus einer Betonmischmaschine zu kommen schien. Jetzt steckte er den Kopf aus der Tür zum Ruderhaus. »Jesus, Calvin, der Ausguck hier könnte nicht einmal den Schwanz des Feindes zwischen den Beinen baumeln sehen, wenn er direkt vor ihm wäre.« Er sagte es so laut, daß Lustig, der nicht nur Artillerieoffizier auf der *Ebersole* war, sondern auch die Abteilung, in der Ohm Dienst tat, befehligte, hören mußte, daß er dem Übeltäter einen Anschiß verpaßte. Zu oft ließen Maate solche Sachen einfach schleifen. Ohm aber nicht; er wußte, auf welcher Seite das Brot gebuttert war. »Keine Ahnung von Nachtsehvermögen, was Calvin?«

»Ich weiß 'ne ganze Menge«, antwortete Tevepaugh mürrisch. »Die Marine bezahlt ja, damit ich eine Menge weiß.«

(Lustig dachte: »Kein Wunder, daß du dauernd pleite bist.« Aber wie immer war es zu spät, diese Bemerkung ins Gespräch einzuflechten, da man im Ruderhaus schon längst über andere Dinge redete.)

»Ich hab' mal 'ne Kleine gekannt, die sich unten rasiert hat, weil sie gedacht hat, Männer stehen auf Frauen, die wie kleine

Mädchen aussehen«, sagte der Rudergänger, ein behaartes Faktotum, namens Carr, der von hinten aussah wie King Kong. Er beobachtete, wie die Kompaßscheibe sich unter dem Steuerstrich an 310 vorbeischob und steuerte drei Grad backbord, um wieder auf den richtigen Kurs zu kommen.

»Du verarschst mich doch«, sagte Tevepaugh. Nachdem sein Putzdienst erledigt war, stand er breitbeinig in der Tür des Ruderhauses. »Ich meine, Schei-ße! So was hab' ich nie gesehen. Ist doch reiner Scheiß, oder?«

»Wenn ich einen Witz erzählen würde«, antwortete der Rudergänger in übertrieben hochtrabender Art, »hätte der bei mir auch 'ne Pointe. Ich habe aber keinen Witz erzählt, sondern lediglich von einem gesellschaftlichen Phänomen gesprochen.« Er ließ die schwach erleuchtete Kompaßscheibe keine Sekunde aus den Augen. Eine Sekunde lang blieb die Scheibe auf 310, dann glitt sie in die andere Richtung, und Carr mußte sie wieder zurückbringen. »Sie hat ihre Möse rasiert, damit sie wie ein Kind aussah. Ich hab' gesagt, daß sie das gemacht hat, und das hat sie auch gemacht.«

»War das jemand, den du näher gekannt hast?« fragte Tevepaugh, der versuchte, nicht allzu begierig zu klingen.

»Mehr oder weniger«, gab Carr zu.

»Ich fick' mir ins Knie«, sagte Tevepaugh und stieß Ohm in die Seite, der sich gedankenverloren Spiele ausdachte, die er auf dem Radarverstärker spielen konnte. »So was hast du bestimmt noch nie gesehen, Melvin, oder?«

Ohm erhöhte die Drehgeschwindigkeit des Entfernungsmessers so, daß der Entfernungspunkt auf dem Radarschirm eine elektrische Kielwasserspur hinterließ. Wenn er mit der linken Hand die Entfernung veränderte und dabei mit der rechten gleichzeitig drehte, konnte er auf dem Radarschirm wellenartige Muster hervorbringen, ähnlich, als würde man eine glimmende Kohle in einem dunklen Raum herumschwingen.

»Ich hab' mal von einem Mädel gehört«, sagte Ohm und spielte weiter mit dem Radar, als wäre es ein Flipper. »Ihr Alter sollte von einer Mittelmeerfahrt zurückkommen, da hat sie sich rote Schleifchen in die Muschi gebunden, um ihn zu überraschen. Auf halber Strecke zum Schiff ist sie bei Rot über eine Ampel gefahren und in einen Lastwagen gedonnert. Als sie sie dann im Krankenhaus ausgezogen haben…«

»Schei-ße!« quiekte Tevepaugh.

»So, wie ich es gehört habe, hat ihr Mann, er war dritter Heizer auf der *Manley*, sie schließlich wiedergefunden – in der Irrenabteilung im Norfolk-General-Hospital. Soll ihn verdammt viel Zeit gekostet haben, denen klarzumachen, daß sie nicht verrückt war.« Ohm mußte selbst über seine Geschichte lachen.

»Schei-ße!« stöhnte Tevepaugh.

»Rote Schleifchen!« krächzte Carr. »Da muß es denen aber die Pupillen rausgetrieben haben.«

Lustig steckte sein pausbäckiges Gesicht durch eines der offenen Bullaugen. Das runde Bullauge war der perfekte Rahmen für seinen Kopf. »Haben Sie heute wieder eine Ihrer Wetten laufen, Ohm?« fragte er.

Es verging kaum ein Tag auf der *Ebersole*, an dem Ohm nicht irgendwelche Wetten laufen hatte: die Ankerwette, die für maximale Kränzung, die für den Treibstoffverbrauch oder die für die Frischwasserproduktion. Es gab buchstäblich nichts, wofür Ohm keine Wetten abschloß.

»Natürlich, Mister Lustig«, antwortete Ohm. »Ich habe eine Liste mit sechzig Posten für die Minute, in der wir unseren ersten Schuß auf den Feind abgeben. Wollen Sie sich einkaufen? Ein Dollar pro Versuch. Gewinner bekommt fünfundfünfzig Mäuse.«

»Setzen Sie mich für einen Dollar ein«, sagte Lustig und reichte Carr durch das Bullauge den Schein, der ihn an Ohm weitergab. »Welche Zahlen sind denn noch offen?«

Ohm zog sein Blatt heraus, auf dem sechzig Quadrate eingetragen waren. Auf den meisten standen bereits Namen. »Sie können haben – mal sehen – sieben, siebenundzwanzig – ach, ich hab' die dreizehn ausgelassen – außerdem einundvierzig und dreiundvierzig. Das wär's. Nein, hier ist noch eine – neunundfünfzig.«

Lustig dachte kurz nach. »Ich nehme die Glückszahl dreizehn«, sagte er schließlich, und Ohm schrieb seinen Namen in das entsprechende Quadrat in die obere rechte Ecke.

»Die Glückszahl dreizehn gehört Ihnen, Mister Lustig«, sagte er.

Die Gefechtsinformationszentrale riecht ein Stinktier

Nachtwachen auf der Brücke eines Zerstörers haben einen ganz bestimmten Rhythmus. Während der ersten Stunde gibt es relativ viel körperliche Bewegung und ständiges Erzählen von Seemannsgarn, bei dem manche Geschichten wahr, manche halbwahr und manche schon so oft erzählt wurden, daß niemand mehr weiß, ob sie wahr sind oder nicht. Nach einer Stunde Wache kommt die seelische Flaute, wenn alle sich langweilen, sich dabei aber klar sind, daß – Langeweile hin, Langeweile her – die Wache noch drei Stunden dauert. Zu diesem Zeitpunkt sitzen oder stehen die Männer ewig lange an einer Stelle und lassen ihre Gedanken oder ihre Gespräche treiben. Das einzige Ziel ihres Lebens ist es dann, das Ticken der Uhr am Schott zu vergessen; denn sie glauben an die Theorie, daß die Zeit schneller vergeht, wenn man sie vergißt.

Sie konzentrieren sich dabei allerdings so stark auf die Uhr, daß sie sie nicht aus dem Kopf bekommen.

Lustigs Wache hatte jetzt diese Flaute erreicht. Abgesehen von einer gelegentlichen Meldung über Kopfhörer (»Gefechtsinformationszentrale hat ein Stinktier geortet, null eins sieben, zwölf Meilen, auf Parallelkurs«) hatten sich die Offiziere und Mannschaften, die für das Schiff zwischen 03:45 und 07:45 verantwortlich waren, trübsinnig in sich selbst zurückgezogen. Ohm hatte das Spielen mit dem Radar im Ruderhaus aufgegeben und saß nun da und starrte auf das Pitot-Log, das die Geschwindigkeit angab, mit der sich das Schiff durchs Wasser bewegte. Dabei dachte er an das Examen zum Obermaat, das ihm in der nächsten

Woche bevorstand. Zweimal war er schon durchgerasselt; aber Lustig wollte ihm noch einen Versuch geben. Carr, der Rudergänger, spielte ein Spiel, mit dem er sich oft die Zeit der Wache vertrieb. Es ging darum, den Steuerstrich auf einem vorgegebenen Punkt möglichst lange zu halten. »Eins Einhundertstel, zwei Einhundertstel, drei Einhundertstel, vier...«, zählte er vor sich hin. Der Strich wich ab, und er brachte ihn wieder zurück. Dann steuerte er dagegen und begann wieder zu zählen. »Eins Einhundertstel, zwei...«

Tevepaugh zog sich zum Flaggensack hinter dem Ruderhaus zurück, holte einen Armvoll Signalflaggen heraus und kuschelte sich in den Sack, wobei er einen Teil der Flaggen als Kissen benutzte. Da saß er nun und versuchte sich vorzustellen, wie das Mädchen sich die roten Schleifchen ins Schamhaar gebunden hatte.

In der Nähe saßen zwei Signalgasten, Neger, mit dem Rücken an die Kommandantenkammer gelehnt, die Knie an die Brust hochgezogen. Wie die meisten Schwarzen an Bord blieben sie seit der großen Schlägerei auf dem Messedeck in Norfolk unter sich. Die beiden rauchten Pot, wobei sie sich hinter vorgehaltener Hand, damit man das brennende Ende der Zigarette nicht sehen konnte, den Glimmstengel zureichten. Falls einer der Offiziere oder Unteroffiziere sie sah, sagte niemand etwas – Verdunklung oder nicht.

»Ich will raus, Mann!« sagte Angry Pettis Foreman. Angry Pettis war ein baumlanger, lattendürrer Neger, der immer einen Zahnstocher zwischen den Zähnen hatte, ein paar steckten als Reserve in seinem Afrohaar. Er gab sich große Mühe, so auszusehen, wie er sich einen Burschen von der Straße vorstellte: bedrohlich, wütend, sexy und vor allem *cool*. »Der Haken ist bloß«, sagte er und bewegte dabei kaum die Lippen, »kein Schwein hat 'ne Ahnung, wie man rauskommt.«

In dem langen Schweigen danach sogen die Männer abwechselnd an ihrem Joint und hielten den Rauch so lange zurück, wie sie konnten.

»Was würdest du schon machen, Andy, wenn du raus wärst?«

fragte Jefferson Waterman, ein Schwarzer aus dem Süden, der während seines Abschlußsemesters an einem Neger-College im Süden von einer nur aus Weißen bestehenden Einberufungskommission in die Marine eingezogen worden war. »Soll ich dir sagen, was du machen würdest? Du würdest dir vor Angst so in die Hosen scheißen, daß du gleich wieder unterkriechen würdest – besonders, wenn sie dir das fette Bündel Scheine zum Wiedereintreten auf den Tisch legen.«

»Scheiß auf die Knete! Diesmal werde ich meinen schwarzen Arsch draußen lassen. Wirst schon sehen.« Angry Pettis zog an der Zigarette, hielt die Luft an und atmete dann wieder aus. Als Waterman nichts sagte, wurde er langsam streitlustig. »Du glaubst mir nicht, Mann? Ich will r-a-u-s! Ich bin nicht mal sicher, ob ich in den USA bleiben werde, wenn ich aus der Scheißmarine raus bin, Mann. Wenn ich raus sage, meine ich *weit raus!* Vielleicht probier' ich's sogar in 'nem andren Land.«

Waterman dachte kurz nach. »Mir hat mal jemand gesagt, daß es nur zwei Länder gibt, ganz gleich, in welchem du bist. Es gibt Stadt-Land und Land-Land.«

»Was du nich sagst!« lachte Angry Pettis. »Dann haben die politischen Ärsche die Grenzen alle an die falschen Stellen gesetzt, Mann.«

Eine V-Formation von Phantomjägern brauste im Tiefflug über sie hinweg, und die Flugzeuge spien orangefarbene Flammen aus den beiden Düsentriebwerken am Heck. Der Lärm hämmerte gegen die Brücke wie ein Donnerschlag. Die Flugzeuge waren auf dem Weg zum Festland zu einem Angriff vor Sonnenaufgang und flogen etwa in Masthöhe, um den Radarschirmen des Feindes zu entgehen.

»Wichser«, brüllte Angry Pettis – aber seine Stimme ging im Donnern der Maschinen unter.

»Hurensöhne«, schrie Jefferson Waterman.

»Dreckschweine«, murmelte Leutnant Joyce, der hochgewachsene, dünne Fernmeldeoffizier der *Ebersole*. Seine Augen lagen tief in ihren Höhlen. Er hatte in Princeton einen akademischen Grad in Englischer Literatur erworben und hatte vor, zu promovieren. Dann war er plötzlich zum Erstaunen aller in die Marine eingetreten und hatte die Offiziersakademie in Newport durchlaufen, um »aus der akademischen Tretmühle«, wie er es nannte, herauszukommen. In seiner Freizeit schrieb er Gedichte, die er wie vergessene Blumen zwischen den Seiten von *William Blakes Vollständige Werke* aufbewahrte. An Bord der *Ebersole* nannte man Joyce nur den Poeten. Es war ein Spitzname, der ihm eher Freude als Schmerz bereitete.

»Warum Dreckschweine?« fragte Lustig seinen Zweiten Deckoffizier. »Die führen doch nur ihre Befehle aus, genau wie wir.«

»Meine Güte, Larry«, sagte Joyce. »Das ist ja beinahe eine politische Bemerkung. Wollen Sie wirklich in diese Kiste greifen?«

Lustig lachte. »Sie kennen doch die Vorschriften, Junge – ein Offizier kann auf einem Kriegsschiff über alles reden, außer über Religion, Sex oder Politik.«

»Aus diesem Grund geht es auch nur noch darum, wie True Love es fertigbringt, ständig das Urinbecken des Ersten zu verstopfen.«

»Genau das ist es«, stimmte ihm Lustig bei.

»Wann ist heute Wecken?«

Der Poet zog den zusammengefalteten Dienstplan für die Tagesroutine aus der Tasche. »Wecken um sechs Uhr dreißig, Sternzeit ist null-sieben-null-eins, Sonnenaufgang ist null-sieben-sechzehn. Ich habe gehört, hier draußen findet der Küstenbeschuß immer um Sonnenaufgang statt. Stimmt das?«

»Na ja, meistens. Wir haben dann die Sonne im Rücken, und sie scheint direkt in ihre Augen«, erklärte Lustig. Dadurch ist es für ihre Kanoniere viel schwieriger, zurückzufeuern, falls sie das wollen.«

»Auf diese Art haben die Japse im Zweiten Weltkrieg angegriffen – aus der aufgehenden Sonne heraus«, sagte Joyce und erinnerte sich an die Comic-Hefte, in denen die japanischen Flugzeuge immer vor einer gelben Kugel abgebildet waren. »Eigentlich komisch, daß man uns immer beigebracht hat, aus der aufgehenden Sonne heraus anzugreifen, sei hinterhältig, wenn es doch nur gute Taktik ist.«

»Kann sein«, sagte Lustig unverbindlich. Je länger er auf der *Ebersole* war, desto unverbindlicher schien er zu werden. Es war eine Art Selbstschutz. Als Absolvent der Kings-Point-Merchant-Marine-Academy hatte Lustig sich erst vor kurzem entschlossen, in der Kriegsmarine Karriere zu machen, statt nach dreijähriger Pflichtzeit zur Handelsmarine zu wechseln. Auf Handelsschiffen konnte er zwar mehr Geld verdienen, aber Geld war nicht alles. Die Kriegsmarine bedeutete mehr Glanz und Prestige. (Als die *Ebersole* in Norfolk gelegen hatte, war Lustig während der letzten Wochen dazu übergegangen, seine Ausgehuniform mit den etwas matten Goldstreifen des Oberleutnants zur See anzuziehen, statt Zivil zu tragen, wenn er ein Rendezvous hatte.) Nach Lustigs Auffassung war der Schlüssel zum Erfolg für eine Karriere in der Marine, so wenig Leute wie möglich vor den Kopf zu stoßen. Aus diesem Grund zeigte er der Welt ein unverbindliches Gesicht und behielt die geistreichen Bemerkungen für sich, selbst die wenigen, die ihm während einer Unterhaltung bereits rechtzeitig einfielen.

Lustig schaltete die Taschenlampe mit dem Rotfilter ein und schaute auf die Armbanduhr. »Halbe Stunde noch bis zum Wekken. Scheiße, die Minuten ziehen sich endlos hin. Was steht sonst noch auf dem Plan für heute?«

»Die übliche Bemerkung unseres Ersten über das Mitnehmen von Kaffeetassen aus der Messe. Er steigert sich. Hier steht – Zitat: Jeder, der gegen diese Vorschrift verstößt und erwischt wird, wird persönlich zur Verantwortung gezogen werden, Zitatende. In Klammern hat er noch hinzugefügt – Zitat: Das bedeutet: Er wird dem Versorgungsoffizier für zwei Stunden Extradienst überstellt, Zitatende. Ist dir je aufgefallen, daß jeder zweite Satz aus dem Mund des Ersten in Klammern eingeschlossen ist? Bei ihm sind Klammern beinahe ein Lebensstil.«

Lustig hatte nicht den leisesten Schimmer, worüber Joyce redete, nickte aber zustimmend. »Noch mehr Bonbons auf dem Dienstplan?« fragte er.

»Das Examen für die Beförderung zum Obermaat ist auf nächsten Mittwoch angesetzt. Jetzt kommen wieder die Klammern. Bemerkung – Doppelpunkt: Der für Karriereberatung zuständige Offizier wird für alle Interessenten um sechzehn Uhr dreißig ein Informationsseminar hinter der Offiziersmesse achtern halten. Du lieber Himmel, *ich* bin der Offizier, der über Karrieremöglichkeiten in der Marine reden soll, und ich gehe um fünfzehn Uhr fünfundvierzig wieder auf Wache. Liest denn der Erste den Wachplan nicht, ehe er Termine festlegt –«

Aus der Bordsprechanlage kam ein Haufen atmosphärischer Störungen, und das rote Licht neben dem »CIC«* blinkte. Lustig drückte auf den Schalter und brüllte: »Ich kann kein Wort verstehen, das Sie in dieses Mistding sprechen. Nehmen Sie das Sprachrohr.«

Gleich darauf ertönte eine metallische, erstaunlich deutliche Stimme durch das Rohr herauf. »Mister Lustig, Sir, ich glaube, wir haben Land auf dem Radar, Peilung drei eins null, Entfernung etwa dreißig Meilen.«

Lustig schaltete den Radarverstärker auf größeren Maßstab. Als der Leuchtstrahl wieder durchlief, zeigten sich die Umrisse einer Landmasse – Tausende elektronischer Pünktchen, die aufleuchteten und wieder verschwanden, als die Antenne vorbeistrich. Das Land befand sich in der oberen linken Ecke des Bildschirms.

»Ich schätze, daß das der Feind ist«, sagte Lustig.

Die Stimme aus der Röhre meldete sich wieder. »Mister Lustig, Sir, Sie wissen doch, daß wir dieses Stinktier die ganze Nacht verfolgt haben. Nun, jetzt ist das feindliche Objekt vom Parallelkurs abgegangen.«

»Eine Kursänderung? In welche Richtung?«

»Tatsache ist, daß es direkt auf uns zuzuhalten scheint.«

* CIC: Combat Information Center (Gefechtsinformationszentrale), Anm. d. Übers.

Tevepaugh weckt den Kapitän

Tevepaugh nahm zwei Stufen auf einmal und klopfte leise an die Kammer des Kapitäns, die ein Deck unter der Brücke lag.

»Herein.«

Tevepaugh öffnete die Tür, trat ein und sagte in die Dunkelheit: »Der Deckoffizier läßt melden, daß er die Kommi-Küste in etwa dreißig Meilen Entfernung auf dem Radar hat, Captain, Sir.«

»Dreißig Meilen, ach was. Welche Peilung?«

»Welche Peilung?« wiederholte Tevepaugh.

»Sie haben richtig gehört. Welche Peilung bedeutet, in welcher Richtung wurde die feindliche Küste in dreißig Meilen Entfernung gesichtet?«

»Mister Lustig hat mir nix wegen die Peilung gesagt, Captain.«

»Mister Lustig hat Ihnen nichts gesagt, nein?«

»Nein, Sir! Mister Lustig hat kein Wort von Peilung gesagt. Er hat mir nur gesagt, Ihnen zu sagen, daß der Deckoffizier Ihnen respektvoll mitteilen läßt, daß er die Kommi-Küste in dreißig Meilen hat.«

Kapitän Jones knipste die Nachttischlampe an und setzte sich auf. Direkt über seinem Kopf auf dem Schott war ein eingerahmtes Motto, auf dem stand: »Gebt mir ein schnelles Schiff, damit ich der Gefahr ins Auge sehen kann.« Das Motto war unterzeichnet mit »John Paul Jones«. »Das ist alles, was er gesagt hat? Die Kommi-Küstenlinie in einer Entfernung von dreißig Meilen auf dem Radar?«

»Und noch, daß da ein Stinktier auf einem Parallelkurs war, das wo jetzt nicht mehr auf Parallelkurs ist und direkt auf uns zuhält.«

»Wie weit ist dieses Stinktier weg?«

»Mister Lustig hat mir das auch nicht gesagt, Captain«, sagte Tevepaugh betreten.

»Schon gut, mein Junge. Jetzt flitze zurück auf die Brücke und übermittle Mister Lustig eine respektvolle Empfehlung seines Captains und sag ihm, er soll das Schiff gefechtsbereit machen, sobald das Stinktier weniger als zehn Meilen von uns entfernt ist. Verstanden?«

»Ja, Sir! Gefechtsbereitschaft, wenn das Stinktier weniger als zehn Meilen weg ist.«

Als Tevepaugh sich zum Gehen wandte, fügte der Kapitän noch hinzu: »Ich kenne Sie doch – Sie sind Taylor, der Gitarrenspieler.«

»Nein, Sir, Captain. Ich bin Tevepaugh, der Gitarrist.«

»Ach ja. Tevepaugh. Also dann mach dich auf die Socken, Tevepaugh, du Gitarrist.«

Die *Ebersole* gefechtsbereit

Zehn Minuten später ging Lustig im Ruderhaus auf die andere Seite, wo drei verschiedenfarbige Alarmschalter am Schott angebracht waren (rot – Gefechtsalarm, gelb – ABC-Alarm, grün – Kollision). Er drückte auf den roten Schalter. Augenblicklich ertönte ein elektrisierendes, anhaltendes DONG DONG DONG DONG DONG durch die ganze *Ebersole*. Als das Signal aufgehört hatte, hielt Ohm seinen Mund so nah an das Mikrofon des Bordlautsprechers, daß es aussah, als würde er gleich hineinbeißen, und brüllte: »Dies ist keine Übung! Dies ist keine Übung! Alle Mann auf die Gefechtsstationen! Für das ganze Schiff gilt Alarmstufe eins!«

Die *Eugene F. Ebersole,* ein Relikt aus einer anderen Epoche und einem anderen Krieg, erwachte aus ihrer Erstarrung. Die Männer griffen nach ihren Schuhen und dem Drillichzeug und rannten auf ihre Gefechtsstationen. Schotts, von denen einige vermutlich auch nach über zwei Jahrzehnten Einsatz auf See wasserdicht waren, knallten zu und gruben ihre Zähne wie Fallgatter im Mittelalter in die Seitenschotts. In der Offiziersmesse legte Doc Shapley, der Sanitätsoffizier, der beim Anblick von Blut schon mal ohnmächtig wurde, Pakete mit chirurgischen Instrumenten und Bandagen auf den grünen Filzbelag des Eßtisches. Dann streckte er sich auf dem Sofa aus und nickte ein. Kaplan Rodgers kam in die Messe, schob die chirurgischen Instrumente beiseite und fing an, eine Patience zu legen. An jedem der 12,7-cm-Geschütztürme standen Soldaten im Kampfanzug, Helm aufgesetzt, Hosenbeine in die Socken gesteckt, Kragenknopf geschlossen – damit beschäftigt, die Geschütze nach unten zu drücken und die Mündungspfropfen herauszunehmen, die wie Korken in die Mündungen der Rohre geschraubt waren, um das Salzwasser fernzuhalten.

Auf der Brücke übergab Lustig die Wache an den Schiffsingenieur, einen schmallippigen, näselnden Absolventen der Marineakademie, namens Moore. »Wir sind auf Kurs zwo-neun-null, Geschwindigkeit zehn Knoten, alle vier Kessel auf Volldampf. Aber da Sie sie ja hochgejagt haben, dürften Sie mehr als ich davon verstehen.« Lustig lächelte über seinen kleinen Scherz. »Kapiert, John?«

»Kapiert, Larry«, sagte Oberleutnant Moore, der Wache auf der Brücke verabscheute und auch während eines Gefechtsalarms hier oben nichts zu suchen hatte, es sei denn, die *Ebersole* wäre so knapp an Männern, daß kein anderer den Dienst übernehmen konnte. Mit lauter, förmlicher Stimme ging Moore durch das Ritual der Wachablösung. »Sehr wohl, Sir, ich löse Sie ab.«

Rudergänger Carr und Maat Ohm rannten den Backbordniedergang herunter, sobald sie ihre Ablösung kommen sahen. Angry Pettis, der Signalgast, wartete lange genug, um seinem schwarzen Nachfolger auf die Handfläche zu klatschen, als würde es sich um einen Staffellauf handeln. Dann kletterte er den Niedergang hinunter, gerade, als ein weißer Matrose heraufklettern wollte. Beide Männer hielten inne und funkelten sich an. Dann hatte der Weiße es sich überlegt und ging langsam wieder nach unten. Mit hocherhobenem Haupt kletterte Angry Pettis hinab.

Vier Minuten nach Ertönen des Gefechtsalarms betrat Kapitän Jones die Brücke. Seine nicht den Bestimmungen entsprechenden Schuhe waren spiegelblank geputzt. Khakihosen und Khakihemd hatten die Bügelfalten an den richtigen Stellen. Die silbernen Eichenblätter auf dem Kragen und die Goldlitze an der blauen Baseballmütze (mit dem »Schnell-und-Sicher«-Emblem daran) blitzten. Selbst sein Doppelkinn, frisch rasiert und rosig, glänzte. Abgesehen von dem kleinen Stück Klopapier, mit dem er das Blut von einem Schnitt beim Rasieren gestillt hatte, sah J. P. Horatio Jones wie ein Bild seiner eigenen militärischen Phantasie aus.

»Der Kommandant ist jetzt auf der Brücke«, brüllte Tevepaugh in den Bordlautsprecher des Schiffes.

Einen Augenblick lang blieb Jones auf der Schwelle des Ruderhauses stehen und genoß den Moment. Dreißig Jahre lang hatte er davon geträumt, ein Schiff kommandieren zu dürfen. Jetzt war der Traum wahr geworden. Jones schloß die Augen und sah sich innerlich neben dem Steuer eines mit fünfzig Geschützen bestückten Linienschiffes stehen, sah sich mit erfahrenem Auge die richtige Stellung der Segel überprüfen, sah sich vom Ersten eine winzige Änderung am Kreuzbramsegel verlangen, der hinwieder Lustig anbrüllte, worauf dieser ein Megaphon an die Lippen setzte und die halbnackten Seeleute das Fall hinaufjagte.

Es war der Erste Offizier, der den Kapitän aus seinen Träumen riß. »Sechs Minuten zwanzig Sekunden«, sagte er und drückte auf die Stoppuhr, als der Decksoffizier die innere Tür zum Ruderhaus zuknallte und blitzschnell verriegelte. »Nicht schlecht, Skipper.« Man hätte den Ersten für einen Astronauten halten können, wie er mit der Stoppuhr strahlend lächelnd, schneidig und stramm dastand. Er trug jetzt die Arbeitskhakis; aber in seiner weißen Uniform sah er aus wie ein Segel, das darauf wartete, aus welcher Richtung der Wind kommen würde.

»Nicht übel», meinte der Kapitän beifällig.

»Ganz und gar nicht übel«, pflichtete ihm Lustig von der anderen Seite der offenen Brücke bei, wo er seinen Platz als Waffenoffizier eingenommen hatte. (»Man hätte dazu auch einen Kalender nehmen können«, fiel ihm später ein.)

Plötzlich klopfte es lautstark an das Schott, das vom inneren Niedergang ins Ruderhaus führte.

»Mein Gott, was um alles auf der Welt ist das?« fragte der Erste.

»Es sieht so aus, als wenn das Schiff noch nicht ganz gefechtsklar sei, Erster«, sagte der Kapitän trocken. »Ich schlage vor, daß jemand aufmacht.«

Tevepaugh, der auch während des Gefechtsalarms Läufer war, sprang zur Tür, drehte am Rad und löste die Verriegelung. Dann riß er das schwere Schott auf.

Herein stolperte Wally (der Psycho) Wallowitsch. Er trug Cowboystiefel, eine Unterhose und einen Tennispullover. Um die Taille hatte er ein Schwert gegürtet. Er murmelte etwas, »daß man in diesem Hotel einfach nicht schlafen könne«, und ging am Kapitän vorbei, um seine Gefechtsstation im Zentralleitstand einzunehmen.

Wallowitschs Curriculum vitae

»Ich schwöre bei Gott, daß ich gedacht habe, sie hätten ›ficken‹ gesagt«, erklärte Psycho, dessen Spitzname daher kam, daß er sich fast jede Minute, die er nicht auf Wache Dienst tat, auf der Couch in der Messe ausstreckte.

»Bockmist«, sagte der Poet.

»Nein, nein. Ich schwöre es. Hört mal, es war einfach ein Hörfehler. Wir saßen da auf der hinteren Veranda des Studentinnenheims, aneinandergekuschelt, um uns warm zu halten, ja? Und weil sie im Hauptfach Politische Wissenschaft studiert, hält sie mir einen Vortrag über die einzige, aber ganz wichtige Sache, die Kapitalismus und Kommunismus gemeinsam haben. ›Beide haben eine Ordnung, in der die einen die anderen *picken*.‹ Das hat sie gesagt. Ich habe natürlich gedacht, es ginge um eine dieser neumodischen Sextheorien. Nur um sicher zu sein, habe ich gefragt: ›Meinst du ›ficken‹ so wie ›vögeln‹? Dann wurde sie rot und erklärte: ›Nein, picken, so wie in einer Hackordnung.‹ Wie gesagt, es war einfach ein Hörfehler. Aber irgendwie hat es das Eis gebrochen.«

Der Poet lachte anerkennend. »Psycho, Sie sind ein Mann ohne Gewissen.«

Wallowitsch schlug die Arme über dem Kopf zusammen. »Gewissen ist Scheiße!« rief er aufgeregt. »Sie wissen doch, was Mencken über das Gewissen gesagt hat. Gewissen ist die kleine, alte Stimme im Innern, die dich warnt, daß jemand zuschaut. Na fein, ich biete eben etwas, bei dem sich das Zuschauen lohnt.« Dann begann Wallowitsch mit seiner Spastikernummer, die ihn, wie er behauptete, beinahe von der Marine-Reserveoffiziersakademie befreit hatte. Er bog die Handgelenke so weit zurück, daß seine Hände deformiert aussahen, dabei reckte er den Hals, zuckte mit einem Ohr und ließ die Unterlippe hängen, bis der Speichel über sein Kinn lief.

Wallowitsch sah einfach lächerlich aus, wie er auf der Couch in der Messe lag, die Cowboystiefel auf ein paar Bücher gelegt, damit ihm das Blut in den Kopf stieg (eine seiner medizinischen Theorien lautete, daß dadurch die Potenz gesteigert würde). Er hatte eine große Kolbennase, einen vorstehenden Adamsapfel, der beim Sprechen auf und niederhüpfte, Körpergeruch, struppiges Haar und eine Uniform, die so schlecht paßte, als hätte sie ihm jemand noch aus dem letzten Krieg vererbt. Erst viel später, nachdem der Poet sie darauf aufmerksam gemacht hatte, wurde allen klar, daß der nie versiegende Strom von Witzen einen Burggraben um Wallowitsch bildete, durch den er sich alle vom Leibe hielt. Niemand wußte wirklich genau, was der Psycho über etwas oder über jemanden dachte. Er war der Clown der Offiziersmesse, der sorgsam darauf bedacht war, nicht bei einer ernsthaften Unterhaltung erwischt zu werden.

Von dem Augenblick an, als er sich auf der *Ebersole* meldete (einem Gerücht zufolge soll er damals auf dem Deck eine Runde gedreht haben und danach offiziell um eine Versetzung auf ein »Schiff« gebeten haben), schöpfte der Psycho aus einem anscheinend nie versiegenden Brunnen von Humor. Schon sehr früh fing er an, den Knoten erfundene Bezeichnungen zu geben. »Machen Sie eine Schlinge um diesen Poller«, würde er einem Matrosen befehlen, »aber mit einem doppelt gekreuzten Schafschenkelhalbstek, aber zweinuttig, kapiert?« Eine seiner harmloseren Eskapaden bestand darin, daß er – von den jüngeren Offizieren aufgehetzt – seinen Offiziersdegen rasiermesserscharf schliff und sich damit auf dem Heck rasierte, wobei ihm die halbe Zerstörerflotte des Atlantik zuschauen konnte. Bei anderer Gelegenheit lockte er Kaplan Rodgers in eine theologische Diskussion.

»Hat Gott Sperma?« fragte der Psycho ganz unschuldig.

»Ich könnte es mir vorstellen«, antwortete der Kaplan nachdenklich.

»Wenn er also Sperma hat, glauben Sie, daß er abspritzt?« wollte Wallowitsch wissen.

»Jetzt reicht's aber, Psycho! Das ist nun wirklich nicht mehr komisch.«

»Aber Kaplan, die Frage hat ernste Konsequenzen. Wenn er Sperma hat und einen Geschlechtstrieb und abspritzt, haben wir nichts zu befürchten. Wenn er aber die Spannung nicht irgendwie abläßt, staut sie sich, bis wir wieder eine unbefleckte Empfängnis haben. Und wir wissen doch alle, wieviel Ärger die letzte gebracht hat.«

Dann passierte es, daß Keys Quinn die Fingerkuppe des Mittelfingers bei Iskenderun verlor. Sie wurde einfach abgeschnitten, als eine Vertäuungsleine riß, während die *Ebersole* neben einem brennenden Tanker festgemacht war. Alle sahen mit vor Entsetzen geweiteten Augen zu, wie Quinn sich gleichmütig auf die Suche nach dem Doktor machte. Wallowitsch jedoch hob die Fingerkuppe auf und rannte hinter ihm her. »He, Keys, laß gefälligst nicht deine Privatsachen auf Deck herumliegen«, rief er.

Ab und zu brachten Psychos Einfälle ihn beim Kapitän in Teufels Küche. Zum ersten Mal passierte das, als Otto Rummler bei einer Anti-U-Boot-Übung in der Karibik auf der *Ebersole* mitfuhr. Rummler war ein ehemaliger deutscher U-Boot-Kapitän, der Befehlshaber eines Zerstörers werden sollte, den die Amerikaner der westdeutschen Marine überlassen hatten. J. P. Jones mochte ihn ganz besonders gut leiden und hielt ihn für einen Soldaten durch und durch. »Ein Mann, auf den sein Land zählen kann, wenn es ums Ganze geht.«

Eines Abends diskutierte Rummler in der Messe sehr höflich, allerdings mit sehr starkem deutschen Akzent, »die großartige amerikanische Haltung – Kriege abzulehnen und sie nur sehr widerwillig zu führen. Andererseits«, fuhr Rummler fort, »hält man uns Deutsche für ganz erpicht auf Krieg und übereifrig, obwohl wir diese Einschätzung wirklich nicht verdienen, wenn man bedenkt, wie sehr der deutsche Stab gezögert hat, Hitler neununddreißig in die Tschechoslowakei zu folgen. Ach, Freunde, die Welt hat eine falsche Vorstellung von uns Deutschen. Wir sind keine Kriegsverbrecher, lediglich Berufssoldaten, ganz einfach Profis. Das ist der Witz.«

Rummler stieß eine Wolke Zigarettenrauch aus, die direkt in Wallowitschs Gesicht zog, so daß er husten mußte. Wallowitsch verzog das Gesicht, als würde er ein Monokel tragen und sagte, wobei er Rummlers Akzent täuschend nachahmte: »Wie die ganze Welt weiß, ist der deutsche Witz keine Sache, über die man lachen darf!«

Kapitän Jones spürte sofort, daß Wallowitsch seinen Gast beleidigt hatte und bestand darauf, daß Psycho sich entschuldigte, was dieser auch tat.

»Sollte keine Beleidigung sein«, murmelte er.

»Hab' ich auch nicht so aufgenommen«, sagte Rummler schnell.

Kapitän Jones war trotzdem in Panik, daß Rummler den Vorfall melden könnte und entschuldigte sich hinterher nochmals. Rummler, charmant wie immer, versicherte ihm, daß für ihn die Angelegenheit erledigt sei, zumal die Deutschen mit solchen Bemerkungen dauernd konfrontiert würden und er, Rummler, daran gewöhnt sei.

Die Wut des Käpt'n war schon beinahe verflogen, als Wallowitsch wieder ins Fettnäpfchen trat. Die *Ebersole* war von Rhodos nach Iskenderun gefahren, als ein Tanker, der unter panamesischer Flagge fuhr, in England versichert war, Deutschen gehörte und von den Amerikanern geleast war, um Flugbenzin zur U.S. Air Force Bases nach Adana in der Türkei zu bringen, Feuer fing. Die griechisch-spanisch-türkische Besatzung hatte das brennende Schiff schon längst verlassen, als die *Ebersole* am Unfallort erschien. Es war mitten in der Nacht, und die Flammen des Tankers wirkten von Iskenderun aus wie ein Leuchtfeuer, das auf dreißig Seemeilen zu sehen war.

Kurz nachdem die *Ebersole* in der Bucht vor Anker gegangen war, versammelte der Kapitän alle Offiziere in der Messe, um eine Lagebesprechung abzuhalten. Oberleutnant Moore, der Schiffsingenieur, war mit dem großen Beiboot um den brennenden Tanker herumgefahren und berichtete, daß die Decks an manchen Stellen rot glühten und das Schiff jeden Augenblick explodieren könne.

Jones litt unter einem akuten Anfall von Unentschlossenheit. Er kaute innen an seiner Backe und brütete über dem Text der Nachricht, die die *Ebersole* an die Unfallstelle beordert hatte. Er interpretierte den Text wie ein Gedicht, tastete jedes Wort ab, forschte nach einem kleinen Hinweis, ob seine Vorgesetzten in Washington nun von ihm tatsächlich erwarteten, mit der *Ebersole* längsseits zu gehen und den Brand zu bekämpfen, oder ob er das Geschehen aus ein paar Meilen Entfernung verfolgen und Bericht erstatten sollte. (Wie immer in solchen Fällen war der Befehl so sorgfältig abgefaßt, daß die Admiräle versichern konnten, sie hätten beides gemeint.) Der Kapitän ließ sogar die Offiziere abstimmen, was er zuvor noch nie getan hatte. Nur Leutnant de Bovenkamp stimmte dafür, längsseits zu gehen. Alle anderen (mit Ausnahme des Ersten, der »ja« und »nein« gleichzeitig zu stimmen schien und Lustig, der unverbindlich blieb) waren dagegen, überstürzt zu handeln.

»Aber was ist mit dieser Wendung gemeint, ›werden alle mögliche Unterstützung gewähren‹«, fragte der Kapitän. Mit heftiger Seelenqual las er die Nachricht immer wieder. Manchmal schien die Betonung auf »alle«, manchmal auf »mögliche« zu liegen. Schließlich schlug er mit der einen flachen Hand auf den Handrücken der anderen, als hätte er eine unsichtbare Münze geworfen, und sagte: »Ach, was, zum Teufel, haben wir schon zu verlieren?«

Die Entscheidung verblüffte alle außer de Bovenkamp, der mit einem »Verdammich« auf den Lippen aufsprang, und Wallowitsch, dessen Bemerkung auf dem ganzen Schiff die Runde machte.

»Dank sei dem Herrn«, murmelte er, »daß ich nur ein Leben habe, das ich für die Karriere meines Captains opfern kann.«

Jones zog die Augenbrauen hoch. »Ich habe das gehört, Mister Wallowitsch«, brüllte er und drohte dem Psycho mit dem Finger. »Ich habe es gehört und werde es auch nicht vergessen.«

Wallowitsch setzt dem Stinktier einen Schuß vor den Bug

»Ich finde das keineswegs komisch«, rief Kapitän Jones Wallowitsch hinterher, als dieser mit dem Degen gegen Rungen und Schotten klappernd auf seine Gefechtsstation im Zentralleitstand zustrebte. Wallowitsch ließ seine haarigen Beine und den Degen von dem Traktorsitz baumeln und blickte durch den Sucher. In der dunstigen Dämmerung vor Sonnenaufgang mußte der Psycho seine Augen ganz schön anstrengen. Er meldete, daß er das Ziel ziemlich deutlich ausmachen könne.

»Sieht wie eine Dschunke aus, finde ich, Larry«, meldete er Lustig.

»Wallowitsch sagt, daß es wie eine Dschunke aussieht, Captain«, meldete Lustig Jones auf der offenen Brücke.

»Ein bißchen lang für eine Dschunke«, meinte Jones, der angespannt durch den Feldstecher zum »Stinktier« hinüberschaute. »Sie sehen doch auch keine Segel, oder? Ich glaube, es könnte vielleicht... ich wette, der Scheißkübel ist ein Kommi-Patrouillenboot. Was meinen Sie, Erster?«

»Der Scheißkübel sieht aus wie ein Patrouillenboot, finde ich, Captain. Ich glaube, wir werden bald Feindberührung haben, wenn Sie mich fragen.«

»Verdammt! Da haben Sie wohl recht!« stimmte ihm der Kapitän zu und kaute an einem Nagelhäutchen. »Wahrscheinlich bewegt es sich nur so langsam, damit wir es für eine Dschunke oder etwas Ähnliches halten. Aber davon lasse ich mich keine Sekunde lang täuschen. Mister Lustig, setzen Sie ihr einen Schuß vor den Bug. Wenn sie beidreht, ist es eine Dschunke, und wir werden sie nach Kontrabande untersuchen. Dreht sie aber ab und nimmt Reißaus, heißt das, daß sie ein Patrouillenboot ist und wir sie aus dem Wasser hochjagen.«

»Ausgezeichneter Gedanke, Captain«, sagte der Erste.

»He, Psycho, der Captain meint, es könnte ein Patrouillenboot sein. Er will, daß Sie ihr einen Schuß über den Bug setzen.«

»Einen Schuß über den Bug, kommt sofort«, sagte Wallowitsch.

Er zog seinen Degen und deutete auf das Ziel, als würde er gleich angreifen.

»Geschütz einundfünfzig, Backbord-Rohr klarmachen, ich wiederhole, ans Backbord-Rohr«, befahl Lustig.

»Geschütz einundfünfzig, *Steuerbord*-Rohr geladen und einsatzbereit«, meldete McTigue über das Funksprechsystem.

»ICH HABE GESAGT BACKBORD-ROHR, CHIEF!«

»Ach du Scheiße, Mister Lustig, beim Backbord-Rohr quietscht der Ladeaufzug so, daß ich zum Steuerbord-Rohr gewechselt habe. Ist doch eigentlich kein Unterschied, oder?«

Lustig zuckte mit den Achseln.

Aus dem Sprechrohr ertönte eine Stimme: »Brücke, hier Feuerleitstand, Zielobjekt liegt bewegungslos im Wasser.«

»He, Larry«, rief Wallowitsch. »Mir ist gerade etwas eingefallen – ich habe keine Ahnung, wie man jemandem einen Schuß über den Bug hinsetzt. Solche Sachen bringen sie einem auf der Artillerieschule nicht mehr bei.«

»Hör zu, Psycho«, sagte Lustig. »Die Sache ist ganz einfach. Das Ziel liegt doch wie eine tote Ente im Wasser, ja? Sie müssen nun lediglich Entfernung und Peilung auf den Bug einstellen, dann einen kleinen Führungswinkel zugeben und feuern. Kapiert?«

»Sie meinen, ich soll *vor* ihren Bug schießen, nicht darüber?«

fragte Wallowitsch.

»Allerdings, genau vor den Bug«, sagte Lustig.

»Warum sagt man dann aber immer einen Schuß *über* den Bug setzen?«

»Also wirklich, Psycho, das ist nun mal so'n Ausdruck. Aber jetzt tun Sie endlich was, ehe der Käpt'n in die Luft geht!«

»Kann ich jetzt schießen?« vergewisserte sich Wallowitsch noch mal.

»Sie können jederzeit schießen«, antwortete Lustig.

Wallowitsch legte seinen Degen ab, überprüfte ein zweites Mal die Entfernung und die Peilung zum Bug des Ziels, gab einen kleinen Führungswinkel zu und nahm die Fernsteuerung für den Auslöser.

Auf der Kommandobrücke ertönte wieder die Stimme der Artilleriefeuerleitung aus dem Sprechrohr. »Brücke, ich bin's noch mal. Leinen noch nicht loswerfen. Jemand hat vergessen, die DR-Wanze einzustöpseln. Das Ziel scheint sich mit – naja – acht Knoten zu bewegen.«

»Acht – Jesus! He, Psycho! Warte –«

Das Steuerbordgeschütz von Turm 51 feuerte und schlug zurück. Die Messingkartusche war so heiß, daß sie einem Mann glatt die Haut versengt hätte. Sie sprang heraus und rollte auf dem Deck gegen die Reling. Wie bei einer Zigarettenreklame stieg aus der Mündung des Rohres eine perfekte orangefarbene Rauchwolke. Zweikommasieben Kilometer entfernt lief das Zielobjekt genau in das Explosionsgeschoß hinein, fing Feuer, als hätte jemand eine Streichholzschachtel angesteckt, und verschwand von der Bildfläche.

Es war genau 07.13 Uhr.

Auf der *Ebersole* hörte man einen langen Atemzug nichts außer dem Plätschern der Wellen, die, vom Bug geteilt, ans Schiff schlugen. Dann brach der Erste Offizier plötzlich in brüllendes Gelächter aus, als habe er soeben die Pointe eines Witzes kapiert. Tevepaugh steckte seinen Kopf aus dem Ruderhaus und fragte Lustig: »Meinen Sie, daß man behaupten kann, daß wir jetzt die erste Feindberührung hatten?«

Lustig macht ein Vermögen

»Das war wirklich gut geschossen, mein Junge«, sagte Jones und klopfte Wallowitsch auf den Rücken seines Tennispullovers, als er aus der Luke seines Zentralleitstandes auftauchte. »Ein guter Schuß! Von jetzt an werde ich wohl alle meine Offiziere bei einem Gefechtsalarm Degen tragen lassen, was? Schafft so die richtige Atmosphäre, stimmt's, Erster?«

»Gut gemacht, Wally«, sagte der Erste und schüttelte Psychos Hand.

»Nennt mich einfach ›Treffer‹«, sagte Wallowitsch mit weichen Knien.

Als die Sonne über den Horizont stieg, drehte die *Ebersole* eine Runde, um nach Überlebenden zu suchen. Es wurden aber lediglich ein paar Holzsplitter gefunden, eine Schwimmweste aus Kork um einen Torso ohne Arme, ohne Beine und ohne Kopf und eine leere Pappschachtel, auf der stand: »U.S. Government Issue Prophylaxe.«

Jones schickte sofort einen »Gefechtsbericht« an Vizeadmiral Haydens, den Kommandeur des Kampfverbandes, zu dem die DD722 gehörte, und meldete, daß die *Ebersole* von einem feindlichen Patrouillenboot angegriffen worden war, das aber im anschließenden Feuergefecht versenkt werden konnte. Nach dem Frühstück machte ein Matrose, der im zivilen Leben Tätowierer gewesen war, eine Kerbe in seinen Pistolengriff – und malte die Silhouette eines sinkenden Patrouillenboots auf die Seite von Turm 51. Jones schwitzte über einer Reiseschreibmaschine und schlug sich selbst für den »Silver Star« vor, die dritthöchste militärische Auszeichnung des Landes. (Im Kriegsgebiet wurden Orden nach einem Quotensystem verteilt. Kurz nachdem die *Ebersole* auf Yankee Station, ihrem Zielgebiet, eingelaufen war, empfing sie eine Routineanweisung von Admiral Haydens, der auf Ordensvorschläge des Zerstörerverbandes wartete. Haydens selbst war eifrig bemüht, Chief of Naval Operations zu werden, und war daher nur allzu glücklich, Orden zu verteilen, weil das für ihn von Vorteil war.) Die endgültige Version, die der Erste und Lustig unterzeichneten und später einreichten, enthielt Wendungen wie »gab ein entschlossenes Beispiel von Tapferkeit« und »ohne auch nur im geringsten auf persönliche Sicherheit bedacht zu sein.«

Lustig brachte die Empfehlung zum Funkraum, damit sie an den Flugzeugträger übermittelt werden konnte. Auf dem Rückweg hielt Ohm ihn im Korridor auf.

»Herzlichen Glückwunsch«, sagte er und gab Lustig fünfundfünfzig Ein-Dollar-Scheine. »Die Glückszahl dreizehn hat gewonnen.«

Angry Pettis entdeckt einen weißen Rettich im Wasser

Kurz bevor der Bootsmann Backen und Banken pfiff und der Marineschreiber mit einer Sonderausgabe des *Ebersole Adlers* herumlief, in dem der Wortlaut von Admiral Haydens Glückwunschtelegramm abgedruckt war, sah Angry Pettis einen riesigen weißen Rettich am Schiff vorbeischwimmen.

»He, Mister Moore«, schrie er dem Deckoffizier zu. »Sehn Sie mal – da ist ein weißer Rettich im Wasser. Warum holen wir uns den nicht raus und setzen ihn auf den Küchenzettel?«

Es war kein Rettich, sondern eine Leiche, die mit dem Gesicht nach unten dahintrieb, aufgedunsen und kalkweiß vom Aufenthalt im Wasser.

»Lassen Sie das Beiboot runter, und sehen Sie nach, ob es sich um einen Asiaten oder Weißen handelt«, befahl Jones, als Moore ihm meldete, was sie gefunden hatten. »Wenn es ein Asiate ist, vermerken Sie es im Logbuch und lassen ihn, wo er ist; wenn es ein Weißer ist, holen Sie ihn herauf.«

»Beiboot fieren!« grunzte Ohm in die Lautsprecheranlage. Wallowitsch, der Offizier im Beiboot, nahm seinen Platz im Bug ein und dirigierte den Steuermann auf den Körper zu.

»Wir müssen ihn mit dem Gesicht nach oben drehen«, sagte

Wallowitsch, als sie ihn erreicht hatten. »Geben Sie mir mal den Bootshaken.«

Der Psycho versuchte, mit dem Bootshaken die Leiche umzudrehen; aber die stumpfe Metallspitze des Hakens drang sofort in den Körper ein und riß ihn wie aufgeweichtes Seidenpapier auf. Wallowitsch drehte den Kopf zur Seite und kotzte. Die Matrosen im Beiboot schafften es schließlich, die Leiche gegen die Seite des Boots zu ziehen und umzudrehen. Sie konnten jedoch nicht feststellen, ob es sich um einen Asiaten oder Weißen handelte, weil kein Gesicht mehr vorhanden war.

Zitternd stolperte Wallowitsch zurück auf die *Ebersole*. »Ich wollte ihm nicht weh tun, stöhnte er leise. »Ich schwöre bei Gott, daß ich ihm nicht weh tun wollte.« Dann mußte er sich wieder übergeben, und wieder und wieder, bis es nichts mehr auszuspucken gab.

Psychos Quelle des Humors war versiegt.

Der Kapitän beruft einen Kriegsrat ein

»Wir alle hassen Gewalttätigkeit, ich ebenso wie jeder Mann in dieser Messe«, begann Kapitän Jones. Mit seinen dicken Fingern hielt er die Stuhllehne am Kopfende des Tisches fest umschlossen und wiegte sich rhythmisch auf den Ballen seiner spiegelblank geputzten Schuhe. Der Kommandant der *Ebersole* fing an, sich für sein Thema zu erwärmen. Er war ein guter Redner, unbefangen und gleichzeitig kraftvoll. Er gab sich Mühe, seine normalerweise monotone Stimmlage eine halbe Oktave nach oben oder unten zu verändern, und legte auch großzügige Pausen ein.

»Lesen Sie mal wieder in Ihren Geschichtsbüchern, meine Herren«, fuhr Kapitän Jones fort. Er nickte und zog die Augenbrauen hoch, um darauf hinzuweisen, daß er damit einen wichtigen Punkt ansprach. »Ganz gleich was diese weichen Journalistenkerle behaupten, ein gesunder Abscheu vor Gewalttätigkeit ist wesentlicher Bestandteil unserer amerikanischen Tradition. Allerdings muß irgendwo jemand die Standfestigkeit beweisen und mit dem großen Zeh eine Linie in den Staub ziehen und sagen: ›Bis hierher und nicht weiter!‹«

Jones zog den Bauch ein, der normalerweise über den Gürtel hing. »Nun, meine Herren, wir stehen an dieser Linie, an dieser Grenze der Freiheit« – er nickte wieder; ein weiterer wichtiger Punkt! – »Hier draußen in diesem gottverlassenen Teil des Ozeans. Und die *anderen* waren es, die diese Linie überschritten haben. Ergo müssen sie nun gegen das kampflustigste Kriegsschiff der U.S. Marine antreten, gegen die *Eugene F. Ebersole,* klar?«

Der Kriegsrat (wie der Kapitän es gern nannte) war in der vorderen Messe gleich nach dem Mittagessen einberufen worden. Es fehlten nur Wallowitsch, der seit der Sache mit der Wasserleiche in seiner Koje lag, und Moore, der Brückenwache hatte. Der Rest der Offiziere war dumme Sprüche klopfend, aber neugierig erschienen. Man fühlte sich offensichtlich mit den 45er Pistolen, die am Gürtel baumelten, nicht übermäßig wohl.

»Gehört die Artillerie von jetzt an zur Uniform?« erkundigte sich Ralph Richardson, Absolvent der Wirtschaftsakademie in Harvard, der seine zwei Jahre als Versorgungsoffizier runterriß.

»Die Artillerie, wie Sie es nennen, ist beim Kriegsrat und auf der Brückenwache während der Gefechtsbereitschaft Vorschrift«, erklärte der Kapitän. »Ich möchte, daß die Atmosphäre hier einem Kriegsschiff angemessen ist.«

Die Offiziere hatten an dem langen, filzüberzogenen Tisch Platz genommen, ohne so recht zu wissen, wo sie dabei die Pistolen lassen sollten. Um den Ernst der Lage hervorzuheben, hatte man Angry Pettis mit geladenem M-1-Gewehr vor der Tür postiert.

»Hier kommt kein Scheißkerl rein, schwarz oder weiß, bis der Captain rauskommt«, erklärte er True Love, dem Steward der Messe, einem unglaublich dummen, aber unendlich naiven Schwarzen, der eigentlich Truman Love hieß.

In der Messe waren alle zivilen Luxusgüter – ein 45-cm-Farbfernseher, ein Philodendron aus Plastik, ein Tonbandgerät –

weggepackt worden. Das Dekor bestand nur noch aus dem, was der Kapitän für unbedingt nötig hielt: der goldene Basketball, den de Bovenkamp beim Atlantik-Turnier der Zerstörer gewonnen hatte, ein Foto des verstorbenen und posthum ausgezeichneten Korvettenkapitäns Eugene F. Ebersole, dem rundlichen Kapitän eines amerikanischen U-Boots, das unter heldenhaften Umständen im Zweiten Weltkrieg durch japanische Wasserbomben versenkt worden war, die jährliche Weihnachtskarte von Ebersoles Witwe (längst wieder verheiratet), die mit Klebestreifen am Schott befestigt war, eine gerahmte, in Relief ausgearbeitete Ausgabe von John Paul Jones' Verhaltenscodex für Marineoffiziere und ein Modell der *Eugene Ebersole* in einer Flasche.

»Ich möchte Ihnen für den guten Start heute morgen meine Anerkennung aussprechen«, sagte der Kapitän, »dies gilt vor allem Mister Wallowitsch, der sich leider nicht wohl fühlt.« Der Kapitän räusperte sich. »Das war ein Klasseschuß, das kann man wohl sagen. Und ich bin nicht der einzige, der so denkt. Wie wir in der Marine sagen: ›Wahrschau! Wahrschau!‹«

Jones holte einen auf ein Blatt aufgeklebten Funkspruch aus der Tasche und las vor. »›Gute Arbeit, *Ebersole.* Ihre Leistung angesichts des Feindes an diesem Morgen war beste Marinetradition. Bin glücklich, einen so fähigen Blecheimer wie die *Ebersole* auf Yankee Station zu haben.‹ Unterschrieben: ›Vizeadmiral Winthrop G. Haydens.‹«

Der Poet und Richardson sahen sich nur an. Der Kaplan und Lustig hielten die Augen auf den Tisch geheftet. Die jüngeren Offiziere um den Tisch in der Messe starrten mit verlegenem Schweigen auf den Kapitän. Nur der Erste (der langsam die Stichworte mitbekam) und Leutnant de Bovenkamp (ein Ex-College-Star, der automatisch auf die Atmosphäre einer aufmunternden Rede reagierte) verhielten sich so, wie der Kapitän es von seinen Offizieren erwartet hatte: mit bescheidener Freude über das Lob waren sie stolz, zur *Ebersole*-Mannschaft zu gehören, und lächelten, begierig, sich sofort wieder ins Getümmel zu stürzen.

Kapitän Jones blickte etwas verunsichert im Raum herum. »Mir ist ganz klar, daß einigen von Ihnen etwas unbehaglich zumute ist« – wieder räusperte er sich – »unbehaglich, weil heute morgen während des Gefechts ein paar Schlitzaugen getötet wurden.« Der Kapitän zog seinen Stuhl vor und setzte sich. Er sprach jetzt in einer Art, die er für väterlich hielt – mit tiefer und zuversichtlicher Stimme –, um zu zeigen, daß er Schwäche verstehen und verzeihen konnte. »Ich respektiere das. Ich respektiere die Tatsache, daß Sie so empfinden. Das ist der Punkt, den ich vorhin angesprochen habe – daß wir alle Gewalttätigkeit verabscheuen. Aber, meine Herren, auch wenn es banal klingt, ist es nun mal eine Tatsache, daß der Krieg die Hölle ist.« Jones sprach die letzten Worte so langsam, als wäre es ein Zitat. »Ist es nicht so, Mister Lustig?«

Lustigs Augen hingen zwar am Kapitän, aber in Gedanken war er woanders. »Würden Sie die Frage bitte wiederholen, Sir?«

»Ich habe Sie gefragt: ›Ist der Krieg nicht die Hölle?‹« Jones war offensichtlich verärgert.

»Ja, Sir, genauso ist es«, antwortete Lustig lahm. »Jeder, der einmal dabei war, weiß das.«

(»Krieg ist nicht die Hölle, jedenfalls nicht für uns, Käpt'n«, hörte sich Lustig sagen, als er die Szene hinterher noch mal durchspielte. »Wenn der Krieg nicht die Hölle ist, was könnte sonst die Hölle sein?« brüllte ihn der Kapitän an, wütend, weil er ihm öffentlich widersprochen hatte. Worauf Lustig überlegen geantwortet hätte: »Der Krieg ist nicht die Hölle – er ist eine Chance, Karriere zu machen.«)

»Die meisten von euch jungen Männern in dieser Messe«, sagte der Kapitän, »ja, die meisten Männer auf diesem Schiff, sind zu jung, um viel vom Zweiten Weltkrieg oder sogar vom Koreakrieg mitbekommen zu haben. Ich habe die Japse nicht gehaßt. Ich habe auch die Nordkoreaner nicht gehaßt. Was das angeht, hasse ich die Schlitzaugen, die Chinesen auch nicht, ja nicht einmal die Russkis. Aber ich kämpfe gegen die Feinde meines Landes.«

»Mit anderen Worten: Recht oder Unrecht – mein Vaterland!«

unterbrach ihn der Poet, wobei er sich größte Mühe gab, den Zynismus aus seiner Stimme fernzuhalten.

»So ist es!« rief der Erste und nickte heftig. »Genau so ist es! Klingt zwar sentimental, trifft aber genau den Kern der Sache, nicht wahr, Captain? Recht *oder* Unrecht – mein Vaterland.«

»Jemand muß diesen Standpunkt vertreten«, sagte der Kapitän. Er war sich nicht so ganz sicher, auf welcher Seite der Poet stand.

Ein Wort der Sanften Vernunft

Jones machte eine Pause, um seine Gedanken zu sammeln. »Wegen dieser Flugblätter«, sagte er schließlich. Alle Offiziere am Tisch beugten sich vor.

Mit beiden Handflächen strich der Kapitän das Papier glatt (welches zusammengerollt in seinem Serviettenring von True Love mit dem Frühstück serviert worden war). Sobald er eine Hand wegnahm, rollte sich das Papier sofort wieder auf. Er beschwerte die Ecken mit den Salz- und Pfefferstreuern, der Zukkerdose und einem Aschenbecher.

Bisher waren vier Exemplare des Flugblatts aufgetaucht. Außer demjenigen, das man dem Kapitän zum Frühstück serviert hatte, hing ein weiteres mit Reißzwecken befestigt am Anschlagbrett der Mannschaftsmesse, ein drittes hatte man an das Foto Eugene F. Ebersoles geklebt (»Sakrileg«, hatte der Erste empört gerufen, als er es abriß), und ein viertes wurde (als die Jagd danach schon im Gang war) am Münztelefon im Mittelgang gefunden.

Das Flugblatt war einzeilig geschrieben und eingerückt. Es begann wie folgt:

Waffenbrüder!

(»Wir haben den Ausdruck ›Waffenbrüder‹ den ganzen Krieg hindurch benutzt«, hatte Jones gemeint, als er und der Erste morgens über das Flugblatt gesprochen hatten. »Ich schätze, die Kerle im Kreml haben den Begriff ruiniert.«)

> Heute werden die Offiziere, Unteroffiziere und Mannschaften der *Ebersole*, die ein Schiff ist, auf der Rassentrennung herrscht, von unserem Rassistenschwein, dem Kapitän, dessen Hobby es ist, Stacheldraht von Konzentrationslagern zu sammeln, den Befehl erhalten, unschuldige Männer, Frauen und Kinder zu töten, sie ebenso sicher umzubringen, als würde ein sadistisches Nazischwein ein Gewehr an ihre Köpfe halten und ihr Gehirn mit einem Schuß wegblasen. LASST NICHT ZU, DASS SIE MÖRDER AUS UNS MACHEN!!! Führt keinen Krieg gegen unschuldige Männer, Frauen und Kinder. 20 Jahre lang hat Amerika so getan, als sei Frieden ein Komplott der Kommunisten. Laßt uns heute auf der *Ebersole* mit dem Frieden einen Anfang machen. Laßt die Geschütze schweigen. Jeder kann durch Sabotage seinen Teil dazu beitragen. Wenn die *Ebersole* nicht fahren kann, wenn die Geschütze nicht funktionieren, kann man uns nicht zwingen zu MORDEN.
> Denkt dran: Niemand kann euch zwingen, den Abzug zu drücken!
> *Die Stimme der Sanften Vernunft*

»Also wegen dieser Flugblätter«, sagte der Kapitän gerade. Er änderte sein Sprechtempo und sprach jetzt leise und schnell mit dem Ton der Überzeugung eines Mannes, dem bitter Unrecht geschehen war. Er quetschte in die Zwischenräume zwischen den Worten soviel Aufrichtigkeit, wie er nur konnte. »Ich möchte einen Punkt völlig klarstellen: Ich weise aufs schärfste die Anspielung zurück, daß ich persönlich irgendwelche rassistischen Gefühle hege oder daß ich ein Schiff, auf dem Rassentrennung herrscht, führe. Ich bin in dieser Marine schon gewesen, da waren einige von Ihnen noch gar nicht geboren. Ich habe mich von der Pike auf bis in den Offiziersrang hochgedient, und ich habe niemals einen farbigen Seemann anders behandelt als einen weißen, niemals, absolut niemals! Was nun den Vorwurf angeht, auf der *Ebersole* herrsche Rassendiskriminierung, möchte ich dazu nur sagen, daß einige unserer farbigen Matrosen seit dem Wirbel auf dem Messedeck in Norfolk es vorziehen – *aus freien Stücken, aus eigenem Entschluß, möchte ich betonen* –, sich auf einer Seite des Messedecks zusammenzuschließen. Aber die Unterstellung, daß dadurch Rassentrennung geschaffen wurde, also –«

Jones riß die Arme hoch, als wollte er ausdrücken, daß dieser Vorwurf so lächerlich sei, daß er keine weitere Widerlegung erfordere.

Mehr über den »Wirbel« auf dem Messedeck

Der »Wirbel« auf dem Messedeck hatte stattgefunden, als das Schiff in der Basis der Zerstörer in Norfolk an der Pier festgemacht hatte. Nach dem Abendessen waren Jones, der Erste und die meisten Offiziere ins Offizierskasino gegangen, um einen zu heben.

Ohm hatte den Schwarzweißfernseher auf dem Messedeck eingeschaltet, um *The Beverly Hillbillies* zu sehen. Angry Pettis hatte aber darauf bestanden, die Show mit James Brown zu sehen, dem Soulbruder Nummer eins. Es kam einleitend zu einigen Beschimpfungen, worauf urplötzlich die Meinungsverschiedenheit zu einer enormen Schlägerei ausgeartet war. Matrosen rannten aus den umliegenden Räumen aufs Messedeck, und Fäuste und Kaffeetassen flogen in alle Richtungen.

Obwohl Lustig (der das Kommando führte, während der Kapitän nicht an Bord war) aus Leibeskräften brüllte, war es ihm nicht gelungen, die Schlägerei zu beenden. Es war de Bovenkamp, der das anstehende Problem löste, indem er den Farbfernseher aus dem Aufenthaltsraum holen und auf der anderen Seite des Messedecks aufstellen ließ. Die beiden Parteien warfen sich zwar noch böse Blicke zu, ließen sich aber nieder, um ihr jeweiliges Programm anzuschauen. Am nächsten Morgen nahmen die Schwarzen an Bord alle auf der James-Brown-Seite der Messe Platz, während die Weißen sich auf die *The-Beverly-Hillbillies*-Seite setzten.

Der Kapitän hatte über die Meldung eines Rassenkrawalls nur gelacht. »Wenn Sie mich fragen, war das eindeutig ein Fall von übermütiger Stimmung.«

Auf dem Messedeck wurde allerdings dieses geteilte, aber in sich gleiche Arrangement sehr schnell zum Status quo.

Mehr über den Stacheldraht

»Was nun die Sache mit dem Stacheldraht anbelangt«, sagte der Kapitän. »Hier handelt es sich um ein perfektes Beispiel, wie etwas so völlig entstellt werden kann, daß es keinen Bezug zur Wirklichkeit mehr hat. Einige von Ihnen werden vielleicht bemerkt haben, daß ich in meiner Kabine Stacheldrahtstücke in einer Vitrine aufbewahre. Ich wurde in La Crosse, Kansas, geboren und bin auch dort aufgewachsen, in der Weltmetropole des Stacheldrahts. Sie sind sich sicher nicht der Tatsache bewußt – es besteht auch kein Grund, daß Sie es sein müßten – daß es Hunderte verschiedener Arten von Stacheldraht gibt, nicht etwa nur einen für alle Zwecke geeigneten Typ. Als ich noch ein Junge war« – in den Augen des Kapitäns leuchtete ein Ausdruck seliger Entrückung – »mein Gott, da habe ich jedes Jahr bei den Spleißwettbewerben mitgemacht. Einmal habe ich es in elf Sekunden geschafft und habe gegen die anderen Bewerber des gesamten Staates Kansas den zweiten Preis errungen.«

Jones verdrängte die Erinnerungen. »Aber das gehört jetzt nicht hierher. Es geht lediglich darum, daß ich Stacheldraht sammle wie andere Leute Briefmarken. Die Ausstellungsstücke in meiner Kabine sind ein Teil meiner Sammlung. Das Stück in der Mitte, das mit Goldlitze eingerahmt ist, ist ein seltenes Liebhaberstück. Es ist fünfhundert Dollar wert, wenn man es kaufen könnte. Es ist ein Stück des Originaldrahtes, der in La Crosse achtzehnhundertzweiundsechzig hergestellt wurde und zum Einzäunen der Indianerreservationen benutzt wurde. Die Stacheln sind alle auf der Innenseite, damit sich die Rinder draußen nicht verletzen konnten. Also – zu behaupten, daß irgendeine Verbindung zu einem Konzentrationslager und diesem Stück besteht, ist einfach infam beleidigend. Gegen Stacheldraht als solchen ist nichts einzuwenden. In den Händen der Amerikaner wurde er dazu benutzt, den Westen der Zivilisation zu erschließen und eine lukrative Viehzuchtindustrie zu schaffen. In den Händen der Nazis erhielt er natürlich eine ganz andere Bedeutung.«

»Captain«, meldete sich der Erste nach kurzem Zögern, »ich glaube, daß ich für alle Offiziere in dieser Messe spreche, sowie für alle Männer auf diesem Schiff, wenn ich Ihnen versichere, daß die Anspielungen auf Sie ganz ohne Frage übelste Verleumdungen sind, sonst nichts.«

»Ich habe niemals angezweifelt, daß Sie es so sehen würden, meine Herren«, sagte Jones hochherzig. »Ich sage Ihnen auch ganz offen, daß eine solche Sache ohne Ihre phantastische Unterstützung einem Kommandanten zu einem Komplex verhelfen könnte.«

(Später fiel Lustig dazu ein: »Aber Sie haben doch bereits einen – einen Militärindustriekomplex.«)

»Wie dem auch sei«, fuhr Jones fort, »ich wollte reinen Tisch machen, wie man so sagt. Damit können wir jetzt zum Hauptpunkt übergehen.« Jones nickte, um die Wichtigkeit der folgenden Frage zu unterstreichen. »Wer, meine Herren, wer ist Sanfte Vernunft?«

Der Kapitän ließ die Frage tief einsinken. Dann streifte sein Blick über die Tischrunde, und er fügte hinzu: »Lassen Sie uns den Tatsachen ins Auge sehen. Wir haben es mit einem hundsgemeinen, stinkenden, verfaulten Apfel der Fünften Kolonne zu tun. Und wir müssen diesen verfaulten Apfel zerstampfen, ehe er andere schwache, anfällige Äpfel in der Kiste ansteckt. Aber wir müssen behutsam vorgehen – wir dürfen keineswegs bei der Suche nach dem verdorbenen Apfel die guten verletzen.«

»Es muß ein sauberer, chirurgischer Schnitt sein«, sagte der Erste.

»Ganz genau!« stimmte der Kapitän bei. Die Muskeln in seinem Gesicht zuckten, und er strich sich mit der Hand über die Wange, um sie wieder zu beruhigen.

»Captain, Sir, bei allem Respekt, haben Sie auch die anderen Möglichkeiten in Betracht gezogen?« fragte der Poet. »Es besteht doch immer die Chance, daß es sich um einen Scherz handelt, oder?«

»Mister Joyce, das Individuum, das sich Sanfte Vernunft nennt, hat die Offiziere und Männer an Bord dieses Schiffes zu Sabotage und Meuterei aufgerufen. Das ist kein Scherz. Wir haben es mit einem durch und durch verdorbenen Kerl zu tun, und ich habe die Absicht, ihn ans Kreuz zu nageln. Ehe wir das aber tun können, müssen wir ihn zuerst finden, stimmt's? Ich bin allen Vorschlägen gegenüber aufgeschlossen.«

Leutnant de Bovenkamp hob die Hand.

»Sie brauchen hier nicht die Hand zu heben, Mister de Bovenkamp«, sagte der Kapitän freundlich. »Sprechen Sie nur, mein Junge.«

»Proper«, sagte de Bovenkamp, wobei er eine Kaugummikugel bearbeitete. »Wie wäre es, Proper darauf anzusetzen, Captain?«

Propers Curriculum vitae

Der Dritte Sonargast, Dwight Proper, war offensichtlich der richtige Mann für diese Aufgabe. Er war ein kleiner, drahtiger Matrose mit buschigen Augenbrauen und einem abnorm niedrigen Haaransatz. Zwei Jahre war er bei der Chicagoer Polizei gewesen, ehe er sich zur Marine verpflichtet hatte. (Es spielte keine Rolle, daß er nur Verkehrspolizist gewesen war.) Proper verließ also die Polizei und ging zur See, um frische, pollenfreie Luft zu atmen. Er litt sehr unter Heuschnupfen, Rosenfieber und war allergisch gegen Staub, frisches Obst, Mais, Mayonnaise, Katzen, Hunde und Wolle. Wie sich zu seinem Pech herausstellte, war er auch gegen die Kissen und Matratzen, die die Marine ausgab, allergisch. Aus diesem Grund lief er ständig mit einem Benzedrex-Inhalator herum.

Propers Erfahrung als Polizist in Chicago hatte sich in Cartagena schon bewährt, als Kaplan Rodgers feststellte, daß siebenhundertunddreiundfünfzig Männer von den verschiedenen U.S.-Navy-Schiffen im Hafen an Land gegangen waren; aber nur vierzehn davon zu sehen waren, als sie am Hafen herumlungerten und mit spanischen Strohhalmen ihre Limonade schlürften.

»Ich kann über den Verbleib von siebenhundertneununddreißig Matrosen keine Rechenschaft ablegen«, funkte der Kaplan in Panik an Kapitän Jones, der an diesem Tag das Kommando über die Landgangpatrouille hatte.

»Finden Sie diese siebenhundertneununddreißig Männer, Proper!« hatte der Kapitän befohlen, und im Handumdrehen hatte der Bulle aus Chicago den Fall gelöst. Alle siebenhundertundneununddreißig waren auf dem Hügel, wie sich herausstellte, einem verwinkelten Viertel am Stadtrand, mit engen, lehmigen und nach Urin stinkenden Gassen, wo Hunderte von halbnackten Bälgern barfuß herumliefen und um Kundschaft für die Freudenhäuser warben.

»Sehen Sie sich nur die ganzen Hurenböcke an!« rief Proper, als er am Tatort erschien.

»Also nein, verdammt noch mal!« murmelte der Kaplan, den Proper im Schlepptau zum Hügel geführt hatte.

Proper nimmt die Spur auf

»Einiges ist sonnenklar«, fing Proper mit seinem vorläufigen Bericht an, den er Kapitän Jones eine Stunde, nachdem der Kriegsrat zu Ende war, lieferte.

»Punkt A: True Love ist mit Sicherheit nicht Ihre Sanfte Vernunft. Ich habe ihn sorgfältig befragt. Er schwört, daß das Flugblatt bereits zusammengerollt in Ihrem Serviettenring war, als er das Frühstückstablett aus der Kombüse holte und nach oben brachte. Er dachte, es handle sich um den Tagesplan. Die anderen Stewards sagten das gleiche, und ich glaube ihnen.« Proper sagte das, als würde die Tatsache, daß *er* ihnen glaubte, auch niemand anderen daran zweifeln lassen. »Wenn sie schuldig wären, Captain, hätten sie das belastende Flugblatt nicht an einem Ort gelassen, durch den sie sich verdächtig machen könnten. Sie sehen, was ich meine? Das heißt, daß jemand nachts hineingeschlüpft ist und das Flugblatt in Ihren Serviettenring gesteckt hat.«

»Aber ich habe gedacht, die Kombüse ist nachts verschlossen?«

»Ist sie auch, Captain; aber der Schlüssel liegt unter der Gummimatte vor der Tür, weil der Steward, der abends zuschließt, nicht derselbe ist, der morgens aufsperrt, und es nur einen Schlüssel gibt.«

»Verstehe.« Der Kapitän nickte. Er war von Propers Gründlichkeit beeindruckt. »Machen Sie weiter.« Jones kaute innen an seiner Backe, als Proper fortfuhr.

»Punkt B: Sanfte Vernunft ist schwach in englischer Rechtschreibung!«

»Rechtschreibung, hm?«

»Ja, Sir! Schwach in Rechtschreibung. Sie haben doch sicher bemerkt, daß er ›Amerika‹ mit k schreibt. Das ist aber kein Tippfehler, weil das K auf keiner Schreibmaschine nahe beim C ist. Sie sehen, was ich meine?«

»Ja, ich glaube schon. Was ist mit Fingerabdrücken?«

»Das ist mein Punkt C, Captain. Punkt C: Es wäre sinnlos, nach Fingerabdrücken zu suchen, weil bereits zu viele Leute die

Ware in den Fingern gehabt haben, wenn Sie wissen, was ich meine. Außerdem spricht viel dafür, daß der Schuldige so vorsichtig war, überhaupt keine Fingerabdrücke zu hinterlassen.«

Der Kapitän wurde langsam kribbelig. »Sie klingen nicht sehr zuversichtlich, Proper.«

»Im Gegenteil, Captain. Ich habe allen Grund zu der Annahme, Sanfte Vernunft für Sie bis heute abend bereits identifiziert zu haben.«

»Na, das *sind* ja erfreuliche Neuigkeiten. Und wie?«

»Captain, was fällt Ihnen bei diesen vier Flugblättern auf?« Proper breitete sie auf dem Schreibtisch aus und beschwerte die Ecken, um sie flach zu halten.

Jones betrachtete die vier Blätter einige Augenblicke aufmerksam. »Nur, daß sie das Werk eines verdammt faulen Apfels sind«, sagte er schließlich.

»Mit allem Respekt, Captain, Sie müssen das objektiv sehen, wenn Sie wissen, was ich meine. Das erste, was mir auffiel, als ich diese Blätter genauer ansah, war, daß sie alle auf derselben Schreibmaschine getippt wurden. Das aus Ihrem Serviettenring ist das Original, die anderen drei sind Durchschläge. Sehen Sie, wie sie immer undeutlicher werden?«

»Bei Gott, dem Allmächtigen! Sie haben recht!«

»Ich habe eine Probe getippt auf derselben Papierstärke – das Papier wird übrigens im Schiffsladen verkauft – und habe herausgefunden, daß ich ein Original und fünf leserliche Durchschläge machen kann, wenn ich neues Kohlepapier verwende, vier leserliche, wenn das Kohlepapier gebraucht war. Sie sehen, was ich meine?«

»Weiter, Proper, weiter, mein Junge«, sagte der Kapitän ungeduldig.

»Wahrscheinlich existieren noch ein oder zwei Exemplare dieser Hetzschrift auf dem Schiff, wenn meine Vermutung stimmt.«

»Das ist ja alles höchst interessant, mein Junge, aber wie hilft das alles, Sanfte Vernunft zu finden?«

»Ach, das ist einfach. Ich werde die Typen bei sämtlichen Schreibmaschinen auf diesem Schiff überprüfen, bis ich die finde, auf der das Flugblatt getippt worden ist. Der Seemann, der diese Schreibmaschine besitzt oder der Zugang zu ihr hat, ist Ihre Sanfte Vernunft.«

Kapitän Jones übernimmt das Ruder

Lustig, der als Deckoffizier Dienst tat, und der Erste, der seine Bräune auffrischen wollte, unterhielten sich auf der Brücke. Die *Ebersole* sicherte einen Flugzeugträger, an dessen Backbordseite sie dahinstampfte. Der Flugzeugträger hatte in den Wind gedreht und nahm gerade seine Flugzeuge auf, die von einem Angriff auf dem Festland zurückkamen.

»Solche Typen ticken doch nicht richtig«, sagte der Erste gerade. »Sanfte Vernunft, so 'n Scheiß! Die sehen nur die schlechte, nie die gute Seite. Ein Land, das so groß wie unsers ist, hat notgedrungen auch Schattenseiten. Aber bei uns kann ein Mann mit nichts anfangen und sich selbst an den Haaren hochziehen. Mein Gott, es ist ein Land, wo jeder x-beliebige Präsident werden kann.«

(»*Jemand x-beliebiger* ist es schon«, dachte Lustig – leider zu spät, um es geschickt in das Gespräch einzuflechten.)

»Sanfte Vernunft!« Der Erste schüttelte düster blickend den Kopf. »Eine völlig falsche Bezeichnung.«

Unverbindlich wie immer peilte Lustig den Aufbau des Flugzeugträgers an, der wie ein riesiges Apartmenthaus auf einer Seite des Flugdecks aufragte. Er stellte fest, daß die *Ebersole* ganz leicht vom Kurs abgekommen war. »Rudergänger, Kurs drei eins sieben«, rief er ins Ruderhaus.

Ohm erschien in der Tür des Ruderhauses und schwenkte ein Stück Papier, das der Meldegänger soeben aus der Kajüte des Kapitäns gebracht hatte. »Bitte um Erlaubnis, das weiterzugeben«, sagte er.

»Genehmigt, Ohm.«

Ohm schaltete den Bordlautsprecher ein. »Alle Mann mit« – er schaute auf den Text, als traute er seinen Augen nicht – »mit

Schreibmaschinen sollen sich damit in die hintere Offiziersmesse begeben.«

Ohms Stimme hallte immer noch durch das Schiff, als das Kampfflugzeug eine dreiviertel Meile von der *Ebersole* entfernt abstürzte, zweimal wie ein flacher Stein über das Wasser hüpfte und dann ins Meer sank.

Als eine riesige Wasserfontäne in einem Regenbogen emporstieg und dann sanft um das Flugzeug in sich zusammensank, war auf der *Ebersole* der Teufel los.

»Ruder Backbord, volle Kraft voraus«, brüllte Lustig; sein Puls raste. »Holt den Captain rauf.«

»Captain auf die Brücke«, brüllte Ohm in die Lautsprecheranlage und hörte das Echo der Lautsprecher unter Deck. »Captain auf die Brücke, auf die Brücke, die Brücke.«

Jones kam die Leiter heraufgestürzt, als die *Ebersole* nach Backbord krängte.

Die Stimme eines Mannes, der sich offensichtlich als Radioansager zu versuchen schien, schaltete sich mit äußerst beherrschter und einschmeichelnder Stimme in die direkte Verbindung zum Flugzeugträger ein: »Fänger, Fänger – hier ist Volière. Eine Taube ist 'runtergekommen. *Ende.*«

»Roger, Fänger schon auf dem Weg. Ende«, antwortete Lustig dem Träger.

»Ich übernehme die Steuerung«, schrie der Kapitän. Er peilte das abgestürzte Flugzeug an und nahm es genau ins Fadenkreuz der Alhidade. »Zurück, verdammt noch mal, zurück auf zwo vier sieben«, schrie er Carr, den Rudergänger, an.

»Niemand hat mir keinen Kurs nicht gegeben«, brummte Carr laut und fügte hinzu: »Klapsmühle, eine verdammte Klapsmühle ist das.« Er ließ das Ruder herumwirbeln und hielt nun Kurs 247.

»Kurs zwo vier sieben liegt an«, rief er laut.

Der Kapitän ignorierte ihn. »Der Ingenieur soll sich für ›volle Kraft zurück‹ bereitmachen und ›alle Maschinen stopp‹«, schrie er Lustig zu.

»Aber, Captain, denken Sie an die Überhitzer«, rief Lustig. Es dauerte zehn oder zwölf Minuten, die Überhitzer so weit herunterzufahren, daß die Maschinen gestoppt werden konnten, ohne daß die Kessel permanent beschädigt würden.

»Wieso sind die gottverdammten Überhitzer an?« brüllte Jones. Er raste hin und her und schlug mit der flachen Hand auf die Reling.

»Sie haben das angeordnet«, antwortete Lustig.

»Dann schaltet sie aus!«

Der Bug der *Ebersole* schnitt durch das Wasser auf das abgestürzte Flugzeug, das noch etwa dreihundertfünfzig Meter entfernt war.

»Volle Kraft zurück«, schrie der Kapitän.

Der Abstand zum Wrack nahm rapide ab.

»Notstopp, äußerste Kraft zurück«, kreischte Jones. »Alles, was ihr habt.«

Der Lee-Rudergänger gab Alarm, um achtern den Notstopp anzuzeigen. Die *Ebersole* verlor sehr schnell an Fahrt.

»Es wäre besser, Sie würden abwechselnd vorn und achtern Alarm geben, Käpt'n, sonst drehen wir ab«, flüsterte der Erste dem Kapitän über die Schulter zu.

»Meinen Sie, ja?« sagte Jones, ohne sich umzudrehen. »Alle Maschinen mit Drittelfahrt voraus«, rief er dem Lee-Rudergänger zu.

Der Bug der *Ebersole*, an dem die Rettungsmannschaft sich bereithielt, um ins Wasser zu springen und den Piloten zu retten, schob sich auf das Flugzeug zu. Es sah aus, als sei der Zerstörer etwa sieben Meter davor zu völligem Stillstand gekommen, als das Klingeln des Maschinentelegrafen, der den Befehl Ein-Drittel-Kraft voraus bestätigte, Wirkung zu zeigen begann.

»Zurück, zurück! Allmächtiger Gott, äußerste Kraft zurück!« schrie der Kapitän – zu spät.

Der Bug ging mit einem Wellenkamm hoch und zerschnitt wie ein Hackmesser das Flugzeug hinter dem Cockpit. Die Schwimmer von der *Ebersole* sprangen, mit langen Sicherheitsleinen um die Taille, sofort ins Meer und kletterten auf das Flugzeug. Durch den Einschnitt drang Wasser in den Rumpf, und das Flugzeug begann wegzusacken. Einer der Schwimmer, Signalmaat

Jefferson Waterman, zerrte am Cockpit, aber es hatte sich bei der Kollision mit der *Ebersole* verklemmt. Das Flugzeug sank immer tiefer, so daß die Schwimmer darauf schon bis zu den Schultern im Wasser standen. Waterman machte einen letzten Versuch. Er tauchte hinunter und schlug mit den nackten Fäusten gegen das Cockpit. Er schlug, kratzte und zerrte, bis seine Hände bluteten. Dann kam er zum Luftschnappen hochgeschossen und weinte wie ein kleines Kind.

Die Männer auf der Brücke konnten das sinkende Flugzeug noch sehen; es schimmerte, wie durch ein Vergrößerungsglas, jetzt schon tiefer als sieben Meter durch das klare, blaue Wasser. Der gelbe Helm des Piloten mit einem kreischenden Adler als Aufkleber, lag in einem merkwürdigen Winkel zum Körper und schwebte in dem überfluteten Cockpit auf und ab.

»Wahrscheinlich war er schon tot«, sagte der Kapitän. »Die Umstände sprechen doch dafür, daß er schon tot war, oder?«

Jones hält ein Post-mortem

»Es ist überhaupt keine Frage, Captain. Er war bereits tot, als das Flugzeug aufschlug«, versicherte der Erste Jones später am Nachmittag. Die beiden saßen in der Kapitänskajüte und warteten darauf, daß sich die für die einzelnen Abteilungen zuständigen Offiziere einfanden. »Admiral Haydens muß zum gleichen Schluß gekommen sein. Lesen Sie doch, wie er dieses Kabel abgefaßt hat. Mein Gott, da ist wirklich keine Spur von Ironie zu entdecken. ›Guter Versuch, Ebersole. Wir sind tief beeindruckt von den Führungseigenschaften, die erforderlich sind, um einen antiquierten Zerstörer wie Fänger zu einer solchen Leistung zu bringen. Ende.‹«

»Stimmt! Es wird mit keinem Wort erwähnt, daß wir zu nah an das Flugzeug herangekommen sind, oder?« sagte der Kapitän nachdenklich.

»Kein Wort«, stimmte ihm der Erste bei. »Was heißt überhaupt zu nahe? Laut Vorschrift sind Sie verpflichtet, Ihre Rettungsmannschaft so nahe und so schnell wie möglich hinzubringen. Soweit ich sehen kann, haben Sie genau das getan. Es war einfach Pech, daß die Maschine abgesoffen ist, ehe sie den Piloten rausholen konnten. Das ist alles.«

»Ich würde alles dafür geben, zu wissen, wer der Saukerl war, der mir den Rat zum Ein-Drittel-Kraft-voraus-Kommando gegeben hat.« Jones leckte sich nachdenklich die Lippen und versuchte, die Stimme zu identifizieren, die er mitten in der größten Aufregung hinter sich gehört hatte. »Sind Sie auch sicher, daß es nicht Lustig war? Vielleicht war es Sanfte Vernunft?«

»Ich bezweifle stark, daß es Sanfte Vernunft war, Captain.«

»Wer außer Lustig war noch auf der Brücke?«

»Wallowitsch und Joyce waren oben, außerdem noch de Bovenkamp und Richardson, ich glaube, Moore auch. Es kamen fast alle heraufgelaufen, als die Scheiße zu brodeln anfing. Soll ich mich mal umhörn, Käpt'n – ganz diskret natürlich?«

Jones dachte einen Augenblick lang über das Angebot nach. »Negativ«, meinte er dann und versuchte immer noch, sich die Szene in Erinnerung zu rufen. »Negativ. Nachdem alles gut ausgegangen ist, wollen wir die Sache vergessen, ja? Aber ich möchte, daß Sie dafür sorgen, daß sich keine gottverdammten Schaulustigen auf der Brücke herumtreiben, Erster. Machen Sie einen entsprechenden Vermerk in den Tagesplan, ja?«

Jones hält eine Lagebesprechung

»Das war wirklich ein Riesenpech, daß das Flugzeug in der letzten Sekunde noch gerammt wurde, Captain«, sagte Richardson bekümmert, als sich die Offiziere – Lustig für die Artillerie, Moore für den schiffstechnischen Dienst, der Erste für den Gefechtseinsatz und Richardson für die Versorgung – um den Schreibtisch des Kapitäns versammelten.

»Ich war mir nicht bewußt, daß wir das Flugzeug gerammt haben, Mister Richardson«, wies ihn der Kapitän eisig zurecht. »Ziel einer solchen Operation ist, so schnell wie möglich zu dem abgestürzten Flugzeug zu gelangen. Und das haben wir getan. Sie leisten bei der Versorgung wirklich gute Arbeit, Mister Richardson; aber ich finde, Sie sollten die Beurteilung der Seemannschaft lieber denen überlassen, die in solchen Sachen wirklich Erfahrungen haben, ja?« Jones nickte, um diesen Punkt noch mehr zu unterstreichen, als er es durch seinen Tonfall bereits getan hatte.

»Sollte keine Kritik sein, Captain«, sagte Richardson lahm.

»Hab' ich auch nicht so aufgefaßt, mein Junge«, antwortete der Käpt'n.

Jones ließ einige Augenblicke schweigend verstreichen, um für das, was kommen sollte, die richtige Atmosphäre zu schaffen. Lustig rutschte unruhig auf dem Stuhl hin und her. Jeder hatte Angst, daß sein Atem der lauteste im Raum sei, und hielt deshalb die Luft an.

»Ich habe diese Besprechung einberufen«, fing der Kapitän an – die Männer atmeten erleichtert aus. »Ich habe Sie hergebeten, um über die Einsatzbereitschaft dieses Schiffes mit Ihnen zu sprechen. Ich habe hier die Berichte von gestern abend« – jeden Abend stellten die Chefs der Abteilungen um zwanzig Uhr eine Liste auf, welche technischen Einrichtungen oder Geräte nicht in Ordnung waren, und schickten sie dem Kapitän – »Das ist doch einfach lächerlich. Wenn auch nur ein Wort davon nach außen dringt, würde die *Ebersole* innerhalb einer Stunde aus der Schußlinie gezogen werden. Und ich bin sicher, meine Herren, daß Sie sich über die Konsequenzen im klaren sind, die das für Ihre Karrieren haben dürfte.«

Die Liste des unbrauchbaren Geräts war eindrucksvoll. Dabei war es allgemein üblich, kleinere Schäden oder solche, die man reparieren konnte, gleich wegzulassen. Das 21 MC, ein internes Kommunikationssystem, war immer noch so atmosphärisch gestört, daß es vom CIC, der Gefechtsinformationszentrale oder vom Zentralleitstand nicht eingesetzt werden konnte. Der mit dem Gefechtsleitstand verbundene SPA-6, Luftaufklärungsradar, hatte einen Wackelkontakt. Das SQS-40 Sonargerät heizte sich wieder zu stark auf. De Bovenkamp hatte versucht, mittels eines abgeschnittenen Hosenbeins vom Drillichzeug Luft aus einem Ventilator in der Nähe zuzuleiten; aber das hatte nichts genützt. In die Sonar-Feuerleitkontrolle, Mark 5 Modell 5 konnte man den Kurs des Schiffes nicht eingeben, was dazu führte, daß das System nicht zu gebrauchen war. Moore mußte den zweiten Kessel abschalten, um die Rohrleitungen nach dem Wasserabfall zu inspizieren. Der Mann, der das »Meßglas« beobachten sollte, war im Dienst eingeschlafen. Die Welle des Reduktionsgetriebes der Backbordturbine mußte ausgeschaltet werden, weil der Oberbootsmann ein Pochen feststellte – »Lagerschaden«, hatte Moore danebengeschrieben. Generator eins, ein altes Arbeitspferd, das regelmäßig kaputtging, funktionierte nicht. Der Hauptkondensator, der Meerwasser aufnahm, war wieder einmal verstopft, wahrscheinlich mit Fischen. Zwei TED-Transmitter und ein RED-Receiver waren aus dem Verkehr gezogen worden, weil man Röhren ersetzen mußte. Der LORAN-Receiver war im Eimer. Der Mark-25-Richtradar war wegen »Routinevorsorgeinspektion« nicht einzusetzen, was in Lustigs Worten hieß, daß das Gerät nicht funktionierte und er nicht wußte, was kaputt war. Das gesamte MARK-56-Richtsystem, das die beiden Geschütze achtern kontrollierte, war nicht einsatzbereit. Die Artilleriefeuerleitung meinte, daß das Problem mit der Eingabe der Parallaxe zusammenhängen könnte; aber sie waren sich nicht sicher. Die Winde für den Steuerbordanker hatte sich verklemmt. Der Schalter der Fernsteuerung für den Abschuß der Wasserbomben funktionierte nicht. Er war schon kaputt gewesen, bevor Kapitän Jones das Kommando auf der *Ebersole* übernommen hatte. Niemand war offensichtlich imstande, die Störung zu beheben. Der Munitionsaufzug für Geschütz 51 auf Steuerbord funktionierte zwar – quietschte aber so laut, daß Chief McTigue angeordnet hatte, ihn abzuschalten und zu überholen. Zwei der drei hinteren Mannschaftstoiletten verweigerten die Spülung; das hing irgendwie damit zusammen, daß achternaus der Wasserdruck abnahm. »Und ich weiß außerdem aus zuverlässiger Quelle«, fügte der Kapitän hinzu, »daß der Münzschlitz im Münztelefon mittschiffs mit Kaugummi verstopft ist.«

Curriculum vitae der *Eugene F. Ebersole*

Die Liste in der Hand des Kapitäns war nur die Spitze des Eisbergs – nur der sichtbare Teil des Alters und der Gebrechlichkeit der *Ebersole*. In vollgestopften Lasten und verborgenen Winkeln, an Stellen, wo man zwischen Schotten und Decks nur kriechen konnte, an allen Ecken und Enden, die seit Jahren nicht inspiziert worden waren – *war das Schiff leck*. Meerwasser, Frischwasser, Dampf, Diesel, Schmieröl, Getriebeöl, Schmierfett, komprimierte Luft, Abwasser, Bilgenwasser und Rauch drangen ein.

Nehmen wir mal die Kessel. Es gab vier auf der *Ebersole*, vier riesige Öfen, die Frischwasser in Dampf verwandelten, der dann durch Rohre und Düsen die Turbinen antrieb, die ihrerseits die Hauptantriebswelle bewegten, welche die beiden riesigen Schrauben zum Drehen brachten, die das Schiff durchs Wasser vorwärtsschoben. Eigentlich sollte es ein geschlossenes System sein, in dem sich der Dampf am Ende wieder in Wasser verwandelte und der Kreislauf aufs neue begann. Es gab aber so viele undichte Stellen, wo Wasser oder Dampf austreten konnten, daß die *Ebersole* die Kondensatoren (die aus Seewasser Frischwasser produzierten) Überstunden machen lassen mußte, nur um das Wasser für die Kessel heranzuschaffen. Dadurch blieb nur sehr wenig für Dinge wie Baden oder Wäsche übrig.

Die *Ebersole* war ein alter Seebär, dessen Tage gezählt waren und der nur noch durch zahllose Improvisationen in Gang gehalten wurde. Sie war so alt, daß Otto Rummler, der frühere U-Boot-Kommandant, der 200 000 Tonnen alliierter Schiffe in seinem Leben versenkt hatte, erstaunt war, daß sie sich überhaupt noch von der Stelle bewegte. »Mein Gott«, hatte er einmal Kapitän Jones gegenüber beim Abendessen gemeint, »das soll keine Beleidigung sein; aber ich glaube, in der *Ebersole* ist mehr Wasser als unter ihr, ja?«

Die *Ebersole*, DD722 in der Marinesprache, war nach Eugene

F. Ebersole benannt worden, einem unbedeutenden Leutnant zur See, der als dreihundertachtundvierzigster von dreihundertzweiundsechzig die Marineakademie abgeschlossen hatte und der durch einen Irrtum die »Medal of Honor« des Kongresses erhielt. Als er die *U.S.S. Snakefish* in den Gewässern vor dem japanischen Festland kommandierte – schon gegen Ende des Krieges – feuerte er einen Torpedofächer auf einen Schiffsrumpf am Horizont (der sich als Rauchwolke herausstellte) und funkte dann seine berühmte Meldung: »Meine Torpedos schicken die Faschisten in die Hölle.« Die Japaner fingen diese Funkmeldung auf und jagten die *Snakefish* mit Wasserbomben an die Oberfläche, worauf Ebersole funkte: »Wir werden uns ergeben.« In Washington fügte ein superschlauer Admiral, dem sehr an Öffentlichkeitsarbeit gelegen war, das Wörtchen »nie« ein und gab die Meldung an die Zeitungen weiter. Das U-Boot wurde mit Mann und Maus vernichtet; aber sein junger Kommandant wurde über Nacht zum Helden. Als die Regierung einen Namen für den nächsten Zerstörer wählen mußte, der bei Staten Island vom Stapel lief, entschloß sie sich, den toten Eugene F. Ebersole zu ehren.

Ursprünglich war die *Ebersole* einer der achtundfünfzig Zerstörer der Allen-M.-Summer-Klasse gewesen, die auf dem Höhepunkt des Zweiten Weltkriegs gebaut worden waren. Mitte der sechziger Jahre waren von den ursprünglich achtundfünfzig noch sechzehn einsatzfähig – fünfzehn als Trainingsschiffe der Reserve, die in der Nähe der Heimathäfen blieben und die Wochenendkrieger hochpäppelten, die dort auf eine höhere Pension hinarbeiteten. Nur die *Ebersole* blieb bei der Flotte, als graues Monster lediglich nostalgische Gefühle hervorrufend, und zokkelte hinter den Atomzerstörern und Superflugzeugträgern her.

Die *Ebersole* wäre nie und nimmer ins Kriegsgebiet gelangt, wenn der Krieg anders verlaufen wäre oder jemand nicht einen Schreibfehler gemacht hätte. Als der Präsident der Air Force befahl, den Feind zu bombardieren, setzte die Navy sofort – ganz wild, auch dabeizusein – ein Zerstörer-Geschwader im Mittelmeer in Marsch, um die Flotte auf Yankee Station zu verstärken.

Die *Ebersole*, die nun endlich zum Reservetraining abgestellt werden sollte, wurde ins Mittelmeer geschickt, um dort in die Bresche zu springen. Ein paar Monate später kollidierten in dichtem Nebel zwei Zerstörer von Yankee Station auf Patrouille, und einer mußte wegen schwerer Schäden zur Reparatur zurück in die Staaten. Im Pentagon saß ein höherer Admiral, der in aller Stille von seinem Kommando auf See abberufen worden war, als man entdeckte, daß er regelmäßig auf seinem Flaggschiff Teenagerhuren bewirtete. Dieser ging nun die Liste der zur Verfügung stehenden Ersatzschiffe durch. Als er neben der *Ebersole* ein »E« entdeckte, was »Exzellenter technischer Zustand« bedeutete (das »E« hatte ein unaufmerksamer Marineschreiber hingeschrieben, weil er dachte, er schreibe in der DD732 Spalte), beorderte der Admiral die DD722 ins Kriegsgebiet.

Kapitän J. P. Horatio Jones' Curriculum vitae

Für Kapitän Jones kam die Kommandierung, sich mit der Flotte vor der feindlichen Küste zu vereinigen, mit einem kurzen, nicht ausgesprochenen Postskriptum: »Das ist Ihre goldene Chance.« Nach den für Zerstörer geltenden Maßstäben war Jones ein alter Käpt'n. Auf der Beförderungsliste der Marine gab es außer ihm höchstens noch eine Handvoll Männer mit nur drei Streifen. Er stand bedenklich nahe vor dem Ende einer offensichtlich mittelmäßigen Karriere. Zweimal hatte man ihn bei der Verleihung des vierten Streifens schon übergangen. Wenn das noch einmal vorkommen sollte, war er raus aus dem aktiven Dienst und konnte seinen Lebensabend in irgendeiner Siedlung mit ehemaligen Seeleuten verbringen, die ihre Häuschen mit Flaschenschiffchen und billigen Drucken von britischen Fregatten unter vollen Segeln vollstopften.

Jones hatte bei der Marine als siebzehnjähriger Gefreiter zur See angefangen, als naseweiser Rotzlöffel mit mittelmäßigem

Ehrgeiz und dem Hang zur Übertreibung. Unter Einsatz dieser beiden Eigenschaften hatte er es bis zum Offizier gebracht und sich seinen Weg durch das bürokratische Dickicht der Nachkriegsmarine gebahnt, nicht so schnell wie seine Altersgenossen; aber immer noch gerade rechtzeitig. Jones war nie einer, den die Einberufungskommission für einen »Aufsteiger« gehalten hatte. Er war mehr ein Arbeitstier, der seine Beförderungen dadurch erreichte, daß er geduldig in der Schlange stand und wartete, bis er dran kam. Die Marine beförderte ganz bewußt eine Reihe von Leuten wie Jones, damit andere, die wie er waren, nicht den Mut verlören, den Dienst quittierten und die Marine mit einer Menge Führungspersönlichkeiten, doch ohne Gefolgschaft hinter sich lassen würden.

Vietnam konnte das alles ändern. Eine aufsehenerregende Tat, ein Quentchen Glück, sogar eine gutgewählte Redewendung (etwas mit Alliteration wie »Feindboot voll und fix versenkt«), die einem Kriegsberichterstatter ins Auge fiel und zur Schlagzeile wurde, konnten ihn ganz nach vorn bringen. Für J. P. Horatio Jones (die Buchstaben J. und P. bedeuteten eigentlich Jerry Pierce; aber Jones ließ es bei den Initialen bewenden, da ja die geringe Chance bestand, jemand könnte sie für die Abkürzung von John Paul halten. Horatio war ein scherzhafter Einfall seines Vaters gewesen) konnte ein Krieg den vierten Streifen bedeuten, vielleicht sogar die strahlenden Sterne eines Admirals an der Mütze.

Sehr viel hing natürlich von der *Ebersole* ab und der Art, wie sie sich bewährte. Jones hatte das Kommando auf der *Ebersole*, seinem ersten Kommando auf See und seinem ersten auf einem Zerstörer, mit der etwas romantischen Vorstellung angetreten, daß ein Zerstörer wie ein schneller und sicherer Windhund der Meere mit dreißig Knoten verwegen die Wellen durchschneiden würde, um sich der Gefahr zu stellen. Nachdem er festgestellt hatte, daß die *Ebersole* weder schnell noch sicher war, hatte er sich große Mühe gegeben, bei den Vorgesetzten den Eindruck eines zu allem fähigen »E«-eifrigen Kapitäns zu erwecken. Aus diesem Grund wusch er auch nie seine schmutzige Wäsche in der

Öffentlichkeit. Seit er das Kommando übernommen hatte, war es zu keinem Kriegsgerichtsverfahren gekommen (alle Bestrafungen wurden nach dem Ermessen des Kapitäns vorgenommen). Es hatte keine Meldungen über Rassenkonflikte auf dem Schiff gegeben, auch keine Hinweise, daß die Matrosen Pot rauchten. (Während einer Flottenübung vor Norfolk hatte der Kapitän einmal einen überraschenden Besuch im Gefechtsinformationszentrum, dem CIC, abgestattet, einem verdunkelten Raum unter der Brückenebene, wo die Radarverstärker untergebracht waren. Als Jones über die Schwelle trat, stieg ihm der unverwechselbare Geruch von Pot in die Nase – und er ignorierte ihn. Allerdings war er danach so vorsichtig, nie wieder irgendeine Abteilung überraschend aufzusuchen. Da er auch nie wieder Pot roch, fand er seine Überzeugung bestätigt, daß kein Pot an Bord seines Schiffes existierte.)

Vor allem gab sich Jones größte Mühe, daß die *Ebersole* ihren Verpflichtungen im Einsatz nachkam; auch wenn die technische Ausrüstung, die dafür notwendig war, nicht funktionierte. Die *Ebersole* »dirigierte« Flugzeuge, obwohl der Flugüberwachungsradar repariert wurde. (Der Kapitän schickte einfach die Flugzeuge raus, zählte bis fünfzig, und brachte sie wieder zurück.) Bei einer Parallelfahrt mit einem anderen Zerstörer, jagte DD722 Ziel-U-Boote vor der Marinebasis Guantanamo auf Kuba, während das Sonargerät repariert wurde. (Jones nahm den Sonarkontakt des anderen Zerstörers, wich neunzig Meter ab und griff den Punkt an.) Die *Ebersole* führte sogar Elektronische Abwehrmaßnahmen gegenüber »feindlichen« Überwasserschiffen durch, während das elektronische Abwehrsystem repariert wurde. (Hierzu hatte der Kapitän allerdings einen Blick in die Operationsanweisungen des Zielschiffs riskiert und wußte, wo es hinfahren sollte.)

Es gab noch andere kleine Kunstgriffe, die Jones während seiner Karriere bei der Marine von ehrgeizigen Kapitänen abgeschaut hatte. So unterschätzte die *Ebersole* zum Beispiel immer die Anzahl und Typen der Ersatzteile, die sie an Bord hatte, damit sie mehr bekommen konnte, *ehe* sie welche brauchte. Auf

See log Jones ebenfalls, wenn er gefragt wurde, was er an Bord hatte, damit er nicht seine Ersatzteile mit Zerstörern teilen mußte, die ein weniger umfangreiches Lager besaßen.

Von Kapitän Jones' Standpunkt aus hatten sich alle diese Bemühungen ausgezahlt, indem man ihn jetzt nach Yankee Station schickte. »Geschwindigkeit einunddreißig Knoten«, funkte er an seine Einsatzleitstelle – in Anlehnung an Arleigh Burkes berühmten »Los-gebt-ihnen-Saures«-Funkspruch, in dem dieser meldete, daß seine zahlenmäßig und artilleriemäßig unterlegenen Zerstörer mit voller Fahrt die japanische Kriegsflotte angreifen würden. Die *Ebersole* umrandete das Kap der Guten Hoffnung mit zwei Kesseln (die anderen waren wegen Reparaturen ausgefallen) und fuhr ohne Radar (die Antennenlager waren ausgebrannt) durch den Indischen Ozean, um sich dem Kampfverband 77 auf Yankee Station anzuschließen. Unterwegs tankte die *Ebersole* von der *U.S.S. Taluga* auf (bei der am Rumpf ein Schild hing: »Wir geben Rabattmarken«) und füllte die Munitionsbehälter durch Nachschub von der *U.S.S. Virgo* auf (bei der an den Deckaufbauten ein Transparent aufgespannt war: »Willkommen an der Grenze der Freiheit«). Nach der Ankunft auf Yankee Station schloß Jones sich zwei Stunden lang in seine Kabine ein und versuchte, eine passende Meldung an Admiral Haydens abzufassen, daß die *Ebersole* jetzt bereit wäre, am Krieg teilzunehmen. Seine endgültige Fassung lautete schließlich: »Hundert Prozent Treibstoff, hundert Prozent Munition, hundert Prozent erpicht zu tun, wofür das Schiff gebaut und wir ausgebildet wurden – am Kampf teilzunehmen und die Feinde von Frieden und Gerechtigkeit zu besiegen, wo auch immer sie sein mögen. J. P. Horatio Jones, Fregattenkapitän, U.S.N.«

Der erste Tag auf Yankee Station war unerwartet gut abgelaufen. Auf einer Patrouillenfahrt vor der Küste in der Dunkelheit vor Sonnenaufgang war die *Ebersole* – laut Jones' Gefechtsbericht – von »einem nordvietnamesischen Patrouillenboot angegriffen worden, welches im darauffolgenden Feuergefecht versenkt worden war.« Später hatte die *Ebersole* noch alles versucht, einen abgeschossenen Piloten zu retten. Wenn Jones jetzt noch ein paar solcher Erfolge auf die Rechnung setzen konnte, war seine Karriere gesichert. Aber alles hing davon ab, die *Ebersole* in der Schußlinie zu halten.

Jones will hart durchgreifen

»Unser Land verläßt sich darauf, daß wir die *Ebersole* an vorderster Front halten, meine Herren«, sagte Jones zu den Offizieren, die in seiner Kabine zusammengekommen waren. »Damit bin ich schon wieder bei Sanfter Vernunft.« Der Kapitän saß mit gespreizten Beinen da und hatte die Ellenbogen auf die Schenkel gestützt. »Es ist eine Sache, wenn bisher vom technischen Gerät etwas ausgefallen ist; die *Ebersole* ist ein altes Schiff, und auf einem alten Schiff gehen Sachen kaputt, ganz gleich wie viele Stunden man mit vorbeugender Wartung verbringt. Aber von jetzt an, meine Herren« – Jones Augenbrauen schossen nach oben – »müssen wir mit der Möglichkeit rechnen, daß ein oder zwei Matrosen sich verleiten lassen, dem Aufruf zur Sabotage von Sanfter Vernunft zu folgen, ja? Deshalb habe ich Sie heute nachmittag zusammengerufen. Von jetzt an wünsche ich einen vollständigen Bericht von den einzelnen Abteilungen – und zwar schriftlich – über jedes Stück, das kaputtgeht. Ich will wissen, ob bei dem Schaden irgend etwas verdächtig ist, ob jemand sich daran zu schaffen gemacht hat, et cetera, et cetera. Und ich will, daß die Mannschaft mitbekommt, daß wir kontrollieren. Dann wird jeder, der versucht ist, dem Aufruf von Sanfter Vernunft zu folgen, es sich zweimal überlegen, ehe er an irgendeinem Stück herumpfuscht. Habe ich mich klar ausgedrückt, meine Herren?«

»Eine Frage, Captain«, sagte Lustig.

»Schießen Sie los!« Jones war ganz bei der Sache.

»Ab wann soll das gelten? Ich meine, wenn bei mir heute mittag schon etwas kaputtgeht, soll ich das dann schon in meinen Bericht aufnehmen?«

»Sagen wir, daß alles, was nicht im Bericht von gestern abend 20.00 Uhr steht, unter die neuen Bestimmungen fällt. Klar?«

Lustig sah ihn verlegen an. »Also, Sir, dann sage ich Ihnen lieber, was mit Geschütz zweiundfünfzig los ist.«

»Geschütz zweiundfünfzig? Was ist los mit Geschütz zweiundfünfzig, na?«

»Es ist kaputt, Sir«, sagte Lustig.

»Kaputt – wie?« wollte der Kapitän wissen. »Was ist denn damit los?«

»Der Geschützführer ist nicht sicher, Captain.«

»Welche Symptome treten denn auf, Mister Lustig?« Jones versuchte, die Ruhe zu bewahren.

»Naja, eigentlich bin ich nicht ganz sicher, Captain. Zum augenblicklichen Zeitpunkt kann ich nur mit Sicherheit sagen, daß Geschütz zweiundfünfzig nicht funktioniert.«

»Wer ist der Geschützführer?« fragte Jones wütend.

»Keys Quinn, Sir, Artillerieobermaat. Er ist auf der *Ebersole*, seit sie in den Dienst gestellt wurde. Da kommt Sabotage nie in Frage.«

»Holen Sie ihn her, Mister Lustig! Das ist eine gute Gelegenheit für mich, Ihnen, meine Herren, zu zeigen, wie ich diese Untersuchungen durchgeführt haben will.«

»Jetzt?« fragte Lustig. Die Augen in seinem runden Gesicht wurden groß.

»Jetzt.«

Keys Quinn wird zur Rede gestellt

»Artillerieobermaat Quinn meldet sich wie befohlen, Sir!« sagte Quinn schneidig. Er stand an der Tür zur Kapitänskajüte, in einer Hand hielt er die Mütze, mit der anderen salutierte er.

»Wie lange sind Sie schon in der Marine, Quinn?« fragte der Kapitän ruhig.

»Nächsten Monat werden es sechsundzwanzig Jahre, Sir.«

»Hat Ihnen während all dieser Jahre nicht irgendwann mal jemand gesagt, daß Matrosen der United States Navy nicht salutieren, wenn ihr Kopf nicht bedeckt ist?«

Quinns Hand sank sofort herunter. »War nicht so gemeint«, sagte er.

»Also, wie ich höre, stimmt irgend etwas mit Geschütz zweiundfünfzig nicht, Quinn.«

Quinn stand immer noch stramm, trat aber verlegen von einem Fuß auf den anderen. Die Schlüssel am Ring, der an seinem Gürtel hing, klingelten leise. Als er zu sprechen anfing, war seine Stimme kaum zu hören.

»Sprechen Sie lauter, Quinn! Ich kann ja kein Wort verstehen«, fuhr ihn der Kapitän an, der die Stimme erhoben hatte.

»Ich habe gesagt, Captain, daß zweiundfünfzig nicht funktioniert.«

Jones lehnte sich in seinem Stuhl zurück und schlug die Beine übereinander. »Er sagt, Geschütz zweiundfünfzig funktioniert nicht, Mister Lustig«, bemerkte der Kapitän ruhig. Dann fügte er mit harter Stimme hinzu: »Ich weiß sehr wohl, daß zweiundfünfzig nicht funktioniert, Quinn. Warum, zum Teufel, glauben Sie, daß Sie hier sind?« Jones zog jetzt wieder ein sanfteres Register. »Was – wenn ich so kühn sein darf, diese Frage zu stellen – was ist der Grund, daß zweiundfünfzig nicht funktioniert?«

»Das weiß ich nicht, Sir.« Quinn sah hilfesuchend zu Lustig, der sich aber auf seine Fingerspitzen konzentrierte.

»Das wissen Sie nicht.« Immer noch die ruhige Masche. »Das wissen Sie also nicht.« Dann wiederholte Jones abgehackt und eiskalt den Satz. »Das-wissen-Sie-nicht! Wir sind hier und patrouillieren vor der feindlichen Küste. Jeden Augenblick können wir in ein Gefecht geraten und *Sie wissen das nicht!* Was soll bloß aus der Marine werden, wenn der Geschützführer von zweiundfünfzig nicht weiß, warum sein Geschütz nicht funktioniert? Da müssen Sie sich schon mehr anstrengen, Quinn.«

»Aye, aye, Sir«, sagte Quinn leise.

»Vielleicht kann ich Ihnen helfen, Quinn.« Jones hatte einmal aufgrund eines Mißverständnisses auf einem der neuen Flugzeugträger, die keine Artillerie führten, als Waffenoffizier Dienst getan. Daher hielt er sich für eine Art Experte auf diesem Gebiet. »Haben Sie überprüft, ob die Feuerleitungen auch vierhundertvierzig Volt bekommen?«

»Ja, Sir«, antwortete Quinn. »Das war das erste, woran ich gedacht habe.«

»Haben Sie auch den Druck im Hydrauliksystem überprüft?«

»Natürlich, Captain – da ist alles in Ordnung.«

»Was ist mit der – hm – Elektroservokupplung?«

»Elektroservokupplung?« fragte Quinn völlig verblüfft. »Captain, in Geschütz zweiundfünfzig gibt's keine Elektroservokupplung.«

In der Kajüte herrschte absolutes Schweigen. Jones beugte sich wieder vor. »Nennen Sie mich vielleicht einen Lügner, Quinn?« fragte er mit leiser, heiserer Stimme.

»Sir?«

»Ich habe gefragt, ob Sie mich einen Lügner nennen?«

»Nein, Sir!«

»Dann machen Sie, daß Sie zurück zu Ihrem Geschütz kommen und überprüfen Sie die Elektroservokupplung!«

Quinn stand wie angewurzelt da. Sein Gesicht war schmerzverzerrt. Tränen der Frustration schimmerten in seinen Augen.

»Was ist los, Quinn? Kapieren Sie nicht, wenn man Ihnen einen Befehl gibt?«

»Captain, Sir, ich weiß aber nicht, was ich machen soll«, sagte Quinn. Er sah sich im Raum nach Hilfe um. Aber von da kam nichts.

»Es ist alles ganz einfach, Quinn. Sie drehen sich um, öffnen das Schott, gehen zu Geschütz zweiundfünfzig und überprüfen die Elektroservokupplung, ob sie vielleicht die Ursache ist, daß Ihr Geschütz nicht funktioniert.«

»Aber da ist keine Elektroservokupplung, Captain. Es gibt einfach keine.«

Jones wandte sich scharf an den Ersten. »Bringen Sie diesen Mann hier raus, ehe ich die Beherrschung verliere«, sagte er und kaute auf einem Nagelhäutchen.

»Das ist alles, Quinn«, sagte der Erste barsch. Der Kapitän sollte deutlich sehen, auf welcher Seite er stand.

Quinn war trotzdem nicht so schlau, sich umzudrehen und zu fliehen. »Aye, aye, Sir«, sagte er wieder. »Aber was soll ich mit der Elektroservokupplung machen?«

Der Kapitän jubilierte laut. »Also dann gibt es doch eine Elektroservokupplung, ja?«

»Nein, Sir! So 'n Ding gibt es nicht. Ich kenne jede Schraube und jede Mutter bei diesen Geschützen. Wenn so was da wäre, wüßte ich das. Und ich schwöre auf die Bibel, ich beschwöre es bei Gott, Captain, daß ich es wüßte.«

Schließlich war es Lustig, der Quinn aus dem Elend erlöste. »Nun aber los, Quinn. Raus! Das ist alles. Gehen Sie!«

Völlig verwirrt und verzweifelt wünschend, daß es eine Elektroservokupplung gäbe, die er überprüfen könnte, ging Quinn rückwärts aus der Kapitänskajüte, stolperte über die Schwelle und schloß ganz leise das Schott, weil er Angst hatte, ein lautes Klicken würde das Gleichgewicht des Kapitäns wieder stören und die Dämonen herauslocken.

In der Kajüte sah Jones aus, als hätte er soeben ein Kaninchen aus dem Zylinder gezaubert. »Und das, meine Herren«, verkündete er strahlend, »wird unsere Antwort an die Sanfte Vernunft sein, ja?«

Quinns Curriculum vitae

Quinn war ein untersetzter Mann mit dicken Schenkeln und einer Haut, die wie die eines Elefanten aussah. Er war der dienstälteste Mann an Bord der *Ebersole*. 1944 hatte er sich zwei Tage, nachdem das Schiff in Dienst gestellt worden war, an Bord gemeldet und war seither auf ihr geblieben – während der Kamikaze-Angriffe vor Okinawa im Zweiten Weltkrieg, im Koreakrieg, bei der Invasion Beiruts, auf fünfzehn Einsätzen im Mittelmeer und zehn Überholungen in der Werft, unter einem Dutzend Kapitäne und etwa hundert Oberbootsmännern. Am Tag, nachdem er die Fingerkuppe bei Iskenderun verloren hatte, reichte Quinn sein inzwischen für ihn schon Routinegesuch um Verlängerung auf der *Ebersole* ein, da seine Dienstzeit dort beinahe abgelaufen war. Er hatte schon vor langer Zeit herausgefunden, daß das Leben ein einziger langer Kampf war, irgendwo *hinzuzugehören*, eine Heimat zu haben. Für Quinn war es eine Qual, irgendwohin gehen zu müssen, wo er nicht hingehörte. Sobald er sich auf der *Ebersole* zu Hause fühlte, sobald er sich dort ungezwungen und wie im Mutterschoß fühlte, hatte er sich entschlossen, niemals fortzugehen. Wenn man ihn ließe, würde er für immer bleiben.

Das größte Symbol für Quinns *Dazugehörigkeit* waren die achtundachtzig Schlüssel, die an einem großen eisernen Ring an seinem Gürtel baumelten und klingelten; da waren Systemschlüssel, Schnappriegelschlüssel, rostige und silbern glänzende Schlüssel jeder Größe und jeden Typs. Irgendwo war auch einer dabei, der beinahe jede Tür auf der *Ebersole* öffnen konnte. Es hatte sich praktisch so eingebürgert, daß der Bootsmann, dem eine bestimmte Abteilung unterstand, einen Reserveschlüssel bei Quinn ablieferte und sagte: »He, hör mal, Keys, würden Sie mir einen persönlichen Gefallen tun und auf den aufpassen, falls ich mal meinen Schlüssel verliere?« Dann fügte Quinn, selbstverständlich nur um dem Bootsmann einen Gefallen zu erweisen, den Schlüssel zu den anderen an seinem großen Ring.

Es kam schon gelegentlich vor, daß jemand seinen Schlüssel verlor. Dann ließ der Steuermannsmaat der Wache durch den Bordlautsprecher ausrufen: »Keys Quinn, so schnell wie möglich zum Mittelgang.« Quinn rannte dann mit klingelnden Schlüsseln und leuchtenden Augen den Korridor hinunter. Er strahlte so, weil er bei solchen Gelegenheiten noch mehr als sonst das Gefühl hatte, hier hinzuzugehören, weil er gebraucht wurde.

Zwei Stunden nach der Gegenüberstellung in der Kapitänskajüte wegen der Elektroservokupplung kam Quinns Gesuch um Verlängerung auf der *Ebersole* zurück. Als der Erste Offizier ihm auf dem Korridor mitteilte: »Der Kapitän findet, daß es gegen die Marinevorschriften ist, daß ein Mann Schlüssel zu all diesen Abteilungen hat – Sie müssen Ihren Schlüsselbund abgeben,

Keys«, da hatte Quinn zum ersten Mal das Gefühl, daß etwas nicht stimmte. Wortlos übergab er den Schlüsselring dem Ersten in die ausgestreckte Hand.

Schlüssellos, ohne das gewohnte Klingeln beim Gehen, suchte Quinn die Schreibstube auf und zwang den Marineschreiber, den alle für schwul hielten, sein Gesuch herauszusuchen.

»Gesuch um Verlängerung des Dienstes auf der *Ebersole* abgelehnt«, hatte der Kapitän beinahe unleserlich daruntergekritzelt. »Gemäß Personalanweisung Bravo 3756 Romeo vom 21. Mai 1953, in der steht, daß ein Maat alle zwei Jahre vom Dienst auf See zu versetzen ist, es sei denn, daß a) eine solche Versetzung für die Kriegsbereitschaft des Schiffes nachteilig wäre oder b) außergewöhnliche Umstände vorliegen.«

Quinn verlor die Beherrschung. »Dieser Arschficker«, brüllte er. »Ich reiß' ihm die Eier ab. Ich mach' ihn kalt.«

»Jesus, Scheiße! Beruhige dich«, sagte McTigue zu Quinn. »Vielleicht hat er nicht mitbekommen, daß du schon hier bist, seit das Schiff in Dienst gestellt wurde. Ich werde mal mit dem Ersten reden. Da wird sich schon was machen lassen.«

Die Aussicht, daß McTigue, der ranghöchste Unteroffizier der Artillerieabteilung, für ihn ein gutes Wort einlegen wollte, beruhigte Quinn fürs erste. »Der soll ja diesen Vermerk ändern«, sagte er, »sonst gibt's Ärger.«

Proper hat einen Verdächtigen

»Aber Sie haben eindeutig gesagt ›heute abend‹, Proper!« Kapitän Jones war wütend. Er saß auf seiner Koje in der Schlafkajüte hinter dem Ruderhaus und putzte seine hochhackigen Schuhe. Die Leselampe über seinem Kopf warf in dem kleinen, kahlen Raum tiefe Schatten. Auf Deck lagen in Reichweite eine Taschenlampe und ein zerfledderter Mickey-Spillane-Krimi. »Sie haben mich enttäuscht, Proper. Tief enttäuscht.«

»Es tut mir leid, Captain; aber das mit den Schreibmaschinen hat nicht so funktioniert, wie ich es gedacht hatte. Ich habe jede einzelne Maschine an Bord überprüft: zwei bei den Ingenieuren, drei bei der Gefechtsleitung, drei im Nachschub, zwei bei den Geschützen, die vom Ersten – das macht schon elf. Dazu kommen noch dreizehn private Reiseschreibmaschinen. Das sind zusammen vierundzwanzig. Nicht eine einzige hatte die Type, die dem auf dem elenden Flugblatt entspricht, nicht *eine einzige!*«

»Sanfte Vernunft muß wohl seine Schreibmaschine verstekken, ja?«

»Diese Möglichkeit besteht natürlich durchaus; aber mir ist der Gedanke gekommen, daß Sanfte Vernunft diese staatsgefährdenden Pamphlete vielleicht schon vor unserem Auslaufen in Norfolk getippt hat.«

»Aber wir haben doch überhaupt nicht gewußt, daß wir zum Kriegseinsatz kommen würden, als wir Norfolk verließen.« Der Kapitän genoß eine gewisse Selbstbestätigung, Proper bei einem Denkfehler ertappt zu haben.

»Guter Gedanke, Captain«, gab Proper zu. »Da haben Sie absolut recht. Ändere meine Vermutung wie folgt: Er hat sie wahrscheinlich in einem Hafen getippt, ehe wir im Kriegsgebiet eintrafen. Falls das der Fall ist, kann es sich nur um eine einmalige Aktion handeln.«

Jones sah erleichtert aus – und enttäuscht. »Ich verhehle nicht, Proper, Ihnen zu sagen, daß mir die Galle hochkommt, wenn ich daran denke, daß Sanfte Vernunft ungestraft davonkommt. Das heißt nicht, daß ich noch mehr von diesen Schmierereien haben möchte; aber ich habe eine Scheißwut auf diesen Kerl.«

»Captain, da ist noch etwas, das ich Ihnen gern sagen würde; aber ich weiß nicht recht, wie ich anfangen soll«, sagte Proper. Er steckte die Hände in die Taschen seines Ölzeugs und zog den Kopf wie eine Schildkröte ein.

»Nun reden Sie schon, Proper. Keine Angst, mein Junge. Alles, was Sie hier sagen, bleibt unter uns.«

»Na ja, Captain, Sir, ich habe da eine Person – das heißt, ich habe da einen Verdächtigen, der –«

»Einen Verdächtigen? Einen Seemann, den Sie verdächtigen,

Sanfte Vernunft zu sein? Warum haben Sie denn das nicht gleich gesagt?«

»Mein Verdächtiger ist ein Offizier, Captain.«

Jones starrte Proper ungläubig an. »Ein Offizier, sagen Sie?« Er spielte mit dem Gedanken, wie man mit einem losen Zahn spielt. »Jesus, ich habe doch nie gedacht, einen Offizier mit Sanfter Vernunft in Zusammenhang zu bringen«, sagte er mehr zu sich selbst. Dann wandte sich Jones wieder Proper zu und forderte ihn auf: »Na schön. Raus mit der Sprache, mein Junge! Wer ist es?«

»Ich möchte betonen, daß es sich nur um einen Verdacht handelt, Captain. Unschuldig, bis die Schuld bewiesen ist und so weiter. Sie verstehen, was ich meine?«

»Ja, ja, ich kapiere schon. Also – wer ist es?«

Proper senkte die Stimme und flüsterte: »Der Poet, Captain.«

»Der Poet?«

»Das ist Leutnant Joyce, Captain. Alle nennen ihn den Poeten, sogar ins Gesicht. Er ist es.«

»Warum verdächtigen Sie gerade ihn, Proper?«

»Naja, Sir, es gibt da mehrere Gründe. Erstens: Ich habe herausgefunden, daß Leutnant Joyce sehr freundlich zu Boeth ist –«

»Was ist daran denn verdächtig?«

»Boeth hat einen *Mannschaftsdienstgrad*, Captain. Man erzählt sich, daß Leutnant Joyce und er voriges Jahr Weihnachten sogar zusammen nach New York gefahren sind. Und ich weiß, daß die beiden eine Menge Zeit da unten in der OPZ* verbringen –«

»Und was tun die beiden Ihrer Meinung nach da unten?« fragte Jones, dem Visionen homosexueller Aktivitäten im Kopf herumschwirrten.

»Ich weiß, was sie machen, Captain. Sie sitzen da und hören klassische Musik!«

Jones sah ihn mißtrauisch an. »Freundschaft mit den unteren Rängen zeugt eindeutig von schlechtem Urteilsvermögen; aber ich sehe nicht, wieso –«

* OPZ: Operationszentrale, Anm. d. Übers.

»Da ist noch etwas«, unterbrach ihn Proper. »Als ich die Schreibmaschinen in der hinteren Offiziersmesse überprüfte, hatte ich Gelegenheit, an Leutnant Joyces Koje vorbeizugehen. Captain, Sir, er hat über der Koje überall subversive Bilder hängen!«

Der Poet gesteht

»Verstehe ich Sie richtig, Captain? Sie wollen mich wegen der Photographien befragen, die über meiner Koje hängen?«

Joyce saß aufrecht auf dem Holzstuhl neben dem Waschbekken. Sein langes, schmales Gesicht sah durch die Schatten im Raum noch länger und noch schmaler aus.

Er und der Kapitän hatten bereits den Punkt wegen seiner Freundschaft mit Boeth besprochen. »Wissen Sie, warum ich es mir selbst nicht erlaube, mit jemandem aus den unteren Rängen oder sonst jemandem Freundschaft zu schließen?« hatte der Kapitän ihn gefragt. »Ich werde Ihnen den Grund nennen. Es ist durchaus denkbar, daß wir eines Tages in einen Atomangriff geraten. Vielleicht erinnern Sie sich daran, daß bei einem atomaren Angriff alle Mann unter Deck gehen, um sich gegen die radioaktive Verseuchung zu schützen. Nun, Mister Joyce, lassen Sie es mich so erklären – was würde passieren, wenn alle unter Deck sind und plötzlich ein feindlicher Luftangriff stattfindet? Was passieren würde, wäre folgendes: Ich muß ein paar Männer hinaufschicken, um die Flakgeschütze achtern zu bemannen. Ich befehle diesen Männern, sich tödlichen Dosen von Radioaktivität auszusetzen, und ich tue es, ohne mit der Wimper zu zucken. Das klingt vielleicht in Ihren Ohren gefühllos, Mister Joyce; aber ich möchte nicht riskieren, daß ich zögere, einen Mann in den sicheren Tod zu schicken, nur weil er mein Freund ist. *Also halte ich Abstand*« – die Augenbrauen des Kapitäns gingen hoch, um den Punkt zu unterstreichen – »und Sie würden gut daran tun, sich an mir ein Beispiel zu nehmen.«

Offensichtlich interessierte aber Joyces Freundschaft mit

Boeth den Kapitän lange nicht so wie die Bilder über der Koje des Poeten.

»Damit wir uns richtig verstehen, Mister Joyce«, sagte Jones und schwang die Beine so, daß er den Poeten ansehen konnte. »Unter anderem bin ich auch für die Moral auf diesem Schiff verantwortlich.«

»Darf ich fragen, wer Ihnen von den Photos erzählt hat, Captain?«

»Das ist völlig unwichtig, Mister Joyce.«

»Es war Proper, nicht wahr?«

»Ich sagte, daß das keine Rolle spielt, Mister Joyce. Wichtig sind diese Bilder. Was ist denn nun damit?«

»Das ist ganz einfach, Captain. Manche Leute sammeln Briefmarken, manche Briefbeschwerer, manche Stacheldraht, und ich sammle Photos von Menschen, die umgebracht werden. Ich habe eins, wo man sieht, wie ein Soldat im spanischen Bürgerkrieg erschossen wird. Sein Körper wird von der Wucht des Geschosses, das ihn durchbohrt, nach hinten gedrückt. Ich habe ein anderes, auf dem ein südvietnamesischer Polizeichef einen Verdächtigen mit einem Kopfschuß in die Schläfe erledigt, so daß das Gehirn auf die Straßen Saigons spritzt. Ich habe einen Schnappschuß, auf dem Nazis ein paar Partisanen in Jugoslawien aufhängen. Dann ist da noch das Photo eines strahlenden kambodschanischen Soldaten, der zwei abgeschnittene Köpfe schwingt. Auf einem anderen sieht man zwei kleine Kinder in einem südvietnamesischen Dorf, das My Lai heißt, kurz, ehe sie von amerikanischen Soldaten zusammengeschossen wurden. Ferner ist da noch ein sehr seltenes Stück –«

»Ich glaube, ich bin im Bilde, Mister Joyce.«

»Wirklich, Captain?«

»Sie haben eine perverse Schwäche für Tote.«

»Nein, Sir, ganz und gar nicht. Ich habe grauenvolle Angst vor Toten. Als mein Vater starb, bin ich nicht einmal zur Beerdigung gegangen, weil ich es nicht ertragen konnte, ihn mit gefalteten Händen und einer Plastiknelke im Knopfloch im Sarg liegen zu sehen. Ich muß Ihnen gestehen, Captain, daß ich in meinem ganzen Leben noch keine Leiche gesehen habe, bis Wally heute eine aus dem Meer holen wollte.«

»Dann verstehe ich Sie aber nicht, Mister Joyce. Wenn Sie den Anblick toter Menschen vermeiden wollen, verstehe ich, daß Sie die Marine der Armee vorziehen; aber warum dann diese Photos?«

»Darum geht es ja gerade, Captain.« Der Poet beugte sich vor, um seinen Standpunkt noch klarer zu machen. »Hier draußen auf einem Schiff oder in einem Bomber, zehn Meilen vom Ziel entfernt, ist es leicht zu vergessen, daß Menschen getötet werden, wenn wir schießen. Alles ist so mechanisch, so unpersönlich. Die Computer schießen auf Koordinaten auf einer Karte. Auf diese Art ist es leicht, Krieg zu führen, weil man den Krieg nie sieht. Moralische Grundsätze berühren einen gar nicht. Es ist alles ein Spiel. Jeder empfindet eine gewisse Genugtuung, gut zu spielen – die mathematischen oder mechanischen Probleme zu bewältigen, die nötig sind, ein Ziel zu treffen, das man nicht einmal sehen kann. Aber ich will die ganze Zeit daran denken, daß am anderen Ende des Spielfelds Menschen sind – und daß wir sie umbringen. Ich will, daß sich mir jedesmal der Magen umdreht, wenn ich einen Schuß höre.«

»Wird das irgend jemandem auf der anderen Seite helfen, oder gibt es Ihnen nur ein besseres Gefühl, ja?«

Die beiden Männer sahen sich über einen tiefen Abgrund an. Jones nahm die Taschenlampe vom Boden und schaltete sie mit dem Daumen ein und aus. Es verlieh ihm ein Gefühl der Macht, mit dem dünnen Lichtstrahl etwas auf der anderen Seite des kleinen Raumes berühren zu können.

»Captain, ich habe mich wohl nicht sehr klar ausgedrückt, das weiß ich. Darf ich Ihnen eine Geschichte erzählen, die meine Gefühle erklärt?«

Geistesabwesend spielte der Kapitän mit der Taschenlampe und nickte. »Nur zu, mein Junge. Ich habe in meinem Leben schon viel zu hören bekommen. Da kann ich mir auch eine Ihrer – hm – Geschichten anhören.«

»Ich erinnere mich«, fing der Poet an. Er sprach sehr schnell und eindringlich. »Ich erinnere mich an einen Tag, an dem ich mit ein paar Freunden ein Picknick machte. Wir aßen gerade, als ein kleines Mädchen mit seiner Mutter vorbeikam. Sie hielten sich an den Händen, und die Mutter war sehr wütend. Ich erinnere mich, wie sie zu dem kleinen Mädchen sagte – ich nehme an, daß es ihre Tochter war – sie sagte: ›Also, so behandelt man keinen Schmetterling!‹ Ich habe den ganzen Nachmittag darüber nachgedacht, was das Mädchen mit dem Schmetterling gemacht hatte – die Flügel ausgerissen, mit dem Fuß zertreten, in der Luft zwischen den Händen zerquetscht oder mit einer Haarklemme in die Erde gesteckt.« Joyce verlor etwas von seinem Eifer. »Sehen Sie darin irgendwo einen Sinn?«

»Ehrlich gesagt – ich kapiere nicht ein verdammtes Wort von dem Zeug, das Sie sagen, Mister Joyce. Ich schlage vor, daß Sie Ihre Schmetterlinge vergessen und sich auf die Aufgaben konzentrieren, deretwegen man Sie hergeschickt hat.«

»Keine Fragen stellen – meinen Sie das, Captain?«

Jones nickte. »Keine Fragen stellen. Kein Beschwichtigen des Gewissens.«

Joyce zuckte mit den Achseln. »Ich will mich mit Ihnen nicht streiten, Captain. Ich habe alles gestanden – vielleicht kann ich mein Gewissen beschwichtigen. Wenigstens muß ich nicht auf den Abzug drücken, darin habe ich es gut.«

»Aber Sie sind doch für die Kommunikation verantwortlich, Mister Joyce?« Der Kapitän war plötzlich sehr verärgert.

»Kommunikation?«

»Sie haben mich verstanden! Kommunikation! Als mein Kommunikationsoffizier sind Sie für das Nachrichtenwesen auf diesem Schiff zuständig, oder etwa nicht? Und Sie tun das sehr tüchtig. Sie drücken zwar nicht auf den Abzug oder geben den Befehl dazu, das ist meine Aufgabe; aber Sie hängen es an die große Glocke, daß Sie ein Gewissen haben, indem Sie solche Photos über Ihrer Koje aufhängen. Wenn Sie dann wieder zurück ins zivile Leben gehen, können Sie überall protzen, daß Sie nie auf den Abzug gedrückt haben. Sie überlassen die Drecksarbeit Leuten wie mir, die immer dagewesen sind, wenn ihr Land sie gebraucht hat. Dabei sind Sie ein Schwindler, der sich selbst etwas vormacht, Mister Joyce. Sie empfangen und dechiffrieren die Meldungen, die uns das Ziel angeben, auf das wir schießen sollen. Sie vergewissern sich auch, daß ich diese Meldungen empfange. Sie sind ein Teil des Systems, und es wird allerhöchste Zeit, daß Sie das erkennen. Wissen Sie, warum ich Sie habe rufen lassen? Weil ich tatsächlich einen Augenblick lang dachte, Sie könnten vielleicht Sanfte Vernunft sein. Aber Sie haben ja nicht den Mut, Sanfte Vernunft zu sein, Mister Joyce. Sie machen sich keine Gedanken über die Menschen auf dem Festland. Sie machen sich nur Sorgen darüber, was die Leute wohl von Ihnen denken könnten.«

Jones zeigte mit der Hand zur Tür. »Das wäre alles, Mister Joyce. Sorgen Sie dafür, daß auch in Zukunft bei der Kommunikation alles klappt. Ach ja, noch ein Punkt: Holen Sie diese gottverdammten Toten runter und hängen Sie ein paar gute, saubere Tittenphotos auf, ja? Fassen Sie das als Befehl auf, Mister Joyce!«

Boeth knackt ein paar Schalen

»Tittenphotos?«

»Tittenphotos. Er hat dagesessen, mit seiner Phallus-Taschenlampe gespielt und mir befohlen, Tittenphotos aufzuhängen.«

»Mein Gott, das ist doch nicht zu fassen«, sagte Boeth und schüttelte mitfühlend den Kopf. Dann wandte er sich wieder den hartgekochten Eiern zu, die der Poet aus der Offiziersspeisekammer geklaut hatte. Boeth rollte das erste Ei gegen die Seite des Computers, bis die Schale ganz geknackt war. Dann hob er die einzelnen Teile mit dem Daumennagel ab und legte sie fein säuberlich aufs Deck.

Im Hintergrund erklang leise eines der Brandenburgischen Konzerte Bachs aus Boeths Tonbandgerät.

»Vielleicht solltest du dich geehrt fühlen«, sagte Boeth, dessen Gedanken mehr bei dem Ei als dem Gespräch waren.

»Was meinst du mit ›geehrt fühlen‹?« fragte Joyce. Er war offensichtlich in düsterer Stimmung und saß mit hängenden Schultern mit dem Rücken an eine Landzielsteuerkonsole gelehnt. Die Beine hatte er nach vorn ausgestreckt. »Dieser neonautische John Paul Jones beleidigt mich, und du findest, ich sollte mich geehrt fühlen. Echte Logik!«

»Du verstehst das falsch.« Boeth zuckte mit den schweren Schultern. Mit dem Achselzucken gab er in einem Gespräch immer nach. Er tat das ungern; aber seine Freundschaft mit Joyce machte ihm das Leben auf der *Ebersole* erträglich. »Er versucht, den einzigen Mann auf diesem Schiff, der ein Gewissen hat, aufzuspüren, und du bist der erste Verdächtige, auf den er stößt. Also solltest du dich geschmeichelt fühlen. Das habe ich gemeint.«

Joyce zog die Knie ans Kinn und entblößte dadurch seine dünnen, unbehaarten Knöchel. Schnell zog er sich die Socken hoch, die grün waren. »Wallowitsch sagt, daß das Gewissen eine innere Stimme sei, die dich warnt, wenn jemand zuschaut. Hier draußen –« der Poet machte eine die gesamte Yankee Station einschließende Handbewegung – »schaut niemand zu; also gibt es auch so etwas wie ein Gewissen nicht.«

Boeth war mit dem Abschälen des ersten Eis fertig. Er legte es beiseite und nahm das zweite, das er auch gegen die Seite des Computers rollte. »Weißt du was, Poet, je besser ich dich kennenlerne, desto klarer wird mir, wie unschuldig du bist.«

Um Joyces Augen bildeten sich Unmutsfalten. Er mußte daran denken, daß Mariana ihm auch vorgeworfen hatte, unschuldig zu sein – allerdings hatte sie es in sexuellem Zusammenhang gemeint.

Boeth sah, daß der Poet verärgert war und zuckte wieder mit den Achseln. »Ich will damit ja nicht sagen, daß Unschuld etwas ist, weswegen man sich schämen müßte. Das meine ich überhaupt nicht. Es ist nur so, daß die Welt Unschuld mit Tiefgründigkeit gleichsetzt, du tust das auch. Aber Unschuld hat keine Tiefe. Sie antwortet auf die Kompliziertheit des Lebens nicht mit der Kompliziertheit des Denkens.«

»Du hast noch nicht gesagt, warum das gerade auf mich zutreffen soll. Wieso bin ich unschuldig?«

Boeth schaute von seinem Ei auf. »Das soll keine Beleidigung sein –« sagte er grinsend.

»Habe ich auch nicht so aufgefaßt«, antwortete Joyce lachend. Er hatte Boeth erzählt, daß diese Bemerkung in der Offiziersmesse in aller Munde war. »Nein, hör mir mal ernsthaft zu! Sag ganz offen, was du denkst. Karten auf den Tisch! Wieso bin ich unschuldig?«

»Naja, ein Grund ist, daß du eine sehr unschuldige, naive Vorstellung von Moral hast. Du glaubst, daß Moral darin besteht, sittlich hochstehende Positionen zu beziehen. Dabei gehört in Wirklichkeit dazu, sie zu *verteidigen*. Ich will damit sagen, daß du im Grunde ein passiver Moralist bist. Du würdest nicht wissentlich jemanden umbringen. Aber du würdest dir auch kein Bein ausreißen, zu verhindern, daß jemand getötet wird.« Boeth senkte den Kopf und schälte sein Ei weiter.

»Du bist ein gottverdammter Jesuit«, sagte Joyce leichthin. »Das sind doch Haarspaltereien –«

»Ich spalte keine Haare –«

»Du greifst mich an –« Joyce war jetzt in Rage.

»Ich greife dich nicht an«, unterbrach ihn Boeth. »Sei nicht so scheißsensibel.«

»Na schön, du kritisierst mich. Ist das besser? Du kritisierst mich, weil ich Gewalt als Mittel zur Überzeugung ablehne –«

»Als Mittel zur Verteidigung sittlicher Grundsätze –«

»Gut, ich gebe es zu«, sagte Joyce. »Ich gebe es offen zu. Ich lehne den Einsatz von Gewalt ab, weil ich nicht sicher bin – und niemand kann je sicher sein – ob das Ende den Einsatz rechtfertigt.«

»Aber siehst du denn nicht, daß du schon wieder unschuldig bist«, rief Boeth aufgeregt. »Das ist es nicht; das ist es ganz und gar nicht! Du lehnst Gewalt ab, *weil du denkst, daß die Welt in Ordnung ist* –« Boeth beugte sich jetzt vor. »Denk doch mal zurück, Poet! Erinnerst du dich an den letzten Kontakt, den wir mit der großen, weiten Welt hatten, außerhalb der *Eugene Ebersole?*«

»New York. Weihnachten in New York.«

»Erinnerst du dich vielleicht auch, ob während der Weihnachtstage irgend etwas in New York nicht in Ordnung war?«

»Ich erinnere mich an die Gullys – das Wasser lief raus und überflutete die Straßen. Ich erinnere mich auch, daß die Neonschilder tagsüber dahinzischten und ausgingen, wenn abends die anderen aufleuchteten. Und die Ampel. Ich erinnere mich an die Ampel, die bei Grün eingefroren war, und alle gleichzeitig über die Kreuzung wollten.«

Boeth schüttelte den Kopf. »Daran habe ich nicht gedacht, als ich gesagt habe, daß die Welt nicht in Ordnung sei. Ich hatte an Mariana gedacht.« Boeth sah Joyce scharf an. »Du erinnerst dich noch an Mariana, oder?«

Joyce erinnerte sich sogar sehr gut an sie.

Leutnant Joyces Curriculum vitae

Sie hatte ein jungenhaftes Gesicht, das im Schatten hübsch aussah, in hellem Licht aber blaß und etwas aufgedunsen war. Dauernd fuhr sie sich mit den Fingern durch ihr kurzes, dunkles Haar, wenn sie nervös war. Jetzt war sie nervös. »Ich bin an einem Dienstag geboren; aber ich bin ein Mittwochskind«, sagte Mariana.

»Mittwochskind?«

»Mittwochskinder haben immer Kummer und Sorgen. Ich habe dauernd Kummer; deshalb bin ich ein Mittwochskind«, erklärte sie.

»Fängst du an zu weinen?« fragte er.

»Das haben wir doch schon hinter uns«, antwortete sie verärgert.

»Du siehst aber so aus, als würdest du gleich weinen«, bohrte er nach.

Sie stöhnte und legte die Handfläche gegen die Brust und schluckte tief. »Was ist los?« fragte Joyce.

»Irgendwas ist steckengeblieben.«

»Was?«

»Woher zum Teufel soll ich das wissen – vielleicht ein Gefühl«, sagte Mariana.

Dann schliefen sie eine Zeitlang, zumindest Mariana. Der Poet lag da, starrte an die hohe Decke und versuchte sich zu erinnern, wie es gewesen war. Bei diesen Gedanken bekam er eine Erektion. Sie drehte sich im Schlaf zu ihm herüber, spürte die Erektion und umschloß sie mit der Hand.

Sie hatten Mariana erst am letzten Abend ihres Aufenthalts in New York ausfindig machen können. Boeth hatte seit ihrer Ankunft immer wieder angerufen, aber keine Antwort bekommen. Einmal war besetzt gewesen. Als er aber gleich darauf wieder anrief, nahm niemand ab. Wahrscheinlich hatte zur selben Zeit jemand anders auch angerufen. Dann hatte sie am vierten Tag nachmittags den Hörer abgenommen. »Ich bin's«, hatte Boeth gesagt, und sie hatte schnell zugestimmt, abends mit in ein Konzert zu gehen.

Bei diesem Treffen hatten hauptsächlich Boeth und Mariana geredet. Der Poet hatte die beiden beobachtet, um herauszubekommen, ob zwischen ihnen etwas lief. Aber bis zum Schluß war er sich nicht sicher gewesen.

Im Konzert saß sie neben Boeth, und Joyce mußte sich mit einem Sitz zwei Reihen weiter vorn begnügen. Als er sich umdrehte, schaute sie ihn an, ohne zu lächeln, beinahe, als würde sie ihn gar nicht erkennen. Unten auf der großen Bühne stand der Geiger und hörte mit geschlossenen Augen und gespitzten Ohren wie ein Blinder seiner eigenen Musik zu. Nur um seinen Mund konnte man eine gewisse Spannung sehen. Die Lippen waren so zusammengepreßt, als gäbe es keine Zähne dahinter. Während der Sarabande funkelten Schweißperlen an seinen Koteletten.

Hinterher tranken Boeth, Joyce und Mariana noch ein Bier in einer Bar in der Nähe ihrer Wohnung, und sie erzählte von ihrer Abtreibung. Ohne Überleitung fing sie einfach an, davon zu sprechen.

»Am schlimmsten war es bei den Bullen. Wie ich denen gesagt habe, daß ich vergewaltigt worden bin, haben die bloß gegrinst und mich gefragt, ob ich mich auch gewehrt hätte. Wie soll ich mich wehren, wenn mir der Kerl die ganze Zeit ein Messer gegen den Bauch hält? Die Bullen waren noch widerlicher als der Typ, der mich vergewaltigt hat. Sie haben mir alle möglichen Fragen gestellt. Jedes Detail wollten sie ganz genau wissen. Ob ich meine Beine breit gemacht habe, oder ob er sie auseinanderpressen mußte. Bei jeder Antwort von mir haben sie sich angesehen und dreckig gegrinst. Später hat mich einer gefragt, ob ich mit ihm noch einen trinken gehen wollte – um mich zu entspannen. Das hat er gesagt: Zum Entspannen!«

Mariana nahm einen Schluck Bier. »Ich schätze, ich habe mich gegen den Vergewaltiger nicht genug gewehrt, um die Bullen zu überzeugen, daß ich wirklich vergewaltigt worden bin. Und weil es amtlich keine Vergewaltigung war, konnte ich auch keine Abtreibung umsonst bekommen. Sie wollten mich zwingen, das *Scheißbaby* zu haben. Aber nicht mit mir! Ich habe von diesem Doktor in Queens gehört. Fünfhundert Mäuse für fünf Minuten Arbeit! Wißt ihr, was er mit dem Foetus gemacht hat? Er hat ihn im Klo runtergespült! Das hat er damit gemacht.«

Mariana nahm die Feuchtigkeit, die sich außen auf dem Bierglas niedergeschlagen hatte, mit dem Finger auf und rieb sich die Stirn. »Heute morgen habe ich noch mal nachgeblutet und meine letzten Unterhosen ruiniert. Verdammte Scheiße!«

Nach einer Weile fragte Boeth: »Wo hast du denn die Knete für die Abtreibung herbekommen?«

»Durch einen Bankkredit – ich habe denen erzählt, ich brauchte es für Reparaturen meines Heims.« Alle lachten.

»Wie fühlst du dich jetzt?« fragte Joyce.

»Leer«, antwortete sie. »Ich fühle mich leer. Was glaubst du denn, wie ich mich fühlen sollte?«

Joyce schaute zum Kellner und bestellte noch drei Bier. Dann schaute er wieder zu Mariana. »Du hast bestimmt viel geweint«, meinte er.

Mariana schaute ihn erstaunt an. »Warum sagst du das?«

»Ich weiß nicht. Ist doch normal, daß Leute nach so was weinen.« Er beobachtete intensiv die Luftbläschen, die in seinem Bier hochstiegen.

»Na, für mich ist das nicht normal. Ich heule nicht.«

»Warum?« fragte der Poet. Als sie nicht gleich antwortete, sagte er: »Was hast du gegen Weinen?«

»Ich hab' überhaupt nichts gegen Weinen«, sagte sie. »Ich heule bloß nicht aus dem gleichen Grund, aus dem andere Leute heulen. Ich hab' nämlich Angst, daß ich nicht mehr aufhören kann, wenn ich erst mal anfange.«

Dann gingen sie Saint Marks Place hinunter, vorbei an einer Kapelle der Heilsarmee, die von einigen Passanten mit höhnischen Bemerkungen bedacht wurde, und bogen in die Second Avenue ein. Zwei Teenager standen an einer Ecke bei einem Schneehaufen; ein Mädchen hatte ein schlafendes Baby auf der Schulter. Joyce gab der Bettlerin mit dem Baby einen Vierteldollar.

Die Ampel an der Second Avenue war bei Grün eingefroren, und die Kreuzung war völlig verstopft mit Menschen und Autos. Sie gingen im Gänsemarsch hinüber, Boeth voraus, Mariana in der Mitte. Beim nächsten Häuserblock blieb Mariana stehen und redete mit zwei Männern, die zitternd in einer Einfahrt standen. Sie gab einem ein paar Scheine, und er gab ihr einen Briefumschlag. Als sie zurückkam, war sie wütend. »Diese Scheißinflation«, sagte sie.

Sie wohnte in einem alten braunen Sandsteinhaus in einer Nebenstraße der Second Avenue im dritten Stock, ohne Lift. An der Eingangstür zu ihrer Wohnung waren drei Schlösser. Dahinter kamen ein Wohnzimmer mit Kochnische und ein Schlafzimmer. Das Bad war neben dem Schlafzimmer. Boeth und Joyce ließen sich in die Sessel im Wohnzimmer sinken. Mariana ging ins Bad und legte danach Vivaldi auf.

Sie saßen lange da, rollten sich Joints, rauchten, hörten Musik und unterhielten sich. Boeth streichelte eine von Marianas zwei Katzen und beschrieb den Rassenkrawall auf dem Messedeck. Er erzählte auch von Ohms täglichen Wetten und daß alle an Bord

Pot rauchten, und wie Kapitän J. P. Horatio Jones dafür sorgte, daß er nichts davon erfuhr. Er beschrieb McTigue, der sein direkter Vorgesetzter war, und Lustig, der McTigues Boß war, und erzählte von dem Nachtbäcker, dessen Namen er nicht wußte, der die ganze Zeit Nat-King-Cole-Kassetten spielte, und natürlich von Tevepaughs Ein-Mann-Orchester. Joyce fragte, ob er die Geschichte schon gehört hätte, daß Wallowitsch gleich nach seiner Ankunft an Bord eine Versetzung auf ein Schiff verlangt hätte. Boeth lachte und meinte, daß er das noch nicht gehört habe. Dann erzählte Joyce, daß True Love immer den Kehricht in das Urinbecken des Offiziers vom Dienst kippte.

Mariana erkundigte sich, ob sie die Marine mochten, und beide verneinten das; aber Boeth meinte, vieles würde sich dort verändern. Er hatte von einem Zerstörerkapitän gehört, der Koteletten trug und seinen Leuten erlaubte, sich einen Bart wachsen zu lassen.

»Logo«, meinte Mariana. »Amerikas Stärke liegt in der Fähigkeit, alles, was etwas von der Zeitströmung abweicht, in sich aufzunehmen und damit anzupassen. Die Jungen tragen lange Haare, also haben auch die Offiziere lange Haare, und plötzlich findet man, daß sich qualitativ etwas verändert hat. Sind die Geschütze auf den Schiffen jetzt menschenfreundlicher, weil die Männer, die damit schießen, lange Haare haben?«

»Die Geschütze nicht«, sagte Joyce, »aber die Bürokratie. Koteletten und lange Haare beeinflussen die Leute, die sie tragen.«

»So ein Scheiß!« sagte Mariana. »Ein Bürokrat ist ein Bürokrat und bleibt ein Bürokrat. Die Welt ist eine einzige große Bürokratie. Wenn es auf der Welt nur mehr zwei Menschen gäbe, würde der eine den anderen um eine Stellung bei der Regierung bitten.«

Joyce sagte: »Wir würden keine Regierungen brauchen, wenn die Leute einander lieben würden – sich wirklich lieben.«

»Ach – wir lieben uns schon alle«, entgegnete Mariana, »aber nicht gleichzeitig. Das ist das Problem.«

Es war schon fast zwei Uhr früh, und Mariana gähnte. »Es ist spät, und ich bin dicht«, sagte sie. Dann sah sie Joyce an. »Hast du Lust zu bumsen?«

Joyce schaute Boeth an. Der grinste und deutete zum Schlafzimmer. »Viel Spaß!«

»Aber, ich –«, Joyce wurde rot. »Ich meine, ich habe gedacht –« Ihm war es schrecklich peinlich, daß es ihm peinlich war. »Ich meine, du hattest doch gerade erst eine Abtreibung.«

Mariana lachte und sagte ihm, daß er sehr unschuldig sei. »Es gibt ja noch andere Öffnungen im weiblichen Körper«, sagte sie und führte ihn an der Hand ins Schlafzimmer. Hinter ihnen ertönte noch das Kratzen der Plattenspielernadel über die Rillen einer Platte.

Dann verschwand sie eine Zeitlang im Bad. Joyce hörte, wie sie sich die Zähne putzte. Als sie ins Bett kam, stützte sie sich auf ein paar Kissen. Das war der Zeitpunkt, als sie ihm erzählte, daß sie ein Mittwochskind sei.

Kurz nach vier Uhr ging sie wieder ins Bad. Die Klospülung weckte Joyce, und sie unterhielten sich etwas. Dabei hob sie einmal mit den Händen ihre Brüste hoch, die tiefer hingen, als es in ihrem Alter hätte sein sollen, und fragte: »Gefällt dir mein Körper?«

Er sagte, ja, er gefiele ihm sehr.

»Ich scheiß' auf dich!« sagte sie. »Also, *mir* gefällt mein Körper. Ich mag alles, was bio-abbaubar ist.«

Joyce lachte. »Jeder mag seinen Körper, und nicht, weil er bioabbaubar ist.«

»Du *bist* unschuldig«, sagte Mariana. »*Er* mag seinen Körper nicht.« Sie deutete zum Wohnzimmer, wo Boeth auf der Couch lag. Plötzlich erkannte Mariana, daß Joyce nicht kapierte, was sie meinte. »Ich habe gedacht, du wüßtest – über ihn Bescheid, meine ich. Wo ihr doch Freunde seid und so, habe ich gedacht, er hätte es dir erzählt. Scheiße, das war selten blöd von mir –«

»Was hätte er mir denn erzählen sollen?«

»Na das!« Sie deutete mit dem Kopf wieder zum Wohnzimmer.

»Was ist *das*? Wovon redest du?«

»Ach, Scheiße! Warum glaubst du, daß du hier drin bist und nicht er? Weil er *nicht kann!* Kapiert? Er kann nicht. Er ist mit einem deformierten Penis geboren. Solange er noch gewachsen ist, war er dauernd in Krankenhäusern für Transplantationen. Jetzt ist rein körperlich bei ihm alles völlig in Ordnung, aber er ist überzeugt, daß sein Penis nicht normal, sondern häßlich und deformiert ist. Seit zehn Jahren geht er schon zu Psychiatern; aber er hat noch nie im Leben einen Steifen gehabt.«

»Mein Gott! Er hat mir nie etwas davon gesagt – ich hatte keine Ahnung –«

»Vielleicht hätte ich es dir nicht sagen sollen. Ich bin ganz zufällig draufgekommen. Ich habe ihn auf der Uni kennengelernt. Er arbeitete an seinem Magister in Physik und ich in Vergleichender Geschichte. Wir haben damals ziemlich viel Zeit miteinander verbracht. Du weißt schon, wie das ist. Ich war politisch ziemlich aktiv, und er ist durch mich auch aktiv geworden, eigentlich mehr, um mir Gesellschaft zu leisten. Als wir eines Tages vor dem Dekanat ein Sit-in hatten – wir protestierten dagegen, daß die Universität Forschungsgelder der Regierung annimmt –, habe ich ihn gefragt, ob er mit mir schlafen möchte. Wir hatten darüber noch nie geredet, aber mir ist doch im Traum nicht eingefallen, daß bei ihm etwas nicht stimmen könnte. Ich fragte ihn also, ob er mich bumsen wollte. Da wurde er plötzlich sauwütend und brüllte mich an, ich könne ihn am Arsch lecken. Dann ist er aufgesprungen und zum nächstbesten Bullen gerannt und hat den gegens Schienbein getreten. Das hättest du sehen sollen! – Rennt los und tritt zu! Uff! Am nächsten Tag war ein Photo in der Zeitung, auf dem ihn zwei Bullenschweine wegschleppen. Ich nehme an, die Einberufungsbehörde hat einen Blick auf das Photo getan, und damit war seine Befreiung vom Wehrdienst aus Studiengründen im Arsch.«

Mariana fragte Joyce, ob er noch einen Joint wolle. Als er nickte, rollte sie einen, steckte ihn an und gab ihn ihm, nachdem sie einen tiefen Zug getan hatte. Sie rauchten und redeten lange. Als der Joint ausgeraucht war, sah sich der Poet im Zimmer um. »Wem gehören die ganzen Sachen...?« Er deutete auf die Möbel.

»Nicht mir. Ich habe die Wohnung möbliert gemietet. Ich nehme nur möblierte Wohnungen. Ich will niemals mehr besitzen als die Klamotten, die ich anhabe. Eigentum ist Diebstahl.

Das ist von Proudhon.«

»Also mir macht es nichts aus, Dinge zu besitzen, wenn sie schön sind. Ein schöner Gegenstand ist eine immerwährende Freude. Das ist von Keats.«

»Politisch bist du so naiv wie ein Kleinkind im Wald. In Industriegesellschaften oder in den postindustriellen Gesellschaften sollen *Dinge* nicht schön sein. Quantität zählt, nicht Qualität!«

»Ich weiß nicht«, meinte Joyce, »es muß einen Punkt geben, an dem quantitative Veränderung auch qualitative Veränderung wird.«

»So ein Scheiß! Glaubst du das wirklich? Das ist bekannt als die große Lüge. Das hätten sie gerne, daß wir das glauben! Sie wollen, daß wir glauben, wenn wir nur genug Tittenhalter und Autos produzieren, sich auch unser Leben ändern wird. Aber so läuft's nicht! Weißt du, wie Lenins letzter Artikel hieß, das letzte, was er vor seinem Tod geschrieben hat? Es hieß ›Lieber weniger, aber besser!‹ Mein Gott, du mußt wirklich noch eine Menge lernen. Kein Wunder, daß sie dich in *ihrer* Marine zum Offizier gemacht haben. Du bist ein typisches Opfer ihrer Gehirnwäsche, ihrer Propaganda, ein Teil des Establishments – du bist ein Teil des Problems. Vielleicht wirst du eines Tages mal was tun, um die Nabelschnur abzuschneiden. Vielleicht.« Danach schaltete Mariana das Licht aus und schlief weiter, mit dem Rücken zum Poeten.

Gegen Morgen wachten sie einmal auf, als zwei alte Damen in der Wohnung auf der anderen Straßenseite sich schrill beschimpften. »Diese alten Schlampen«, murmelte Mariana. »Nie lassen sie mich schlafen.« Dann knuffte sie verärgert ihr Kissen, knallte den Kopf hinein und schlief weiter.

Mariana stand als erste auf und zog ihre Jeans an. Auf halbem Weg blieb ihr Reißverschluß im Schamhaar hängen. Sie zerrte daran, versuchte es dann mit Seife und zerrte wieder. Endlich hatte sie ihn hochgezogen. Sie ging auf Zehenspitzen durchs Wohnzimmer, um Boeth nicht zu wecken, und holte einen Karton mit Milch aus dem Kühlschrank, um die Katzen zu füttern. Gerade, als sie eingießen wollte, gab der Boden des Kartons nach und die Milch floß über ihre Füße auf den Boden. Mariana betrachtete die Milch und brach in Tränen aus. Ihr Weinen weckte Boeth, der sich auf der Couch aufsetzte. Auch Joyce kam in Unterhosen hereingelaufen.

»Warum weinst du?« fragte Joyce.

»Scheiße, ich heule« – stieß sie schluchzend hervor« – »über vergossene Milch.«

Der Poet knabbert an Stoff zum Nachdenken

Die *Ebersole* legte sich hart über nach Backbord, so daß die beiden jungen Männer in der OPZ sich mit der flachen Hand gegen das Deck stützen mußten. Die *Gefechtsrollen*, ein Ordner mit losen Blättern und schwerem Metalleinband, rutschte über den Computer und stieß gegen das Schott. Dann lag das Schiff ruhig auf dem neuen Kurs, und Joyce und Boeth saßen da und lauschten auf die normalen Geräusche eines Schiffes auf See und auf das Brandenburgische Konzert.

Der Poet, der emotionell ausgelaugt zu sein schien, sagte leise: »Ich wünschte, wir könnten jetzt gleich nach New York fahren. New York ist im Frühling großartig. Mein Gott, wie ich den Frühling liebe. Den vermisse ich wohl am meisten auf See.«

»Der fehlt mir ja nun am wenigsten«, sagte Boeth. »Ich hasse den Frühling.«

Joyce war ehrlich erstaunt. »Ich habe noch nie jemanden getroffen, der den Frühling haßte.«

»Siehst du – da haben wir es schon wieder! Das habe ich gemeint mit ›unschuldig‹. So wie du das sagst, klingt es wie eine unamerikanische Aktivität, wenn man den Frühling nicht mag. Dabei meinst du in Wirklichkeit, daß du bloß noch niemanden getroffen hast, der *zugegeben* hat, daß er den Frühling haßt. Mein Gott, Millionen von Leuten können den Frühling nicht ausstehen; aber sie rennen nicht herum und hängen es an die große

Glocke, weil man sie für pervers oder so halten würde.«

»Warum?« fragte der Poet. »Warum haßt du den Frühling?«

Boeth blickte nach unten aufs Deck, auf die Teile der Eierschalen unter seiner Hand, und begann damit zu spielen, sie wie bei einem Puzzle zusammenzusetzen. »Ich hasse den Frühling wegen der grünen Farbe. Grün bedeutet Wiedergeburt. Alles und alle erwachen zu neuem Leben – nur ich nicht, und das verabscheue ich.«

»Man sagt, April sei der grausamste Monat«, sagte Joyce. »Du kennst doch den Spruch?«

»Kenn' ich, stimmt aber überhaupt nicht. August ist der grausamste Monat.«

»Warum August?«

»Weil dann alle Psychiater Urlaub machen. Im August lassen sie ihre Patienten vier Wochen ohne Couch hängen. Daher ist für viele der August der grausamste Monat.«

Jetzt kommt's, dachte der Poet. Jetzt wird er mir von sich erzählen, von den Krankenhäusern, den Psychiatern, den körperlichen Narben, die sie beseitigten, und den psychischen, bei denen sie nichts tun konnten. Aber Boeth lächelte nur bitter und schüttelte den Kopf. Er hatte das zweite Ei fertig abgepellt und warf es dem Poeten zu.

»Warum schälst du sie, wenn du sie nicht ißt?« fragte Joyce.

Boeth zuckte mit den Schultern. »Ich schäle sie zum Zeitvertreib. Warum schreibst du Gedichte?«

»Ich schreibe Gedichte, weil ich Poesie mag.«

»Warum magst du Poesie?«

Jetzt war der Poet an der Reihe, mit den Schultern zu zucken. »Ich mag Poesie... ich mag sie, weil das Ganze mehr ist als die Summe der Einzelteile.«

Boeth lachte nervös. »Ich würde gern über den Krieg schreiben; aber ich weiß nicht, wo ich anfangen soll. Sag mal, Poet, woher weißt du, wann man Gegenwart und wann Vergangenheit benutzt?«

»Man braucht ein Gefühl für den Unterschied«, erklärte Joyce. »Wenn du die Gegenwart verwendest – ›Er geht ins Zimmer und wendet sich dem Mädchen zu‹ – wirkt das unmittelbar. Keiner, nicht der Typ, der ins Zimmer geht, oder der, der das schreibt, weiß, was als nächstes passieren wird. Wenn du aber die Vergangenheit benutzt – ›Er kam ins Zimmer und wandte sich dem Mädchen zu‹ – ist ganz klar, daß der Erzähler weiß, wenn er es auch noch nicht gesagt hat, was passieren wird. Er weiß das, weil das, was er beschreibt, schon passiert ist. Kapiert?«

»Wenn du über den Krieg schreibst – was benutzt du denn da?«

»Die Vergangenheit. Die schafft das Gefühl, daß es keine Überraschungen gibt, daß der Erzähler weiß, was passieren wird.«

Boeth war interessiert. »Was weiß denn der Erzähler, was der Rest von uns nicht weiß?«

Joyce dachte kurz nach. »Ich nehme an, daß er weiß, daß jeder, der an einem Krieg teilnimmt, ein Opfer ist.« Nach einer Weile fragte Joyce ganz nebenbei: »Hast du von Mariana gehört?«

»Ich habe einen Brief von ihr bekommen, als wir bei der *Taluga* aufgetankt haben. Angefangen hat er mit einer Schlagzeile in roten Großbuchstaben, die lautete: ›STOFF ZUM NACHDENKEN‹. Dann hat sie ein halbes Dutzend Punkte aufgeführt. Einer war, daß das Grabmal des Unbekannten Soldaten den Krieg glorifizieren würde. Mißtraue jedem in Uniform: Soldaten, Pagen, Telegrammboten – das war ein anderer Punkt. Dann zitierte sie Henry James – daß ein Hotel-Geist nach Amerika käme, der das Leben wie in einem Luxushotel gestalten würde, in dem alles von der Geschäftsleitung entschieden wird. Bis auf den Luxus klingt das doch wie eine Beschreibung der *Eugene Ebersole*, oder etwa nicht?«

Der Poet schüttelte den Kopf. »Sie läßt nicht locker. Hat sie irgend etwas Persönliches geschrieben – über uns, über New York oder mich?«

Boeth nahm ein zusammengefaltetes Blatt aus der Gesäßtasche und las laut vor. »Ja, sie schreibt, sie hoffe, daß es dir gutgeht. Sie schreibt ...« Boeths Stimme versagte.

»Na los! Lies weiter!«

»Sie schreibt, daß du sie verwirrst. Eine Minute legst du alle deine Gefühle wie die Karten bei einer Patience auf den Tisch, in der nächsten hältst du einen Teil von dir zurück, wie einen Reservekanister mit Benzin. Sie sagt, daß deine Sätze, wenn du über Politik redest, wie Nachdrucke klingen.« Boeth sah Joyce an und zuckte mit den Achseln. »Das steht hier.«

Joyce vermied, ihn anzuschauen. »Sie ist –«

»Sehr intuitiv«, ergänzte Boeth.

»Das wollte ich nicht sagen. Ich wollte sagen, daß...«

Aber Boeth hörte nicht zu. Er war in Gedanken wieder in New York und hörte sich sagen »Viel Glück!« Dann sah er, wie Joyce und Mariana im Schlafzimmer verschwanden. Er fuhr nur langsam mit der Nadel des Plattenspielers über die Rillen und brachte so das Geräusch hervor, das seinen Gefühlen entsprach.

Das Band mit dem Brandenburgischen Konzert war zu Ende. Boeth stand auf und schaltete das Gerät aus.

Joyce fragte: »Was hältst du von dieser Sanften-Vernunft-Sache?«

Boeth antwortete zu schnell und zu leichthin: »Ganz gleich, was er sonst anstellt, er sorgt auf alle Fälle dafür, daß die Zeit auf dieser antiquierten lahmen Ente der Meere schneller vergeht.«

»Das hast du auch beim Schälen der Eier gesagt; daß es nur ein Zeitvertreib sei.«

»Du hast ein gutes Gedächtnis, Poet. Ist eben einer meiner Maßstäbe, mit denen ich die Dinge messe – Eierschalen, Sanfte-Vernunft-Flugblätter oder was dir sonst noch einfällt. Jede runtergewürgte Stunde ist eine Stunde, über die du dir keine Sorgen mehr zu machen brauchst.« Boeth warf einen Blick auf die Uhr am Schott. Es war fünf vor Mitternacht. »Manchmal hat man den Eindruck, daß die gesamte menschliche Aktivität nur dazu erdacht wurde, daß die Zeit schneller vergeht.«

»Das Problem mit Sanfter Vernunft«, sagte der Poet, »ist, daß er das nicht tut, was er gut kann.«

Boeth sagte: »Hast du je dran gedacht, Poet, daß etwas, daß es wert ist, getan zu werden, auch wert sein könnte, schlecht getan zu werden?«

YANKEE STATION

Der zweite Tag

Der Schiffsfriseur sieht rot

Der Friseur des Schiffs, ein sauertöpfischer Superpatriot aus Detroit, namens Joe Czerniakovski-Drpzdzynski, entdeckte es als erster. Mit zurückgelegtem Kopf, so daß sein Adamsapfel gegen die gespannten Halsmuskeln preßte, blickte er hinauf zum Mast und stieß Lustig in die Seite.

»Soll das so sein?« fragte er verärgert.

Der Grund für Ce-Des Aufenthalt auf der Brücke lag in einer Unterhaltung, die Lustig am Abend zuvor im Frisiersalon mit ihm geführt hatte. Sein »Salon« war ein winziger Raum achtern, wo früher Farbe aufbewahrt wurde. Man hatte einen dreh- und kippbaren Stuhl aus einem Frisierladen dort aufgestellt, den Richardson als Entgelt für eine Kartoffelschälmaschine und die musikalischen Dienste Tevepaughs beim Picknick auf einem anderen Schiff eingetauscht hatte. Die Kammer war so eng (Ce-De bestand darauf, ein paar Extrastühle und einen kleinen Tisch für Illustrierte dort zu haben), daß man den Stuhl nicht drehen konnte. Daher tanzte Ce-De wie ein Sparringspartner im Boxtraining, sich duckend, ausholend und hier und dort schnippelnd, um den Kunden herum. Am Schott hing ein Spiegel, daneben die amerikanische Fahne, ein Abdruck der Unabhängigkeitserklärung, die Gettysburger Ansprache, ein »Gott-ist-auf-unserer-Seite«-Aufkleber und ein Poster mit »Zum Teufel mit dem Kommunismus«.

Über den Reservestühlen hingen wie ein Halbmond acht Photos – die jeder Strichjungengalerie zur Zierde gereicht hätten – mit verschiedenen Frisuren, die Ce-De aus *Barber's World* ausgeschnitten hatte. Die Illustrierte hatte er aus einem Frisiersalon mit achtzehn Stühlen auf der Norfolk Naval Station geklaut. Die Bilder waren reine Zierde, denn Ce-De konnte nur einen Grundhaarschnitt ausführen: einen Rundschnitt, Ohren, Nacken und halber Hinterkopf frei und ein Haarschopf oben, der mit einem

Pony wie eine Baseballmütze auf der Stirn endete. »Wenn ich mit dir fertig bin, wird dich keiner nich für so 'n fiesen Collegeschwulen halten«, protzte Ce-De bei seiner Arbeit.

Ce-De schnitt als letztes immer die Koteletten –, die Querstriche durch die Ts ziehen, wenn man mit dem Satz fertig war, so hieß das bei ihm. Dann stellte er sich direkt hinter den Kunden und blinzelte in den Spiegel, um die richtige Höhe zu haben. Dann schor er mit seinem Handschneider erst die rechte, dann die linke Seite, dann noch ein bißchen rechts, ein Stückchen links, bis beide Seiten wie Treppenstufen hoch über die Ohren hinaufführten.

»Nicht zu kurz an den Seiten«, hatte Lustig gesagt, wobei er seinen Kopf so wenig wie möglich bewegte. Er blätterte durch eines der Pornoheftchen, deretwegen die Kunden eher zu Ce-De kamen, als um sich die Haare schneiden zu lassen. Die Seiten waren von den vielen Fingern schon dreckig und abgegriffen. Die Reizwäsche und Paraffinbrüste stießen Lustig eher ab, als daß sie ihn angemacht hätten. Trotzdem widmete er ihnen die gebührende Aufmerksamkeit, grunzte oder schnalzte auch an einigen Stellen mit der Zunge, um den Schein zu wahren.

»Reicht schon, genug!« hatte Lustig gesagt, als er seine nackten Ohren vom kahlen Kopf abstehen sah. »Wenn das Schiff so rollt und schlingert, kann ich auch nicht viel machen. Ich werde sie beim Rasieren begradigen.« (»Bist du damals beim Kotelettenschneiden durchgefallen?« fiel Lustig später als Bemerkung dazu ein.)

Ce-De hielt einen kleinen Spiegel hinter Lustig, damit er sich auch von hinten sehen konnte. Diesen Trick hatte Ce-De in einem Salon in Detroit, wo der Haarschnitt $ 1,25 kostete, aufgeschnappt und reservierte ihn für seine Offizierskundschaft.

»Sieht gut aus, prima«, hatte Lustig gesagt und schaute dahin, wo angeblich sein Hinterkopf im Spiegel hätte sein sollen. Ihm fielen keine anderen Bemerkungen ein.

»Das is 'ne Möse, was?« hatte Ce-De gesprächig gemeint und auf die Frau gezeigt, die Lustig aus der Illustrierten anschaute. »Auf'm Titelbild is 'ne Kuh«, hatte Ce-De gemeint, »aber drin is erstklassiges Zeug. Wie man so sagt: ›Man soll kein Buch nich nach'm Einband beurteilen.‹«

(Später fiel Lustig die Antwort ein: »Manche können es nicht mal beurteilen, nachdem sie es gelesen haben.«)

Ce-De hatte gerade die Sicherheitsnadeln aus dem Laken gezogen, das etwas Haar davon abhalten sollte, dem Kunden in den Kragen zu rutschen, als er fragte: »Mister Lustig, warum hat der Erste auf den Tagesplan für morgen geschrieben, daß nu niemand mehr auf die Brücke darf zum Zugucken?«

»Weil der Käpt'n heute auf alle so stinksauer war, als das Flugzeug abgesoffen ist.«

»Dann schätze ich, werde ich nie die Brücke nich sehen«, hatte Ce-De traurig gemeint.

»Was heißt nie?« hatte Lustig gefragt. »Waren Sie noch nie auf der Brücke?«

»Nee, noch nie. Im August wird's 'n Jahr, daß ich auf der *Eugene Ebersole* bin, bin aber noch nie auf'n Gedanken gekommen raufzugehn, bis ich gelesen habe, daß ich nu nich mehr darf. Das is 'n Ding, was? Die Stalltür zumachen, wo das Pferd längst fortgemacht hat.« Die Redensart paßte zwar nicht ganz; aber Lustig wollte Ce-De nicht in Verlegenheit bringen; deshalb sagte er nichts.

»Hören Sie, Ce-De, ich habe die zweite Wache morgen früh. Nach dem Wecken greifen Sie sich eine Tasse Kaffee und kommen zu mir rauf. Wenn einer Sie aufhält, sagen Sie einfach, daß der Kaffee für mich ist und ich ihn verlangt habe. Und tun Sie drei Zuckerstücke rein, klar?«

»Das is wirklich furchtbar nett, Mister Lustig, daß Se sich wegen mir so viel Mühe machen.«

»Soll das so sein?« fragte also Ce-De, kaum daß er mit der Kaffeetasse in der Hand auf der Brücke eingetroffen war.

»Was soll wie sein?« fragte Lustig. Er war mit zwei Signalgasten, Angry Pettis Foreman und Jefferson Waterman, auf der Signalbrücke.

»Die amerikanische Flagge – soll sie tatsächlich *so* hängenbleiben? Ne ganz verdammichte Beleidigung is das!«

Lustig folgte Ce-Des Blick. Er konnte die »Stars and Stripes« in der Morgenbrise flattern sehen. Und er konnte sehen – »O allmächtiger Gott!« – daß die Flagge falsch herum hing. *Unten war oben!*

»Was heißt hier falsch herum?« brüllte der Erste ins Telefon, als Lustig ihm die Neuigkeit meldete und ihn damit weckte.

»Falsch herum! Was meinen Sie mit falsch herum?« schrie auch Jones wütend, als der Erste in seine Kabine stürmte.

»Sie wissen doch, was eine Flagge mit der falschen Seite oben bedeutet?« fragte der Kapitän den Ersten, als die beiden auf die Signalbrücke gewetzt waren, um die Erscheinung mit eigenen Augen zu sehen. »Guter Gott! Stellen Sie sich mal vor, die auf dem Träger hätten das entdeckt! Die hätten uns glatt aus dem Kriegsgebiet rausgelacht!«

Jones bedeckte die Augen, um dem Anblick zu entrinnen.

Kapitän Jones setzt einen Fuß in ein Minenfeld

»Zu Ihrer Information«, teilte der Kapitän den beiden schwarzen Signalgasten ein paar Minuten später mit, die in steifer strammer Haltung vor ihm standen. »Eine Fahne, die falsch herum aufgezogen wird, ist das internationale Symbol, daß ein Schiff sich in Seenot befindet. In letzter Zeit ist es allerdings auch zum Symbol für eine Minderheit wehleidiger, wimmernder Unamerikaner geworden, die als Fünfte Kolonne signalisieren wollen, daß das Land sich in Schwierigkeiten befindet.«

Jones saß auf der Kante seiner Koje und rang sichtlich um Haltung. »Dies ist vielleicht das Tun von –«, wollte er weiterfahren, mußte aber erst die zuckenden Muskeln in seiner Wange wieder unter Kontrolle bringen, ehe er den Satz beenden konnte. »– von Sanfter Vernunft!«

»Cap'n, können Jefferson und ich mal was sagen?« fragte Angry Pettis Foreman. Er und Waterman hatten die zweite Signalwache gehabt, womit sie, wie der Erste es schonungslos ausgedrückt hatte, als er sie zur Kajüte marschieren ließ, »Hauptverdächtige« waren.

Dem Kapitän kam kurz der Gedanke, nach Proper zu schikken, um die Untersuchung durchführen zu lassen, fand dann aber, daß das ein Zeichen von Schwäche gewesen wäre. »Nur zu, mein Junge«, sagte er.

»Cap'n, Sir«, sagte Angry Pettis und drehte den Rand seiner weißen Matrosenmütze. »Ich und Jefferson hier, wir haben die Flagge gehißt; aber wir haben sie richtig gehißt. Ich schwöre, daß die richtige Seite oben war. Ist das nicht Tatsache, Jefferson?«

»Das ist richtig, Captain«, bestätigte Waterman. »Wir sind nicht Ihre Sanfte Vernunft.«

Kapitän Jones hätte verzweifelt gern geglaubt, daß die beiden die Fahne irrtümlich falsch gehißt hatten. Dann hätte er sich nicht mit einem weiteren Sanften-Vernunft-Zwischenfall befassen müssen. »Es gibt drei Möglichkeiten«, hatte er dem Ersten erklärt, ehe er die Signalgasten rufen ließ. »Entweder haben sie die Flagge irrtümlich falsch gehißt – in diesem Fall würde es sich nur um einen unglücklichen Zufall handeln –, oder sie haben sie mit Absicht falsch gehißt – in diesem Fall muß einer von ihnen Sanfte Vernunft sein –, oder sie haben sie richtig herum hochgezogen, und jemand anders hat sie niedergeholt und wieder falsch gehißt –, in diesem Fall wären wir genau dort, wo wir mit dieser Sanften-Vernunft-Angelegenheit angefangen haben.«

»Es gibt drei Möglichkeiten«, teilte Jones den beiden schwarzen Signalgasten mit. Dann führte er sie ihnen mit den Fingern der linken Hand vor. »Eins« und »zwei« und »drei«. Damit hatte er den Schwarzen die Schwierigkeit der Situation völlig verdeutlicht.

Jones lief beim Sprechen in der Kajüte hin und her. Plötzlich blieb er vor seiner Stacheldrahtsammlung stehen. Es sah einen Augenblick lang so aus, als wäre sein Haupt mit Dornen gekrönt. »Nun«, fragte er herausfordernd, »welche ist es?«

»Welche ist was, Cap'n?« fragte Angry Pettis verständnislos.

»Welche es *ist* – eins, zwei oder drei?«

»Was war Nummer drei noch mal?« fragte Angry Pettis. Nachdem der Kapitän es ihm erklärt hatte, sagte er: »Das ist's wohl. Nummer drei, Cap'n.« Um seine Antwort zu bekräftigen, hielt er den dritten Finger der linken Hand hoch.

Jones wollte die beiden schon wegschicken, als ihm noch etwas einfiel. »Es war doch dunkel, als Sie die Flagge gehißt haben, oder?«

»Dunkler als im Bauch der Kuh, Cap'n«, bestätigte Angry Pettis.

Die Augen des Kapitäns verengten sich. »Woher wußten Sie dann, daß sie ganz sicher die richtige Seite oben hatten? Erklären Sie mir das mal! Wieso sind Sie da ganz sicher?«

»Weil Jefferson hier, der hat die Taschenlampe gehalten, wo ich die Flagge ans Fall gemacht habe, Cap'n. Ich erinnere mich genau, daß die Sterne oben waren. Stimmt's nich, Jefferson?«

»Das ist richtig, Captain«, bestätigte Waterman kühl.

Jones drehte eine Runde in der Kabine. Dann baute er sich wieder vor den beiden Signalgasten auf und versuchte es mit einer neuen Masche. Diesmal suchte er ein Motiv. »Findet ihr, Männer, daß in der Marine alle die gleichen Chancen haben, ganz gleich, welche Hautfarbe sie haben?«

»Nein, Captain«, sagte Waterman. »Die meisten Schwarzen enden in der Marine als Stewards oder bei der Deckmannschaft beim Schrubben und Leineeinholen. Wir bekommen keine Chance, uns technisch so weiterzubilden, daß wir gute Arbeitsplätze bekommen könnten, wenn wir wieder zurück ins Zivilleben gehen.«

»Aber Sie sind doch kein Steward – Sie sind Signalgast«, fuhr ihn Jones an.

»Sicher, und wenn ich wieder Zivilist bin, werde ich mich gleich nach einem Job umsehen, wo ich Pfadfindern die Flaggensprache beibringen kann!«

Jones fuhr hoch. »Einen Moment mal! Ich bin nicht sicher, daß mir Ihr Ton gefällt!«

Diesen Zeitpunkt hielt Angry Pettis für den richtigen, um eine große Lippe zu riskieren. Mit schiefgelegtem Kopf, die Augen zu Schlitzen verengt, die Arme locker herabhängend, nahm er eine leicht wippende Angriffsstellung ein. Dann legte er Waterman eine Hand auf den Arm und sagte: »Bleib cool, Baby.« Danach wandte er sich zum Kapitän und sagte: »Ich habe Ihnen gesagt, daß wir die Flagge richtig gehißt haben, Cap'n. Es gibt also keinen Grund nicht, daß Sie uns die Sache in die Schuhe schieben wollen – *bloß weil wir schwarz sind!*«

Jones wurde sofort ganz vorsichtig und wählte seine Worte so sorgfältig, wie man sich jeden Schritt in einem Minenfeld überlegt. »Ihre Hautfarbe hat überhaupt nichts damit zu tun, daß Sie unter Verdacht stehen«, sagte er und nahm einen Fingernagel zwischen die Zähne. »Ich habe während meiner gesamten Dienstzeit offen und ehrlich mit Vertretern Ihrer Rasse zusammengearbeitet. Es gibt keinen Mann an Bord, der das nicht bezeugen könnte, ja? Ich versuche lediglich, die Tatsachen in diesem Fall zusammenzutragen.«

Aber damit ließ Jones jede weitere Befragung fallen.

Sanfte Vernunft meldet sich wieder

»Ich glaube, daß es Sanfte Vernunft war«, sagte Kapitän Jones zum Ersten, als dieser mit Proper kurz darauf erschien.

»Ich weiß, daß es Sanfte Vernunft war«, sagte der Erste und gab dem Kapitän einen Durchschlag (das Original und vier weitere Durchschläge wurden später noch gefunden), dem neuesten Flugblatt von Sanfter Vernunft. Man hatte es mit Klebestreifen befestigt an der Bronzetafel »Schnell und Sicher« im Mittelgang gefunden.

Waffenbrüder

(»Das muß ein gottverdammter Kommi sein, weil der dauernd diesen ›Waffenbrüder‹-Scheiß von sich gibt«, sagte der Kapitän später, als er und der Erste über das Flugblatt sprachen.)

Heute morgen hat die *Ebersole* dank meiner Hilfe ihre wahren Farben gezeigt – eine amerikanische Fahne, die verkehrt herum hing! Die *Ebersole* ist ein Schiff in Seenot. Gestern früh haben wir das erste unschuldige Blut vergossen und eine Dschunke ohne Vorwarnung versenkt und dabei wer weiß wie viele unschuldige Männer, Frauen und Kinder getötet. (Selbst die Nazi-U-Boote ließen ihre Opfer noch in die Rettungsboote steigen.) Jetzt ist unser großer Kommandant, der dieses Schiff und das Leben aller Männer an Bord bei Iskenderun leichtsinnig aufs Spiel setzte (der Tanker hätte jederzeit in die Luft gehen können, als wir längsseits waren), um seine Karriere zu beschleunigen, wieder bereit, unser Leben aufs Spiel zu setzen, bereit, wieder zu morden. Und wozu?

Ich bitte euch, ich flehe euch an: Führt keinen Krieg gegen unschuldige Männer, Frauen und Kinder. Laßt nicht zu, daß sie Mörder aus uns machen!!! Laßt uns dem Morden ein Ende bereiten.

Wenn das Schwein von Kapitän beim nächsten Mal den Feuerbefehl für die *Ebersole* gibt, laßt ihn nicht den Kanonendonner hören, sondern die STILLE von Männern, die sich WEIGERN ZU MORDEN!!!

Denkt dran: Niemand kann euch zwingen, auf einen Abzug zu drücken!!!

Die Stimme der Sanften Vernunft

»Herr im Himmel, diesmal ist er zu weit gegangen!« sagte der Kapitän empört, zerknüllte das Flugblattt und warf es in den Abfallkorb, eine 12,7-cm-Kartusche mit der Gravierung »DD722«.

Die Anspielung auf Iskenderun – J. P. Jones hielt das damals neben der Sache mit dem Patrouillenboot für eine seiner Sternstunden – schmerzte. »Ab jetzt wird nicht mehr mit Samthandschuhen gearbeitet, Proper! Mir ist es völlig egal, wenn Sie in diesem Schiff das Innerste nach außen drehen – ich will den Skalp von Sanfter Vernunft! Ich will ihn, ehe der heutige Tag vorüber ist! Haben Sie das kapiert, Proper? Noch heute!«

Der Kapitän zitterte immer noch vor Wut, nachdem Proper gegangen war. »Außer Quinns Finger«, sagte er zum Ersten, »hat kein Aas auf der *Ebersole* bei Iskenderun auch nur einen Kratzer abbekommen. Das Schiff aufs Spiel setzen, sagt er. Ich habe unsere Chancen genauestens abgewogen. Das ist meine Aufgabe. Ich bekam den Befehl, *alle* mögliche Hilfe zu leisten – das war doch der genaue Wortlaut, oder, Erster? – *alle* mögliche Hilfe. Nun, ich habe *alle* mögliche Hilfe geleistet und das Feuer gelöscht.«

Jones schloß die Augen und senkte die Stimme zu einem erschöpften Flüstern. »O Gott, wie ich diesen Sanfte Vernunft verabscheue!«

»Überlassen Sie das nur Proper«, sagte der Erste beschwichtigend. »Der bringt das schon unter Dach und Fach.«

Mehr über den Zwischenfall bei Iskenderun

Mit Hilfe eines türkischen Schleppers war die *Ebersole* neben dem brennenden Tanker längsseits gegangen und hatte festgemacht (das Manöver, das Quinn ein Fingerglied gekostet hatte). Dann war die Besatzung von Bord gestürmt, um den Brand zu bekämpfen und dafür zu sorgen, daß er nicht die Bunker mit dem Flugbenzin erreichte. Lange Zeit stand es auf der Kippe. Matrosen mußten die Deckplatten auf dem Tanker abspritzen, die stellenweise rotglühend waren, damit andere Matrosen mit den Wasserschläuchen überhaupt nahe genug an die Flammen gelangen konnten. Vierzehn Stunden lang bekämpften sie in sich abwechselnden Schichten das Feuer, das im hinteren Maschinenraum und dem hintersten Bunker wütete. Im Licht der Suchscheinwerfer der *Ebersole* sah es wegen des Rauchs und Dampfes, der Flammen und der Wassersäulen und der Gischt wie beim Ausbruch eines Vulkans aus.

In den frühen Morgenstunden stolperte Leutnant de Bovenkamp buchstäblich über die Leiche eines der Männer der Besatzung des Tankers. Er war bei der ersten Explosion ums Leben gekommen. Die Flammen hatten ihn auf die Größe einer Kinderleiche zusammenschrumpfen lassen, als er da in einer Ecke des Hauptdecks inmitten von Öl, Schaum und Seewasser lag. Nur sein Penis war erigiert und schien einem Erwachsenen zu gehören. Mit neidischen Blicken auf den steifen Penis nahm de Bovenkamp zwei Stöcke und legte sie in Kreuzesform auf die Leiche, ehe er eine Plane darüberdeckte.

Gegen Mittag, als das Feuer langsam unter Kontrolle gebracht werden konnte, wurde es noch einmal kritisch. De Bovenkamp führte eine Gruppe dahin, wo mal der Maschinenraum des Tankers gewesen war. Der Rauch war so dick, daß man selbst bei den starken Handscheinwerfern das Deck nicht sehen konnte. De Bovenkamp nahm eine Stange und tappte sich wie ein Blinder vor, um festzustellen, ob da noch ein Deck war, auf dem man gehen konnte. Eine kurze Strecke konnte er das »Tap-tap« der Stange hören. Plötzlich stieß er in die Luft. Die Deckgräting war vollständig weggeschmolzen. Kaum einen Meter vor ihm ging es etwa achtzehn Meter tief hinunter, in Flammen und geschmolzenes Metall. Als de Bovenkamp einen Warnruf ausstieß, kam es ihm so vor, als wäre einer der Männer am Schlauch seitlich weggeglitten und im Rauch verschwunden.

Als der Kapitän davon erfuhr, war er stinkwütend – und ängstlich. Vielleicht würde er für seinen Einsatz zur Rechenschaft gezogen werden, wenn jemand bei der Brandbekämpfung ums Leben gekommen war, und die überpingeligen Typen im Pentagon könnten ihm daraus einen Strick drehen und seine Karriere ruinieren. Jones befahl sofort, alle Mann zum Zählen antreten zu lassen. Fünfzehn Minuten später kam der Erste mit der schlimmen Nachricht zurück, daß sechzehn Männer vermißt wurden. Beinahe starr vor Angst schickte Jones den Ersten hinauf, um sofort noch mal alle Männer zu zählen. Diesmal fand der Erste acht Seeleute und Kaplan Rodgers friedlich in ihren Kojen schlafend, womit nur noch sieben Vermißte blieben.

»Scheiße«, schrie der Kapitän und lief voller Panik in der engen Kajüte auf und ab. Obwohl die Klimaanlage auf vollen Touren lief, schwitzte er. »Holen Sie alle vom Tanker runter, lassen Sie dann alle ihre ›Berge‹-Positionen einnehmen und zählen Sie noch mal.« Diesmal kam der Erste mit der freudigen Botschaft zurück: Alle 255 Besatzungsmitglieder der *Ebersole*, Offiziere und Mannschaften, waren anwesend.

Niemand fand je heraus, was de Bovenkamp aus dem Augenwinkel gesehen hatte.

Als das Feuer noch glimmte, stieß ein weiterer Zerstörer zur *Ebersole* in Iskenderun und fing an, das ganze Seewasser, das die *Ebersole* in den Tanker hineingepumpt hatte, wieder herauszupumpen. Eine Flut von Glückwunschtelegrammen traf ein; aber da lichtete die *Ebersole* bereits die Anker, um in Richtung des Kriegsgebiets zu laufen. Später erfuhr die Besatzung, daß ein Matrose des anderen Zerstörers erstickt war, als er einen Repräsentanten von Lloyds of London durch den ausgebrannten Treibstoffbunker im Schiffsrumpf geführt hatte. Den zweiten Zerstörer löste ein türkisches Bergungsschiff ab, das aus Istanbul kam. Zwei Tage später, als das Bergungsschiff an der exakt gleichen Stelle längsseits festgemacht lag, flog der Tanker in die Luft. Die türkische Presse brachte einige bemerkenswerte Photos, auf denen Teile des Tankers durch die Luft wirbelten. Den Berichten zufolge versenkte die Explosion beide Schiffe und kostete zweiundsechzig Männern das Leben. Die türkische Regierung erklärte, daß jemand offensichtlich am falschen Ort ein Streichholz angezündet hatte, und sprach den Witwen jeweils siebenundzwanzig Dollar zu.

Bis Sanfte Vernunft das Thema wieder aufgegriffen hatte, waren die letzten Worte über die Episode bei Iskenderun, wie üblich, von Wallowitsch gefallen. »Was zum Teufel ein Zweitausendzweihundert-Tonnen-Zerstörer, der bis oben hin voll Munition gepackt ist, neben einem brennenden Tanker voll mit Flugzeugtreibstoff macht, werde ich nie kapieren«, hatte er zu einigen der jüngeren Offiziere in der privaten Atmosphäre der hinteren Offiziersmesse gesagt. »Wenn sie hochgegangen wären, als wir längsseits lagen, hätten auch sämtliche PR-Typen im Pentagon die Karriere vom Captain nicht wieder zusammenflicken können, ganz zu schweigen von seinem Körper.«

Proper bekommt eine begehrte Einladung

Die Zeit war bereits eine Viertelstunde überschritten und die Ablösung nirgends in Sicht.

»Himmel, Arsch, Scheiße«, brüllte de Frank, ein sehniger, neunzehnjähriger Hilfsheizer, dessen einziger Kummer im Leben darin zu bestehen schien, daß er sich nur einmal im Monat rasieren mußte. Er rieb sich mit dem Handrücken das Gesicht, um die wenigen Stoppeln zu stimulieren, und sagte: »Scheiße, wie lange wollen die uns denn hier noch schmoren lassen?«

»Wir sitzen, bis sie befehlen zu flitzen, dann flitzen wir, bis sie uns wieder zum Sitzen einladen«, rief Duffy gutmütig zurück. Duffy war der Dienstälteste im hinteren Kesselraum und der älteste Oberbootsmann auf der *Ebersole*. Er leitete seine Wache mit fester, aber väterlicher Hand und einem untrüglichen Gespür für die Grenzen von Mann und Gerät.

»Scheiße, ich könnte Sanfter Vernunft die Eier abreißen, weil er soviel Wirbel gemacht hat«, rief de Frank; aber seine Stimme klang nicht mehr so bissig, und er lächelte von einem Ohr zum anderen. Dieses Lächeln flackerte immer dann wie eine Neonreklame auf, wenn die Lage brenzlig wurde.

Schwarzfüße – so werden die Maschinisten genannt – waren so: Geduldig ackerten sie, ohne sich gleich zu beschweren. Sie hatten sich mehr oder weniger an die Bedingungen gewöhnt, die jeden Dienst an einem anderen Ort auf dem Schiff wie einen Urlaub am Meer erscheinen ließen. Da unten fiel die Temperatur selten unter 55 Grad, selbst wenn das riesige Ventilationssystem, das 1945 der letzte Schrei auf dem Gebiet der Klimaanlagen gewesen war, voll arbeitete. Hinzu kam noch der Lärmpegel (wenn die Kessel zur Reparatur nicht runtergefahren waren), der die Leute zwang, dem anderen direkt ins Ohr zu brüllen, um sich verständlich zu machen. Laut Dienstplan mußten sie vier Stunden arbeiten, hatten dann vier Stunden frei, um wieder vier Stunden zu malochen, und das rund um die Uhr. Bei der Wasserknappheit an Bord konnten sie sich praktisch die Borke aus Schweiß, Fett und Dreck nie richtig abwaschen.

Es gab nur einen Punkt, der einen Schwarzfuß zum Explodieren brachte: Wenn die Ablösung nicht rechtzeitig erschien. Vier Stunden lang war für die Männer im Kesselraum die große elektrische Uhr am Schott der wichtigste Gegenstand. Um die Zeit schneller vergehen zu lassen, brieten die Männer auch mal Kartoffeln, die sie aus der Kartoffelkiste auf dem Hauptdeck geklaut hatten. Sie legten sie in den Mantel der Wassertrommel (wo die Temperatur 250 Grad erreicht), und spülten die Kartoffeln dann mit warmem Cola hinunter, während sie abwechselnd im ganzen Kesselraum herumliefen und alle Stände, Temperaturen und Druckangaben kontrollierten. Die ganze Zeit hindurch schossen ihre Augen immer wieder zu der elektrischen Uhr hin – auf den Stundenzeiger zuerst, schließlich zum Minutenzeiger, bis er ganz langsam zu dem Punkt hinkroch, bis die Luke zwei Decks über ihnen aufgerissen wurde und sich oben auf dem Niedergang Füße zeigten. Psychologisch gesehen war der Höhepunkt des Wachdienstes das Ende der Wache.

Heute war natürlich keine Ablösung in Sicht. Kurz nachdem die Männer der Dritten Wache auf Deck angetreten waren, krächzte Ohms Stimme aus dem Lautsprecher. »Alle Mann werden« – er machte immer an den falschen Stellen eine Pause – »auf ihren Stationen bleiben, weil« – Pause – »das Schiff durchsucht wird nach« – Pause – »der oder den Personen, die« – Pause – Luftholen – »für das aufrührerische« – Pause – »Flugblatt verantwortlich ist oder sind.«

Die Ablösungszeit, von Essenszeit ganz zu schweigen, war gekommen und gegangen. Es wurde zwölf Uhr, dann 12.15. Endlich schwang sich um 12.25 Uhr ein Fuß über die Lukenkante, und Proper kam heruntergeklettert. Er hatte sich bereits durch die hinteren Abteilungen hindurchgearbeitet – die achtern liegende Ruderanlage, die Mannschaftsunterkünfte, die Magazine und Lagerräume, Turm 53 und seine Bedienungskammer, die Latrine, den Aufenthaltsraum, den Friseurladen, die hintere Offiziersmesse, die Poststelle, die Schadenüberwachungsstelle und ein weiteres halbes Dutzend anderer Abteile, die keine Bezeichnung, nur einen Buchstaben und eine Zahl trugen. Je weiter er mit der Suche vorankam, desto zuversichtlicher schien Proper zu werden. Er wußte, daß die Schreibmaschine hier irgendwo sein mußte. Es war lediglich eine Frage, die Örtlichkeiten einzuengen, die noch durchsucht werden mußten. Im Geiste sah er sich nicht als der Verkehrspolizist, der Schulkindern beim Stoßverkehr half, über die Straße zu kommen, sondern als Kriminalbeamter in Zivil, mit leichtem »Mir-kann-keiner-was-vormachen«-Lächeln auf den Lippen, eine 357er Smith & Wesson Magnum im Schulterhalfter, der einem Verdächtigen mit leicht gelangweilter, monotoner Stimme erklärt: »Nach der Entscheidung des Obersten Gerichts, Miranda versus Arizona, werden Sie hiermit auf Ihre Rechte hingewiesen.«

»Der Captain hat mir befohlen, das Schiff zu durchsuchen, und das tue ich gerade«, sagte Proper ganz sachlich, als sein Fuß den Boden des Kesselraums berührte.

»Sie müssen lauter reden«, schrie Duffy ihm durch die wie ein Trichter zusammengelegten Hände direkt ins Ohr.

»Ich habe gesagt, daß der Captain mir befohlen hat, das Schiff zu durchsuchen, und das tue ich gerade«, brüllte Proper. »Ich werde an einem Ende anfangen –«

»Einem was?«

»Einem Ende – E wie in Echo, N wie in November, D wie in Delta, E wieder wie in Echo – einem Ende, und mich dann systematisch zum anderen durcharbeiten. Ich will jede Möglichkeit hier sehen, wo man eine Schreibmaschine verstecken könnte.«

»Bedienen Sie sich«, brüllte Duffy und wandte sich wieder dem Dutzend Skalenscheiben zu, an denen jeder, der etwas davon verstand, ablesen konnte, wie lächerlich unrationell die Kessel wirklich arbeiteten.

»Ich fange hier an«, schrie Proper und zeigte auf eine Seekiste, die hinter die Einstiegsleiter geklemmt und mit einem Schloß gesichert war. »Wer hat den Schlüssel?«

»Der hängt am Haken über Ihrem Kopf«, brüllte Striker de Frank.

»Warum schließt ihr denn ab, wenn der Schlüssel offen da oben hängt?« schrie Proper.

»Na, damit die, wo nich wissen, wo der Schlüssel is, nich an die Kiste können«, erklärte de Frank, als wäre das die logischste Sache der Welt.

Forsch und profihaft schloß Proper die Kiste auf und klappte den Deckel zurück. Drinnen war die Verpflegung für den Kesselraum – vierzig oder fünfzig Kartoffeln, etwa ein Dutzend Zwiebeln (der Heizer der Mittelwache machte eine hervorragende Zwiebelsuppe), ein paar halbverfaulte Selleriestauden, zwei Gläser mit Pulverkaffee, eine Kaffeekanne, sieben Dosen mit Sardellen, eine kleine Plastiktüte mit Trüffeln, ein Glas mit Schnittlauch, noch eins mit Erdnußbutter, verschiedene Messer, Löffel und Dosenöffner, ferner ein zerlesenes *The New York Times Cookbook*.

»Was ist denn das?« schrie Proper und holte mit spitzen Fingern ein kleines Paket heraus, in dem Tabak und Kräuter vermischt zu sein schienen.

»Kräuter und Pfeifentabak vermischt«, sagte de Frank mit völlig ernstem Gesicht. Duffy drehte ihnen den Rücken zu und hatte alles um sich herum, mit Ausnahme der Skalen vor ihm, vergessen.

Proper hatte wegen »Tabak« seine Anweisungen. Bisher war er auf über ein Dutzend Beutel gestoßen, die laut Aussagen der Besitzer Tabak, Schnupftabak oder »eine Art italienischen Zukker« enthielten. Proper hatte außerdem drei Revolver entdeckt, über ein Dutzend verschiedener Behälter mit Whisky, Wodka oder Brandy, eine kleine Schachtel mit Spanischer Fliege, eine lebensgroße, aufblasbare weibliche Puppe, einen über zwei Meter langen afrikanischen Speer und eine Einkaufstüte voll mit weiblicher Unterwäsche. Sein fettester Fang war aber gewesen: ein Schmalfilm, durch ein Guckloch in einer Bar in Piräus aufgenommen, die »Black Cat Inn« hieß, der eine Reihe von Offizieren der *Ebersole* in kompromittierenden Positionen zeigte. Der Film war in einem ausgehöhlten Feuerlöscher im Friseurladen versteckt.

»Was werden Sie nu damit machen?« hatte Ce-De gefragt, der die Filmaufnahmen arrangiert hatte und sie gegen fünf Dollar pro Person vorführte, wann immer er den Projektor für die Mannschaft in die Finger bekam.

»Ich werde mir den Film ansehen – gratis – sobald Sie mir eine eingravierte Einladung schicken«, hatte Proper anzüglich geantwortet.

»Aber sicher! Jederzeit!« hatte Ce-De gesagt und breit gegrinst. »Haben Sie heute abend schon etwas vor?«

Proper hatte sein Ziel nicht aus den Augen verloren und suchte jedes Fleckchen des Kesselraums ab. Er schaute hinter die Generatoren und ließ von de Frank die Verkleidung vom Reduktionsgetriebe abschrauben. Er stocherte in dunklen Ecken über den Dampfrohren herum und steckte einen Stock durch die Bilge, um sicherzugehen, daß sich dort auch nur Wasser befand. Dann mußte Duffy das Ventilatorsystem abschalten, damit er in den Hauptschacht kriechen konnte, um sicherzustellen, daß sich dort nur Luft befand.

Zwanzig Minuten später – schweißüberströmt, Gesicht und Kleidung verschmiert, mit irrsinnigen Kopfschmerzen wegen der Hitze und des Lärms – tauchte Proper wieder aus dem Kesselraum auf und meldete dem Ersten: »Dieser Raum ist sauber.« Dann stürzte er sich in den hinteren Maschinenraum, wieder mit dem »Laut-Entscheidung-des-Obersten-Gerichts«-Ausdruck auf dem Gesicht, um die Jagd fortzusetzen.

McTigue legt für Quinn ein gutes Wort ein

Der Erste schaute vom Schreibtisch auf McTigue. »Was kann ich für Sie tun, Chief?«

»Es geht um Keys Quinn, Erster. Ich habe ihm versprochen, daß ich –«

Das Telefon klingelte und der Erste Offizier nahm den Hörer ab. Er hörte eine Sekunde lang zu. »Wer ist dieser Haverhill?« Wieder hörte er zu. »Und wer ist Filmore?« Der Erste nickte. »Alles klar, ich bin auf dem Weg.«

Er griff nach seiner Mütze und raste an McTigue vorbei aus der Kajüte.

»Wegen Quinn –« rief ihm McTigue hinterher.

»Die Antwort lautet ›nein‹.«

»Aber –«

Aber der Erste war schon verschwunden.

Der Erste denkt an alles

Endlich kamen die Hühnchen nach Hause, damit man sie braten konnte, dachte J. P. Horatio Jones und nahm drei Stufen auf einmal. Dann stürzte er in den Funkraum – er brach damit eine seiner eigenen heiligsten Regeln, nie unangemeldet irgendwo hineinzugehen, damit er nie den süßlichen Geruch von Pot wahrnehmen müßte.

»Na, was sagen Sie, was?« fragte der Kapitän. »Kommt er? Wieviel Zeit haben wir noch? Haben Sie gesagt, warum wir? Hat er uns selbst ausgewählt? Oder sind wir zugeteilt worden? Verdammt noch mal, Erster, nun reden Sie schon!«

»Wenn ich Fregattenkapitän Filmore recht verstanden habe, das ist der Typ vom Pentagon für Öffentlichkeitsarbeit, der die ganze Sache –«

»Sie haben mit diesem Filmore selbst gesprochen?« unterbrach ihn Jones.

»Nicht direkt, Käpt'n. Aber ich habe mit seinem Adjutanten, Korvettenkapitän Haverhill, geredet. Er sagt, daß Filmore sagt, daß der Kongreßabgeordnete eigens darum gebeten hat, uns in seinen Reiseplan einzubauen, nachdem er gestern von der Sache mit dem Kommi-Patrouillenboot erfahren hat.«

»Uff!« sagte Jones hochbegeistert. »Da kann ich nur sagen, Erster, daß es keinem netteren Kerl hätte passieren können, was?«

Kurz darauf machten die beiden Männer in der Abgeschiedenheit der Kapitänskajüte Pläne.

»Wie holen wir ihn ab?« fragte der Kapitän. »Hubschrauber?«

»Haverhill sagt, daß Filmore darauf besteht, per Highline übergesetzt zu werden. Das bringt wirkungsvolle Filmaufnahmen.«

»Wann? Wann sollen wir ihn abholen?«

»Sie wollen uns um dreizehn Uhr fünfzehn in Annäherungsposition. Sie nehmen dreizehn Uhr eine Angriffsstaffel wieder auf. Sobald die aus dem Weg ist, sollen wir das Tau einholen und ihn rüberbringen. Um dreizehndreißig wollen sie einen neuen Angriff starten.«

»Dreizehnfünfzehn – Allmächtiger Gott! Da haben wir aber keine Zeit, zum Essen pfeifen zu lassen. Was machen wir, wenn er rauskriegt, daß die Besatzung noch nichts gegessen hat?«

Wie üblich hatte der Erste einen Plan. »Hören Sie, Käpt'n, solche Leute unterhalten sich doch nicht eingehend mit gewöhnlichen Seeleuten. Wenn, dann fragen sie immer, aus welchem Staat der Matrose kommt oder für welches Football-Team er sich begeistert oder ähnlichen Scheiß. Und gewöhnliche Seeleute wissen, daß es nicht gut für sie ist, sich über ihre Bauchschmerzen zu beklagen« – der Erste mußte über den zutreffenden Ausdruck leise lachen – »jedenfalls in der Öffentlichkeit.« Sollte er irgendwie Wind davon bekommen, erzählen wir ihm einfach, daß die Besatzung das Mittagessen hat ausfallen lassen und das Geld irgendwelchen Kriegswaisen schickt. Das schluckt er.«

»Aber die Männer bezahlen doch nicht für ihr Essen.«

»Das weiß er doch nicht, Captain.«

»Erster, Sie denken wirklich an alles, an jede Schwierigkeit, die auftauchen könnte. Erinnern Sie mich, daß ich die Superlative etwas großzügig einflechte, wenn ich Ihre Beurteilung schreibe.«

Beide Männer lächelten zufrieden.

»Kommt noch jemand mit ihm – ein Gouverneur, Senator, ein Schauspieler oder so?«

»Haverhill sagt, daß noch ein Journalist, namens Kobb (mit einem ›K‹) dabei ist. Aber da brauchen wir uns keine Sorgen zu machen, der ist auf unserer Seite. Das hat Haverhill gesagt, es stammt von Filmore. Ach ja, und Haverhill sagt, daß er und Filmore auch rüberkommen. Haverhill sagt, daß Filmore alles, was irgendwie heikel werden könnte, schon erledigt, daß wir uns keine Sorgen zu machen brauchten. Er sagt, wir müssen lediglich dafür sorgen, daß die Männer sauber gekleidet sind und lächeln; dann ist alles bestens. Das hat er wörtlich gesagt: saubere Kleidung und lächeln. Ich finde, es klingt wie ein Topf mit Gold am Ende des Regenbogens, Käpt'n.«

»In Ordnung, Erster, gehen Sie auf die Brücke und geben Sie mir den Kurs, der uns Punkt dreizehn Uhr fünfzehn hinter den Träger bringt. Und vergessen Sie das mit der Kleidung nicht.«

Der Erste war schon halb durchs Schott, als dem Kapitän noch etwas einfiel.

»Wegen Proper – den legen Sie mal eine Zeit auf Eis. Bei solchem Anlaß wollen wir doch nicht, daß er uns dauernd zwischen den Beinen herumläuft, ja?« Jones nickte, um zu verdeutlichen, daß er diesen Punkt für wichtig hielt.

Ohm gibt die freudige Botschaft weiter

Nur unmerklich die Lippen bewegend las Ohm den Zettel, den der Erste ihm gegeben hatte.

»Können Sie meine Schrift lesen?« fragte der Erste.

»Alles außer den BIPs«, sagte Ohm. »Was sind denn BIPs?«

»Das heißt VIPs«, erklärte der Erste geduldig. »Die Abkürzung für ›Very Important Persons‹.«

»VIPs«, wiederholte Ohm. »VIPs.«

Ohm zog das Mikrofon nah an den Mund und schaltete es ein. »Wachablösung«, rief er. Nicht nur sein Magen, auch seine Stimme knurrte. »Jetzt die Erste Wache an Deck.« Dann las Ohm vom Zettel ab. »Alle Mann werden« – Pause – »hiermit informiert, daß das Schiff« – Pause – »heute nachmittag« – Pause – »BIPs erwartet« – Pause – »Alle Mann haben« – Pause – »in sauberem Zeug zu erscheinen« – Pause – »Saubere Arbeitskleidung und saubere weiße Mützen« – Pause – »noch vor dreizehn Uhr.« Klick.

Die *Ebersole* *ist Gastgeber für sehr wichtige Leute*

Der Journalist Kobb mit »K« war eine Frau, Lizzy Kobb, die in mehreren Washingtoner Zeitungen ihre Kolumnen veröffentlichte (»Kobb's Korner«). Ihre ersten Worte nach Verlassen der Hosenboje, in der man sie an Deck der *Ebersole* herübergeholt hatte, lauteten: »He, Seemann, wo kann eine Dame hier pinkeln?«

Der Seemann, den sie ansprach, war der Erste, der nicht nur durch die Frage, sondern auch durch den Fragesteller verwirrt war – eine etwas füllige, aber hübsche Frau, Ende dreißig oder Anfang vierzig, in Gefechtsstiefeln und Marineuniform, die so knapp saß, daß man mühelos sehen konnte, daß sie keinen Büstenhalter trug und ziemlich feste Brüste hatte.

»Verzeihung, was haben Sie gesagt?« meinte der rot gewordene Erste nervös. Weil ihm nichts anderes einfiel, salutierte er.

»Wo man hier pinkeln kann«, wiederholte Lizzy Kobb liebenswürdig, »eine ganz natürliche Körperfunktion.«

Da kam Filmore, der PR-Spezialist des Pentagons, und rettete ihn aus der peinlichen Lage. Er rutschte gleich hinter Lizzy

Kobb aus der Hosenboje, tätschelte ihr mit der linken Hand den Hintern und streckte die rechte dem Ersten hin.

»Lassen Sie sich von ihr nicht ins Bockshorn jagen«, sagte Filmore. »Sie hat die schnellste Schreibmaschine und das dreckigste Mundwerk in Washington; aber sie weiß, wo's langgeht. Stimmt doch, Lizzy, altes Mädchen?« Ich nehme an, Sie sind der Erste. Es kommen noch vier Personen: Der philippinische Steward des Kongreßabgeordneten, ein Marinephotograph, einer meiner Lakaien namens Haverhill und last, aber keineswegs least, der langjährige Abgeordnete des souveränen Staates North Carolina, Everett Oakwood Partain.«

Korvettenkapitän Whitman Filmore verfügte über eine imponierende Persönlichkeit und eine geschickte Hand. Wie er im Freundeskreis immer wieder betonte, nahm er nie ein Blatt vor den Mund. Filmore, ein gutmütiger Träger dreier Streifen mit schwerem Knochenbau und roten Bäckchen, hielt sich für den letzten noch vorhandenen Souverän der Welt – ein PR-Mann im Dienst. Während der sechzehn Jahre in der Marine hatte er nie auf einem Schiff gedient, war aber schon so lange beim Pentagon, daß er sich vor keinem Admiral oder Senator fürchtete, was ihm beim Umgang mit Offizieren jeden Ranges viel half. Bei Leuten, die nicht bei der Marine waren, verbrachte Filmore viel Zeit damit, ihre Persönlichkeit zu studieren und herauszubekommen, wie man am besten mit ihnen umging. Lizzys Schwäche hatte er schon längst entdeckt: Sie wollte ganz normal behandelt werden und verabscheute jeden, der in ihrem Innern nach der wahren Frau zu suchen versuchte. Filmore behandelte sie daher als guten Kumpel.

»Wenn du pinkeln mußt, Lizzy, altes Mädchen, dann kneife deine hübschen Beine zusammen und bewege dich nicht von der Stelle. Erster, falls Sie die Männer dazu bringen könnten, die Augen von Lizzys Busen zu reißen, könnten wir vielleicht den Rest rüberholen und mit dem Zirkus anfangen. Was meinen Sie, Junge?« Und Filmore schlug dem Ersten fröhlich auf den Rükken, um klarzumachen, daß sie schließlich alle in derselben Mannschaft spielten. »Meine Philosophie und mein Modus operandi sind ein und dasselbe«, hatte Filmore einmal eine Gruppe von jüngeren PR-Leuten im Pentagon belehrt. »Gib ihnen das Gefühl, Kameraden in einer Mannschaft zu sein, und du bekommst ein bombensicheres Ergebnis.«

Zehn Minuten später kam der Auftritt des Abgeordneten von North Carolina.

»Halt, knapp zwei Meter vorm Schiff«, rief Filmore und dirigierte den Ablauf vom Deck der *Ebersole*. »Genau da. Okay, Yancy, schieß los!« Haverhill bediente das Tonaufnahmegerät, der Photograph, Maat Yancy, die Filmkamera, während Partain von Schiff zu Schiff gehievt wurde. In dem fünfunddreißig Sekunden langen Ausschnitt, den das Pentagon später an die Sendeanstalten weitergab, war dieser Augenblick ungemein beeindruckend. »Irgendwo vor der feindlichen Küste besucht der Abgeordnete Partain – auf einer speziellen Informationsreise für den Präsidenten – einen der Windhunde der Flotte«, lautete dann der Kommentar. Hinter dem Abgeordneten sah man etwas unscharf den Flugzeugträger mit den Jets auf dem Flugdeck, bereit zum nächsten Schlag gegen das feindliche Festland. Im Hintergrund konnte das Publikum Tevepaugh hören, der mit seiner elektrischen Gitarre eine mißtönende Hardrock-Version – fast nicht erkennbar – von »Dixie« spielte.

»Im Namen der Offiziere, Unteroffiziere und Mannschaften der *Eugene F. Ebersole* heiße ich Sie an Bord willkommen, Sir«, sagte der Erste und salutierte schneidig, als Partain auf dem Deck aufsetzte.

»Freut mich, mein Sohn, ich freu' mich so«, antwortete Partain mit breitem Lächeln und schüttelte jede nur greifbare Hand – die Kamera surrte immer noch – als würde er Pumpenschwengel betätigen.

»Freu' mich, worüber?« gab Filmore ihm das Stichwort, der nicht im Bild war und wußte, daß seine Stimme herausgeschnitten werden konnte.

»Ich freue mich so, ja wirklich, die tapferen Männer kennenzulernen, die erst vor kurzem so heroisch im Gefechtseinsatz waren.«

Das Lächeln auf dem Gesicht des Kongreßabgeordneten verschwand. Er sah sich skeptisch um. »Das ist aber ein entsetzlich kleines Schiff, Filmore. Sind Sie sicher, daß wir auf so was anfangen sollten?«

Die Kamera hielt die Szene immer noch fest; aber Abgeordneter Partain verstand ebensoviel wie Filmore vom Schneiden.

»Kongreßabgeordneter«, sagte Filmore, ohne ein Blatt vor den Mund zu nehmen, »dieses Schiff schwimmt seit neunzehnhundertvierundvierzig, das war, als Sie, wenn ich mich richtig erinnere, Ihr viertes Jahr im Repräsentantenhaus verbrachten. Ich vermute, daß das Schiff auch noch lange nach Ihrem Ausscheiden als Abgeordneter Dienst tun wird, womit ich allerdings noch lange nicht rechne.«

»Na schön! Ich verstehe«, sagte Partain, offensichtlich erfreut über das Kompliment. »Machen wir weiter.«

Everett Oakwood Partains Curriculum vitae

North Carolinas dienstältester Abgeordneter der Demokraten war zwei- oder dreiundsechzig Jahre alt; genau wußte er das nicht. Sein Vater hatte in der Gegend von Catawba, nicht weit entfernt von Asheville, in den Great Smoky Mountains eine kleine Schnapsbrennerei betrieben. Er konnte sich nicht erinnern, ob Everett vor Lucius und nach Calvin, oder vor Calvin und nach Georgina geboren worden war. »Ich glaube, es war so um die Zeit, wo Willem Bryan gegen McKinley verloren hat«, war die genaueste Zeitbestimmung, wenn man den alten Mann festnagelte.

»Ist doch völlig wurscht«, sagte der Kongreßabgeordnete immer zu den Reportern. »Ich hatte schon gesunden Menschenverstand, ehe ich den Erwachsenen bis ans Knie reichte, und nur das zählt in meiner Ecke auf Gottes grüner Erde.«

Partain hatte den Einsatz von Atomwaffen befürwortet, um

den Krieg zu beenden, und war einer der besten Freunde, die die Militärs im Capitol hatten. Er wurde auch entsprechend eingeladen und mit Air-Force-Jets, Army-Limousinen und Navy-Yachten herumchauffiert. Nach drei Jahrzehnten in Washington hatte er praktisch zu allen Flaggoffizieren im Pentagon ein freundliches »Rückenklopfen-Verhältnis«. Trotzdem kam in all diesen Jahren niemand so richtig dahinter, was Everett Oakwood Partain in Gang hielt. »Ich mußte mich schon als kleines Würmchen abstrampeln, um am Leben zu bleiben«, hatte er einmal erklärt. »Warum ich jetzt keine ruhigere Gangart einlege? Na, ich schätze, Sie können das der Macht der Gewohnheit zuschreiben.«

Er glaubte an Gott, Vaterland und freies Unternehmertum – das war klar; aber strittig war, in welche Reihenfolge er sie einordnete. Er wuchs mit der Überzeugung heran, daß Wettbewerb ein Naturgesetz sei, und war auch als Erwachsener mehr an der Hackordnung als der sozialen Ordnung interessiert. »Wenn es keine Hackordnung gäbe«, sagte er einmal zu einer Gruppe der örtlichen Handelskammer, »würden Hinz und Kunz sich herumschubsen und prügeln. In manchen Teilen der Welt nennt man so was dann ›Chaos‹«.

Nationalökonomisch neigte Partain zu der Ansicht, daß die Vereinigten Staaten eine Leistungsgesellschaft waren, in der Erfolg von Charakterstärke und harter Arbeit abhing. Unter Druck ging er so weit zu behaupten, daß nicht die Familie die grundlegende Einheit des amerikanischen Lebens sei, sondern die Fabrik, ebenso wie für den »American Way of Life« nicht so sehr die Ehe, sondern der Wochenmarkt eine lebenswichtige Einrichtung bedeutete. Wenn Kritiker ihm entgegenhielten, daß der Wochenmarkt nicht mehr wichtig sei, weil das Land sich inzwischen in einen unkontrollierbaren Ableger der Multis verwandelt habe, antwortete Partain nur: »Blödsinn!«

Vor allem glaubte Everett Oakwood Partain fest an Amerika, einen Eintopf, dessen Zutaten er aufzählte: »Prediger, die durch das Radio verkündeten ›Gepriesen sei Je-sus‹, Postzustellung in ländlichen Gebieten bis in die abgelegensten Ecken, einfache

Menschen, die auf ihrer Veranda im Schaukelstuhl sitzen, Wassermelonen, Ochsenfrösche, Kohl und ›F‹ für Farbige hinter den Namen im Telefonbuch.«

Filmore bittet den Kapitän um einen Gefallen

Mit Kapitän Jones, dem Ersten, Lizzy Kobb und Filmore im Schlepptau begann Partain – Yancys Kamera surrte fleißig – seinen Rundgang auf dem Hauptdeck. Dabei plauderte er liebenswürdig mit den Seeleuten, auch mit den Schwarzen.

»Aus welchem Staat kommst du denn, Sohn?« fragte er.

»Texas, Sir.«

»Großartiger Staat das, Texas«, sagte der Kongreßabgeordnete und schüttelte dem Mann die Hand. »Da vermute ich, daß du ein Fan der Dallas Cowboys bist. Eine großartige Mannschaft, diese Dallas Cowboys.« Dann ging's zum nächsten Mann, zufällig Artillerieobermaat Quinn, der gerade von der Reparatur des Turmes 52 zurückkam.

»Aus welchem Staat kommst du denn, Sohn?«

»Verzeihung, Sir?« sagte Quinn.

»Der Kongreßabgeordnete hat gefragt, aus welchem Staat Sie sind, Quinn«, half ihm Jones auf die Sprünge.

Quinn sah ängstlich zum Kapitän, als er dem Abgeordneten antwortete. »Ich komme eigentlich aus keinem Staat, Sir. Ich lebe auf der *Ebersole*. Wenn das Schiff in Norfolk ist, bin ich aus Virginia. Ist sie in Newport, bin ich aus Rhode Island. Wenn sie zum Überholen in der Brooklyn-Marine-Werft liegt, bin ich aus New York. Wenn sie in –«

»Aber wohin gehen Sie denn, wenn Sie das Schiff verlassen?« unterbrach ihn Partain.

»Ich verlasse die *Ebersole* nie, Sir – jedenfalls nicht bis jetzt. Seit vierundzwanzig Jahren bin ich höchstens mal für ein Bier oder einen Film von Bord gegangen.«

»Schnitt!« befahl Filmore Yancy.

Partain starrte Quinn an, als wäre dieser verrückt, schüttelte leicht den Kopf und stolzierte weiter, um einen anderen Matrosen zu fragen: »Aus welchem Staat kommst du denn, Sohn?«

»Es gibt die merkwürdigsten Typen«, flüsterte Lizzy dem Ersten zu und preßte ihre Brüste an seinen Arm, als sie sich zu seinem Ohr hinüberbeugte.

»Könnte ich Sie eine Sekunde sprechen, Captain?« fragte Quinn, als der Kapitän Partain folgen wollte. »Es ist wegen meiner Schlüssel und dem Gesuch –«

»Später, Quinn«, zischte ihn Jones an. »Kommen Sie später.« Dann rannte er hinter dem Abgeordneten her.

Filmore widmete der photographischen Seite des Besuchs viel Zeit. Er sorgte für eine Aufnahme, auf der ein strahlender Kapitän Jones dem Kongreßabgeordneten unter der Mündung des 12,7-Zentimeter-Geschützes, das das feindliche Patrouillenboot mit einem Schuß versenkt hatte, eine blaue »Sicher und Schnell« Baseballkappe übergab. Er schleppte auch ein paar Seeleute an, die behaupteten, aus North Carolina zu sein, lieh sich einige Tapferkeitsmedaillen aus, die der Abgeordnete an ihre Brust heftete. Dann kam natürlich die unvermeidliche Szene, in der Partain mit dem Tablett, wie jeder andere auf dem Schiff, in der Schlange zum Essenfassen wartete. (»Meiner Meinung nach habe ich auch als Kongreßabgeordneter der Vereinigten Staaten von Amerika nicht das Vorrecht, mich vorne anzustellen, nicht, wenn hier die Männer Schlange stehen, die für Amerika kämpfen, no Sir!« wurde Partain zitiert.) Da es bis zum Abendessen noch eine Weile dauerte, mußte Filmore ein paar Matrosen auf Freiwache auftreiben, und ihnen für diese Szene Tabletts in die Hände drücken.

»Sieht mir alles zu läppisch aus«, beschwerte er sich bei Filmore nach den Aufnahmen über das Essenfassen. »Ich will damit sagen, daß wir mit Bildern vom Essenfassen nicht gerade riesig rauskommen, oder? Wenn wir aber zur Küste gurken könnten und ein paar Schnappschüsse vom Feind...«

»Er will was?« fragte Jones, als Filmore ihm die Idee vortrug.

»Captain, darf ich Ihnen die rauhe Wirklichkeit mal erklären?« sagte Filmore. »Der Abgeordnete ist nicht aus gesundheitlichen Gründen hier. Er hat sich auf militärische Belange festgelegt und will den Leuten zu Hause vor Augen führen, welche lebenswichtige Rolle das Militär hier draußen spielt. Um aber in die Wohnzimmer der Leute daheim zu gelangen, in ihre Wohnung während der Hauptsendezeit zu kommen, müssen wir an einem Haufen verweichlichter, unverschämter Angeber vorbei – dieser kleinen Clique von Fernsehbossen an der Ostküste, von denen die meisten gegen den Krieg sind und dem Militär mißtrauen. Bosse sind wie ein Drehkreuz; man muß die richtige Münze hineinstecken, um durchzukommen. Und für uns ist die richtige Münze, um durchzukommen, ein Film, in dem Action mit großem ›A‹ drin ist.«

»Aber ich kann nicht einfach abdrehen und die Küste beschießen«, sagte Jones. »Dazu brauche ich die Erlaubnis, eine Zielzuweisung, die Koordinaten, einen Aufklärungshubschrauber und einige Flugzeuge in Bereitschaft, falls wir auf Abwehrfeuer stoßen und Schutz aus der Luft brauchen. Das ist eine komplizierte Sache, die beträchtliche Vorbereitungen erfordert.«

»Captain, glauben Sie mir, ich kann das arrangieren – solange ich sagen kann, daß Sie einverstanden wären.«

»Einverstanden? Meine Güte, ich bin entzückt!«

Filmore läßt ein paar Beziehungen spielen

»Flanken«, bemerkte Whitman Filmore gern und oft, »sind bei der Öffentlichkeitsarbeit genauso entscheidend wie im Krieg.« Bei jedem Unternehmen sicherte er sie daher auch immer als Erstes.

»Der Kongreßabgeordnete will nicht, daß Sie irgend etwas Besonderes nur für ihn auf die Beine stellen, verstehen Sie?«, teilte Filmore dem Offizier der Einsatzleitung des Flaggschiffs über

Sprechfunk mit. »Er dachte nur, daß Sie heute nachmittag sowieso etwas geplant hätten, und da könnten Sie doch die *Ebersole* reinbringen, damit die auch ein paar Schüsse abgibt. Dann könnte er aus erster Hand einen Eindruck gewinnen, mit welchen Problemen wir es hier draußen zu tun haben.«

»Roger, Filmore, verstanden«, antwortete der Einsatzoffizier. Er hatte eine dieser monotonen »Hier-spricht-der-Kapitän«-Stimmen, wie man sie oft in der zivilen Luftfahrt hört. »Normalerweise schießen wir morgens, damit wir die Sonne im Rücken haben; aber ich bin sicher, daß sich etwas, ohne zu große Mühe, arrangieren läßt. Bleiben Sie dran! Over.«

»Roger, bleibe dran«, sagte Filmore.

Der lange, mühselige Vorgang, ein relativ sicheres Ziel auszuwählen, damit das Leben des Kongreßabgeordneten nicht gefährdet würde, die Koordinaten auszuarbeiten, die Erlaubnis zum Schießen von höherer Stelle einzuholen, einen Hubschrauber loszuschicken, um die Einschläge zu überwachen, und einen Flugzeugträger in die Position einzuweisen, daß er jederzeit Kampfflieger zum Schutz losschicken konnte, dauerte sieben Minuten.

»Wie ich schon sagte, Filmore«, meldete die monotone Stimme, »der Admiral freut sich, behilflich sein zu können.«

Jones läßt die Show beginnen

Sobald die Zielanweisung über den Fernschreiber eingetroffen war, ging alles sehr flott. Die *Ebersole* krängte und nahm Kurs auf den dicken, grauen Fleck am Horizont – die Küstenlinie. Ein OH-6-»Loach«-Aufklärungshubschrauber, dessen Rotorblätter wie ein in Panik geratener Spatz herumflatterten, schwebte über dem Heck des Zerstörers, um den Artilleriebeobachter aufzunehmen.

»Seit wann stellen wir den Beobachter?« fragte Lustig, als der Erste ihm den Befehl gab, einen Mann dazu abzustellen. Normalerweise übernahm der Pilot des Hubschraubers oder einer aus seiner Besatzung die Artilleriebeobachtung.

»Der PR-Typ hatte diesen grandiosen Einfall«, erklärte der Wachoffizier. »Er will ein paar Meter Film, auf denen der Hubschrauber einen unserer Männer hochholt. Sagt, das zeige dramatisch, wie nah wir dem Kriegsgeschehen sind. Hören Sie, ich habe schon genug Ärger, legen *Sie* sich nicht auch noch quer.«

»Himmel, Arsch, verdammte Scheiße, warum gerade ich?« fragte Chief McTigue, der absolut nicht den Wunsch verspürte, dem Kriegsgeschehen so nah zu kommen.

»Weil Sie der einzige Mann sind, Chief, der einen Treffer richtig einschätzen kann«, erklärte Lustig. »Nun kommen Sie schon!«

Und so wurde McTigue in die Segeltuchgurte gepackt, vom Heck der *Ebersole* hochgezogen und durch die Luke in den Hubschrauber gebracht, der in Richtung Küste abschaukelte.

»Auf welche Dinger werden wir denn nun schießen, Captain?« fragte Partain. Der Abgeordnete, Lizzy Kobb und Filmore standen auf der Signalbrücke und schauten dem Hubschrauber hinterher, der jetzt nur noch ein Pünktchen war, das mit der Küste verschmolz.

»Die Zielanweisung, Senator –«

»Noch ist er nicht Senator, Captain Jones«, unterbrach Lizzy Kobb trocken. Der Kapitän war über einen alten Scherz gestolpert.

»Will ich auch nie werden«, murmelte Partain. »Einziger Vorteil dabei ist, daß man nicht so oft den Ärger mit den Wählern hat. Ich ärgere mich aber lieber.« Partain hatte nicht einen ernstzunehmenden politischen Gegenkandidaten in seinem Bezirk, seit er zum ersten Mal die Wahl 1940 gewonnen hatte. Jetzt verdienten fünfzig Prozent der Leute ihr Geld bei militärischen Anlagen oder Zivilschutzzulieferfirmen, die alle lukrative Regierungsaufträge hatten. Da brauchte er sich nicht einmal mehr die Mühe zu machen, in den Wahlkampf zu ziehen.

»Verzeihung, Kongreßabgeordneter. Ich wollte Ihnen nicht zu nahe treten«, sagte Jones.

»Keine Bange, Sohn«, sagte Partain. »Schon vergessen.«

Jones setzte neu an. »Das Ziel, Herr Abgeordneter, ist – ein kleines Nest, durch das Route Zehn geht, eine der Hauptverbindungslinien zum Süden. Ich sage das nur, damit Sie sehen, wie wichtig diese Operation ist. Unsere Abwehr hat Informationen, daß sich am westlichen Ende des Dorfes, gleich hinter einigen Hütten mit Strohdächern, ein Lastwagendepot befindet. Wir gehen nun folgendermaßen vor: Wir bleiben etwa drei Meilen vor der Küste, schießen einmal über das Dorf hinaus und gehen dann mit den Probeschüssen so weit zurück, bis wir genau das Depot getroffen haben. Auf diese Weise schonen wir die Zivilisten – jedenfalls die meisten. Wenn unser Beobachter meldet, daß wir das Depot getroffen haben, eröffnen wir das Feuer mit allem, was wir haben. Das nennt man Wirkungsschießen.

»Werden wir das Ziel sehen können, Captain?« fragte Lizzy Kobb.

Jones schüttelte den Kopf. »... liegt vier Meilen landeinwärts; daher werden wir die Einschläge weder sehen noch hören. Dazu haben wir ja den Beobachter. Er meldet über Sprechfunk die Position der Einschläge. Ich fürchte, es ist alles ziemlich langweilig, die übliche Routine eben. Aber auch wenn dabei nicht viel Ruhm zu ernten ist, muß einer die Arbeit machen, um den Feind unter Druck zu halten.« Jones nickte, um diesen Punkt hervorzuheben.

»Na, allein schon zu sehen, wie diese grauen Rohre auf die Küste zielen, und zu hören, wie sie abgefeuert werden, ist für mich aufregend genug«, meinte Partain.

Die Küstenlinie wurde nun deutlicher sichtbar, so daß man Einzelheiten ausmachen konnte – ein zweistöckiges Blockhaus auf einer Anhöhe, einen blaßgrünen Sumpf am Ufer, eine einzelne, weiße Wolke, die wie ein Pilz über einem verstümmelten Baum stand.

»Vielleicht kann der Captain uns ein bißchen mehr über den technischen Ablauf beim Feuer sagen?« meinte Filmore. »Wer zum Beispiel bekommt die Information, die der Beobachter zurückschickt? Und wer drückt nun eigentlich auf den Abzug?«

»Wir werden die Stimme des Beobachters über einen Lautsprecher auf der Brücke hören«, erklärte Kapitän Jones. »Aber in der Hauptsache ist die Information natürlich für die Zentrale bestimmt –«

»Aber lösen denn nicht die Männer in den Geschütztürmen die Schüsse aus?« fragte Lizzy Kobb. »Ich habe immer gedacht, die an den Kanonen drücken auch auf den Abzug.«

»Sie können das tun, Miss Kobb; aber in diesem Fall tun sie es nicht. Wenn wir das Ziel sehen können – so wie das Kommi-Patrouillenboot gestern morgen –, erhalten wir Entfernung und Peilung vom Zentralleitstand, der sich über unseren Köpfen befindet. Der Feuerleitoffizier, das ist unser Mister Wallowitsch, betätigt dann den Abzug, mit dem alle sechs 12,7-cm-Geschütze gleichzeitig eine Salve abfeuern. Wenn wir aber das Ziel nicht sehen – wie heute nachmittag –, werden Entfernung und Peilung zuerst von einer Seekarte abgelesen und in einen Computer der Operationszentrale gegeben. Dieser Rechner richtet die Geschütze auf das Ziel und hält sie auch darauf gerichtet, wenn wir in Fahrt sind. Auf den Befehl zum Feuern hin betätigt der OPZ-Offizier – in diesem Fall ein junger Leutnant – den Fernbedienungsauslöser, um das Einschießen zu beginnen. Haben wir uns eingeschossen und das Ziel aufgenommen, geben wir eine Breitseite ab. So in etwa läuft das ab.«

»Verstehe«, sagte Partain.

»Ach ja«, meinte Filmore.

»Wir nähern uns der Küste, Captain«, sagte Lizzy Kobb. »Was steht jetzt auf der Tagesordnung?«

»Mein Navigator, der auch mein Erster Offizier ist, wird mich auf einen Kurs parallel zur Küste einweisen. Er hat wahrscheinlich die Angaben über Entfernung und Peilung von der Seekarte abgelesen und sie an den Hauptfahrstand weitergegeben. Wenn wir dann auf dem richtigen Kurs sind, laden wir die Geschütze. Mein Artillerieoffizier – Mister Lustig hier, der mit den Kopfhörern und dem Mikrofon – wird mir melden, wenn die Geschütze feuerbereit sind. Dann gebe ich den Befehl, das Feuer zu eröffnen.«

»Captain, das klingt vielleicht unheimlich naiv; aber wie funktionieren die Geschütze eigentlich?« fragte Lizzy Kobb.

»Ich bin nicht sicher, daß ich Ihre Frage richtig verstanden habe«, sagte Jones. »Sie schießen, sobald jemand auf den Abzug drückt.«

»Nein, nein. Ich meine, was passiert eigentlich, wenn jemand auf den Abzug drückt? Wieso fliegt das Geschoß so weit und explodiert, wenn es ankommt?«

»Captain, Sir«, rief der Erste und steckte den Kopf aus dem Steuerstand. »Etwa vier Minuten.« Er zwinkerte Lizzy Kobb zu, und sie zwinkerte zurück.

»In Ordnung, Erster. Geben Sie dem Rudergänger Bescheid, wenn Sie bereit sind, ja?«

Jones warf einen Blick auf die Küstenlinie. »Wie Geschütze schießen? Haben Sie schon mal einen Druckkochtopf benutzt, Miss Kobb?«

»Sie scherzen wohl? Dauernd steht in den Zeitungen, daß die verdammten Dinger explodieren.«

»Ja, genau das ist es. Unsere Geschütze sind so was wie Druckkochtöpfe. Wir schieben in jedes Rohr hinter das Projektil, oder Geschoß, eine Kartusche. Dann zünden wir mit einem elektrischen Funken von 440 Volt die Kartusche. Das Schießpulver und die Schießbaumwolle, die Treibladung, in der Kartusche zerfallen und schaffen ein riesiges Volumen heißen Gases in sehr begrenztem Raum. Das Gas kann nur durch das Rohr entweichen, was es auch tut – und dabei drückt es das fünfzig Pfund schwere Projektil vor sich her. Das ist so ähnlich, wie beim Druckkochtopf, wenn sich zuviel Druck bildet – erinnern Sie sich: Eine große Menge Gas in begrenztem Raum –, fliegt das überbelastete Ventil im Deckel raus und jemandem ins Gesicht. Wenn wir wollen, können wir eines dieser Fünfzig-Pfund-Projektile neuneinhalb Meilen weit feuern. Allerdings bleiben wir wegen der Präzision lieber bei Entfernungen von acht Meilen oder weniger. Wenn nun das Projektil das Ziel erreicht, kann es beim Kontakt detonieren oder durch einen vorher eingestellten Zünder in der Spitze zur Explosion gebracht werden. In beiden Fällen explodiert das Geschoß – wieder ausgelöst durch Zerfall und heißes

Gas, diesmal aber in alle Richtungen –, so daß eine relativ große Fläche von Schrapnellhagel bestrichen wird. Ist doch gar nicht so kompliziert, oder? Jedes Kind kann das Grundprinzip kapieren.«

Während Jones redete, drehte die *Ebersole* nach Steuerbord und ging auf Parallelkurs zur Küste, die jetzt deutlich zu sehen war.

»Erlaubnis zum Laden?« rief Lustig.

Jones nickte, worauf Lustig in sein akustisch aktiviertes Mikrofon sprach: »Klarmachen zum Laden.« Das war das Signal für die »Feuerwerker«, die Kartuschen auf die Ladeschieber zu heben.

In drei Meilen Entfernung lag der Sumpfstreifen vor der Küste, der bei Flut überspült wurde, da und in den Pfützen spiegelte sich der Himmel wider. Dahinter kam eine Hügelkette. Vier Meilen hinter diesen Hügeln, von der *Ebersole* aus nicht zu sehen, kreiste der Hubschrauber mit Chief McTigue an Bord um den Rand des Zieldorfes.

»Sie wissen sicher«, fuhr der Kapitän fort, »daß moderne Kanonen Züge haben. Unsere haben fünfundvierzig Felder und fünfundvierzig Züge pro Zoll. Diese Züge sind so ähnlich wie das Gewinde bei Schrauben und geben dem Projektil einen Rechtsdrall, wenn es das Rohr verläßt. Eigentlich –«

»Erlaubnis, das Feuer zu eröffnen?« rief Lustig.

Jones wollte aber unbedingt seinen Satz beenden und ignorierte Lustig. »Eigentlich gibt es in der gesamten Marine der Vereinigten Staaten nur eine Feuerwaffe, die dem Geschoß einen Linksdrall gibt – das ist die Pistole mit Kaliber 45.«

»Nein, wirklich?« staunte Lizzy Kobb.

»Hm«, brummte der Abgeordnete Partain, der für seinen Geschmack zu viel über Geschütze erklärt bekam, wie er später Filmore anvertraute.

»Captain, Sir«, rief Lustig. »Erbitte –«

»Moment mal, ja?« fuhr Jones ihn an und wandte sich wieder seinen Gästen zu. »Diese Züge unterscheiden unsere modernen Geschütze von den alten Kanonen mit glatten Rohren, die man früher in der Marine benutzte«, fuhr er fort. »Natürlich haben sich auch die Qualität des Pulvers und des Zündmechanismus enorm verändert. Aber es sind wirklich die Züge, die das entscheidende Merkmal sind. Sobald das Geschoß das Rohr verläßt, versetzen wir ihm einen Drall« – Jones führte es mit einer Drehung des Handgelenks vor – »und dadurch stabilisiert es sich im Flug, und wir können die Flugbahnen sehr viel genauer vorherbestimmen.«

Plötzlich erinnerte sich Jones daran, daß Lustig auf den Befehl zum Feuern wartete. »Nun«, sagte er, »ich hoffe, daß damit einige Ihrer Fragen beantwortet sind. Jetzt wollen wir aber mit der Show beginnen, ja?« Er schloß ganz kurz die Augen und sah sich kampfbereit auf dem Achterdeck stehen, den Dreispitz unter dem Arm und kaltblütig sein Schlachtschiff mitten in die Gefahr steuern. Jones machte die Augen wieder auf und schüttelte die Tagträume ab. Dann gab er barsch die Anweisung: »Okay, Mister Lustig, geben Sie ihnen Saures.«

»Feuer eröffnen, Feuer eröffnen«, rief Lustig in sein Mikrofon.

»Feuern, Feuern!« brüllte Tevepaugh in sein Bordsprechgerät.

Das dumpfe Dröhnen eines einzelnen Schusses hallte über das Wasser, als Geschütz 51 eine Granate ausspuckte. Die heiße Messingkartusche fiel klappernd aufs Deck.

»Einschießen, erster Schuß abgefeuert«, meldete Lustig durch das Handtelefon McTigue im Hubschrauber.

McTigues Stimme kam aufgeregt und verstümmelt zurück: »Verdammt, Scheiße, zu kurz – zu … urz… in … Stroh … versteh … Sie … Hütten … gedacht … drüberhinaus … schießen … und … over.«

»Wieviel zu kurz, verdammt?« fragte Lustig.

»… brennen … fünfhund … versteh … *over.*«

»Schätze, Sie haben was erwischt, Captain«, sagte Partain. »Schauen Sie.«

Eine dünne schwarzbraune Rauchfahne stieg hinter der Hügelkette auf.

Lustig sprach in sein Kopfmikrofon, das ihn mit den Geschütztürmen und dem Hauptfahrstand verband. »Fünfhundert dazu und noch ein Schuß.«

»FÜNFHUNDERT DAZU UND NOCH EIN SCHUSS!« wiederholte Tevepaugh.

Wieder ein dumpfes Dröhnen aus Geschütz 51, und noch eine Messingkartusche klapperte aufs Deck.

»... immer noch ... Scheißhütten«, schrie McTigue. »Brennen ... Zunder ... weiter ...«

»Wieviel weiter?« brüllte Lustig. »Wiederholen Sie noch mal, um wieviel weiter?«

»... hundert ... *ver.*«

»Was sagt er denn?« fragte Partain.

»Kann nichts verstehen«, brüllte Lustig. »Sagen Sie alles zweimal *over.*«

»Weiter ... dreihundert ... hund ... verstehen Sie ... stehen Sie mich ... *ver.*«

»Dreihundert dazu und wieder schießen«, befahl Lustig Geschütz 51 und dem Hauptfahrstand. Wieder donnerte eine Granate los.

»... Ziel ... getro ...«, sagte McTigue.

»Ich glaube, wir haben uns jetzt aufs Ziel eingeschossen«, sagte Kapitän Jones.

»Okay, alle Geschütze feuern, fünfzehn Schuß Sprenggranaten pro Rohr. Feuer frei, Feuer frei!« befahl Lustig.

»ALLE GESCHÜTZE FEUER FREI, FEUER, FEUER!« brüllte Tevepaugh.

Alle sechs der 12,7 Geschütze an Bord der *Ebersole* spuckten Feuer und Rauch. Das Donnern der Schüsse, das Zischen beim Rückstoß, das Klappern der Kartuschen auf Deck erfüllte die Luft.

»Käpt'n«, rief der Erste zwischen den Salven, »ich glaube, es wäre besser, abzudrehen. Ich glaube nicht, daß wir alle neunzig Runden loswerden. Wir sind schon zu weit unten.«

Die Stimme McTigues, von atmosphärischen Störungen unterbrochen, kam wieder aus dem Bordlautsprecher. »Himmel, Scheiße ... zu kurz ... schießt ... Hütten ... Inferno ... was ...

höher ... taub ... rauf.«

Jones knabberte an seinen Fingernägeln. »Zielen Sie höher, Mister Lustig«, befahl er und schaute nervös zu seinen Besuchern hin, um zu sehen, welchen Eindruck die Vorführung auf sie machte.

Inzwischen war die *Ebersole* schon so weit am Ziel vorbei, daß der Turm 51 am Bug seine Kanonen nicht mehr zum Tragen bringen konnte, um richtig zu zielen und zu feuern. Das Backbordgeschütz von Turm 52 war bis zum äußersten Erhöhungswinkel, bis zum Anschlag, gerichtet worden, so daß es gefährlich nahe an die Plexiglasscheiben der Brücke herangekommen war.

»Geschütz Zweiundfünfzig lieber nicht feuern lassen«, rief der Erste. »Die Rohrmündung ist beinahe –«

Er beendete diesen Satz nie.

Im Backbordgeschütz von Turm 52 zündete ein 440-Volt-Funken das Knallquecksilber in der Zündkapsel, die dann die Treibladung in der Kartusche zerfallen ließ, wodurch ein Gasstrahl mit hoher kinetischer Energie entstand, der die hochexplosive Granate, das Projektil, aus dem Rohr preßte. Sekundenbruchteile später zersplitterte die Erschütterung des Schusses das Plexiglas der Brücke. Die Glassplitter prasselten auf die beiden Ausgucks, Lustig, den Kapitän, den Kongreßabgeordneten Partain, Lizzy Kobb und Filmore herunter.

Als Jones vom Deck mühsam hochkam, sah er einen der Ausgucks mit blutverschmiertem Gesicht auf sich zukommen.

»O mein Gott, o mein Gott«, stöhnte Lizzy Kobb, beim Anblick des blutenden Seemanns.

»Was zum Teufel ist los?« brüllte Partain.

»Weiterfilmen, Yancy!« rief Filmore. »Bleiben Sie unten, Abgeordneter, untenbleiben. Er soll Sie beim Aufstehen filmen. Ja, so ist's gut. Prima.«

»WIR SIND GETROFFEN WORDEN«, schrie Kapitän Jones, sein Unterkiefer zuckte krampfartig, und die Stimme erreichte Oktaven, die eigentlich sexuellem Orgasmus vorbehalten waren. »WIR HABEN EINEN TREFFER ABBEKOMMEN. DIE SCHWEINE SCHIESSEN AUF UNS. HART STEUER-

BORD. ÄUSSERSTE KRAFT VORAUS. DREISSIG KNOTEN. GEBT ALLES, WAS IHR HABT! WIR HABEN EINEN TREFFER ABBEKOMMEN!«

Jones rannte zum Funktelefon. »McTigue, hören Sie mich? Wir haben einen Treffer abbekommen. Sehen Sie, woher das Gegenfeuer kommt?«

Aber McTigue hatte mit eigenen Problemen zu kämpfen. »... Rotor getroffen ... day ... Mayday ... schmieren ... Himmels willen ... Hilfe ... Hilfe ... Hil ...« Danach kam eine atmosphärische Störung, die wie ein Schmerzensschrei klang.

»Was kann ich tun, um zu helfen?« fragte Partain direkt in Yancys Kamera.

»Volière, Volière – können Sie mich hören? Hier ist Fänger«, schrie Jones in den Hörer. Er rief den Flugzeugträger, der hinter dem Horizont patrouillierte. »Wir sind von einer Küstenbatterie getroffen worden. Wiederhole. Wir sind von Küstenbatterie getroffen worden. Erbitten zum Schutz Luftangriff. Können Sie mich verstehen? Over.«

Drei Minuten später brausten die ersten Düsenbomber über die Brücke der *Ebersole* auf die Küste zu. Die nächsten zwei Stunden flogen sie ihren Angriff, immer zwei oder vier Düsenbomber oder Propellerflugzeuge, mit Namen wie *King Kong*, *Devil's Advocate* oder *Monday Morning* auf den Nasen und ihrem speziellen, technisch raffinierten Sortiment an Bord: Bomben, die beim Aufschlag explodierten, andere, die damit warteten, bis die Dorfbewohner sie wegschaffen oder entschärfen wollten, Raketen mit Infrarot-Zielansteuerung, Maschinengewehre, die mit einer Salve eine Fläche so groß wie ein Fußballfeld belegen konnten, Napalmbomben, die einen schmalen Landstreifen in Flammen aufgehen lassen konnten, wobei sie jedes lebende Wesen darauf einäscherten. Es wurde ziemlich systematisch vorgegangen: Zuerst säuberten die Flieger den Sumpfstreifen an der Küste. Dann arbeiteten sie sich über die Hügelkette vor, machten dabei das zweistöckige Blockhaus und den verkrüppelten Baum der Erde gleich, um danach zum hügeligen Weideland vor dem Dorf ... vorzustoßen. Wie Rasenmäher vernichteten sie Streifen, so groß wie Fußballfelder. Schließlich nahmen sich die Flugzeuge das Dorf ... selbst vor.

»Ich muß schon sagen«, murmelte der Abgeordnete Partain, als er die Angriffsoperation durch den Feldstecher von der Brücke der sich zurückziehenden *Ebersole* aus verfolgte, »wenn die Leute zu Hause das sehen könnten, würde keiner mehr sagen, daß ich ihre Steuergelder für *Navy-Zeug* verschleudert habe.«

Der Erste ignoriert eine wichtige Botschaft

Der Erste schloß seine Kajüte ab, schaltete die Schreibtischlampe ein und das Deckenlicht aus, machte den Gürtel auf und ließ Hosen und Unterhosen auf die Schuhe hinunterfallen. Dann legte er sich auf den Rücken in seine Koje. Lizzy Kobb schlüpfte aus ihrer maßgeschneiderten Gefechtsuniform, dem pflegeleichten Höschen und den Stiefeln. Dann kletterte sie auf den Ersten und spießte sich auf seinem besten Kameraden auf, als wäre sie eine bezahlte Rechnung, die man auf einem Dorn ablegt.

Anfangs gab es noch leichte Schwierigkeiten, als die Bewegung des Schiffes und ihre eigenen sich nicht in Einklang befanden. Sie hatte aber blitzschnell den Dreh raus. Wohlig stöhnend entspannten sich der Erste und die weibliche VIP und ließen den Zerstörer für sie die Arbeit tun. Sie erreichten den Höhepunkt mit einer Salve, als die *Ebersole* besonders tief in der Dünung auf und niederging.

»Oh«, stieß Kobb aus, als sie atemlos gegen das Schott fiel, wo direkt vor ihren Augen das einzige Kunstwerk in der Kammer des Ersten hing – ein Poster, auf dem in Schreibschrift stand: »Make War not Love.«

Lizzy Kobb macht eine Umfrage

Partain ließ die Sache mit »F« für Farbige in den Telefonbüchern unter den Tisch fallen, als er beim Abendessen den Offizieren der *Ebersole* die Herrlichkeiten Amerikas aufzählte.

»Ihr alle hier draußen verteidigt amerikanische Lebensart und amerikanische Werte: Prediger im Radio, die ›Gepriesen sei Jesus‹ verkünden, Postzustellung auch in ländlichen Gebieten bis in die abgelegensten Ecken und einfache Menschen, die auf der Veranda im Schaukelstuhl sitzen können, wenn die Nächte glühend heiß sind oder ein Gewitter tobt und der Regen herunterprasselt. Herr im Himmel – ich kann das Geißblatt, die Glyzinien und Piniennadeln direkt riechen und die Grillen hören – hier auf der *Eugene* –« »*Ebersole*«, half ihm Filmore aus.

»*Eugene Ebersole*«, fuhr der Kongreßabgeordnete fort, ohne aus dem Takt zu kommen. »Und ich bin mächtig stolz, hier zu sein, dieses Mahl mit euch zu teilen und euch zu sagen, daß es hinter den schrillen Stimmen der Kritiker noch die tiefen, von Herzen kommenden Stimmen der Leute gibt, die euch zurufen: ›Gott segne unsere Männer im Krieg! Gott segne sie alle!‹«

(»Noch irgendwelche Fragen?« erkundigte sich der Abgeordnete später, als Lustig die Szene geistig nochmal ablaufen ließ. »Sir«, hörte Lustig sich sagen, »was verteidigen wir eigentlich? Die Lebensart Amerikas oder die der Südstaaten?«)

Partain, der rechts vom Kapitän saß, schaute auf dem Tisch umher, als hätte er etwas verlegt. »Dürfte ich vielleicht einen der Herren bemühen, mir die Russische Salatsoße herüberzureichen?« fragte er.

Ehe einer der Offiziere der *Ebersole* die Flasche auch nur mit einem Finger erreicht hatte, nahm der philippinische Steward, den das Pentagon gestellt hatte, sie schon vom Tisch und stellte sie vor den Abgeordneten.

Lange Zeit spielten die Offiziere schweigend mit dem Besteck oder den Serviettenringen. Außer ein paar Happen aus dem Kühlschrank hatten sie seit dem Frühstück nichts gegessen; aber die Aufregung über das Feuerwerk am Nachmittag hatte ihnen den Appetit verdorben. True Love servierte Kaffee. Der Philippino war aber, wie immer, auf Draht und trickste True Love aus. Er stellte die Tasse vor Partain auf den Tisch.

Filmore hustete.

Der Erste räusperte sich.

Am anderen Ende des Tisches lächelte Lizzy Kobb dem Ersten zu, ehe sie sich an Leutnant de Bovenkamp wandte. »Ich habe gehört, daß Sie im zivilen Leben Basketballstar waren – und zwar ein ziemlich bekannter.«

De Bovenkamp wickelte langsam einen Kaugummi aus dem Silberpapier. »Ach was, ich bin längst nicht so berühmt wie Sie.«

Lizzy Kobb lachte. »Welche Universität haben Sie denn zum Triumph geführt?«

»Das war Yale.«

»Yale! Das ist aber interessant. Sagen Sie, was halten Sie – als jemand, der hier draußen seinen Kopf hinhält – von all diesen Antikriegstypen, die an Ihrer Alma Mater so viel Krawall machen?«

De Bovenkamp lächelte verlegen, meinte aber selbstbewußt: »Wenn ich dort wäre, gäbe es von denen sehr viel weniger; mehr habe ich dazu nicht zu sagen.«

Die Tischrunde lachte zustimmend.

»Wie lange sind Sie schon im Kriegsgebiet?« fragte Lizzy Kobb.

»Heute ist unser zweiter Tag«, antwortete de Bovenkamp. »Wir sind auf Yankee Station gestern morgen eingetroffen.«

Miss Kobb war offensichtlich erstaunt. »Mein Gott, bei dem, was Sie schon alles geleistet haben, hatte ich erwartet, daß Sie schon monatelang hier sind. Sagen Sie mal« – sie legte ihre Fingerspitzen auf de Bovenkamps Handgelenk und schaute ihm direkt in die Augen – »wie denken Sie eigentlich über den Krieg?«

Jetzt war der Kaugummi ausgewickelt. De Bovenkamp schob ihn in den Mund, als wäre er ein Instrument, um die Zunge runterzudrücken, und begann nachdenklich zu kauen. »Ich finde, daß wir hier draußen einen Job zu erledigen haben und es mir nicht zusteht, in Frage zu stellen, ›warum‹ und ›wozu‹, sondern mit allen meinen Kräften mitzuarbeiten. Ich finde, das ist jedenfalls meine persönliche Meinung, daß die Kommunisten doch in der ganzen Welt die Macht an sich bringen wollen; deshalb haben sie sich jetzt ein kleines Land ausgesucht, und es ist unser Job – wir haben Bündnisverpflichtungen – Mist, was ich sagen will ist, daß –«

»Ich glaube, ich habe schon verstanden«, meinte Lizzy liebenswürdig. Sie zog einen Briefumschlag heraus und machte sich darauf Notizen. »Wie buchstabieren Sie Ihren Namen?«

»De Bovenkamp, mit kleingeschriebenem d, e, dann großes B und o-v-e-n-k-a-m-p.«

Lizzy Kobb wandte sich Lustig zu, der ihr am Tisch gegenüber saß, und fragte ihn, was er vom Krieg halte.

»Ich denke eigentlich nicht viel darüber nach«, antwortete er unverbindlich. »Wenn die Regierung sagt, daß wir das hier tun sollen, reicht mir das als Begründung aus.«

»Dann vertrauen Sie der Regierung?«

Lustig sah sie erstaunt an. »Sicher. Tun das nicht alle?« (»Ich traue ihr – nur so weit, wie ich werfen kann», fiel Lustig später als Antwort ein.)

Miss Kobb kritzelte noch ein paar Notizen hin und fragte Lustig, wie er seinen Namen buchstabiere.

»L-u-s-t-i-g.«

Sie notierte es und schaute dann den jungen Mann mit den tiefliegenden Augen an, der neben Lustig saß. »Und wie heißen Sie?« erkundigte sie sich.

»Ich bin Joyce«, antwortete der Poet. »J-o-y-c-e.«

»Sie sehen aus, als hätten Sie einen flinken Geist«, sagte Lizzy Kobb. »Sagen Sie mir, wie Sie über den Krieg denken.«

Plötzlich schienen alle gespannt auf Joyces Antwort zu warten.

»Um die Wahrheit zu sagen, Miss Kobb, manche von uns – vielleicht sollte ich nur mich allein anführen – *mir* ist nicht klar, warum wir hier sind oder was wir hier tun sollen.«

Lizzy Kobb strich das Wort »Joyce« aus und steckte den Umschlag und ihren Bleistift weg. »Haben Sie das gehört, Filmore?« fragte sie. »Da gebt ihr Millionen aus für Öffentlichkeitsarbeit, und hier sitzt einer, der nicht weiß, was er hier machen soll. Mein Gott, ich freue mich schon drauf, was die im Pentagon sagen werden, wenn sie das hören.« Sie lachte laut über Filmores offensichtliche Verlegenheit. »Na los, Filmore, warum sagen Sie ihm nicht, was er hier macht.« Dann lachte sie wieder.

»Ich werde diese Frage gern beantworten, wenn ich kann.« Alle Köpfe wandten sich dem Kongreßabgeordneten Partain zu, das heißt – alle, mit Ausnahme von Kapitän Jones, der an den Nägeln kaute und den Poeten wütend anfunkelte.

Niemand war besser in der Lage, Joyce aufzuklären, als der Abgeordnete. Es war seine fünfte Informationsreise ins Kriegsgebiet in fünf Jahren – die letzten vier auf ausdrücklichen Wunsch des Präsidenten der Vereinigten Staaten. Nach jeder Reise berichtete Partain nach seiner Ankunft zu Hause den Fernsehreportern, »wie sich das Blatt wende«, oder, daß er »einen Lichtpunkt am Ende des Tunnels sah« oder ähnliche gewichtige Beobachtungen. (»Bei den Klischees bleiben!« riet ihm immer Filmore. »Es gibt den Leuten ein sicheres Gefühl, wenn sie bekannte Redensarten hören.«) Im Weißen Haus, unter Ausschluß der Öffentlichkeit, äußerte Partain sich freimütiger. »Meiner Meinung nach könnten wir noch mindestens ein Jahr durchhalten, wenn diese Hosenscheißer und Jammerlappen uns nicht im Genick sitzen würden.« Das hatte er nach seiner vierten Reise gemeldet.

Partain war kein Dummkopf. Er hatte jede Zeile über den jetzigen Krieg gelesen, die er in die Finger bekommen konnte. Er hatte an geheimen Kriegsakademiesitzungen und an intensiven Denkseminaren teilgenommen. Er kannte sämtliche Pläne und Alternativlösungen vor- und rückwärts. Er verstand genau, was der Präsident zu erreichen hoffte, zumindest, womit er sich zufrieden geben würde. Es war ein schmerzvoller Einblick in die Außenpolitik, den der Kongreßabgeordnete für gewöhnlich für sich behielt. Heute aber war ihm – eigentlich ohne ersichtlichen Grund – danach zumute, das Kind beim Namen zu nennen und die Reaktion darauf zu erleben.

»Ich weiß, daß alle hier die Spielregeln kennen, nicht wahr, Lizz«, fing Partain an. »Aber ich möchte festhalten, daß alles, was ich sage, nicht zum Festhalten auf Papier bestimmt ist. Sollte jemand mich zitieren, werde ich es dementieren; aber ich glaube an die Domino-Theorie. Ja, wirklich. Ich glaube fest daran, daß wir uns, wenn wir hier kneifen, an einer Linie verteidigen müssen, die näher – und näher – und näher vor unserer Haustüre liegen wird, bis wir sie endgültig aufhalten können.«

»Dann brauchen wir also hier den Sieg?« fragte der Poet.

»Ich bin überzeugt, daß wir dazu verpflichtet sind. Ja!« sagte der Abgeordnete. »Stimmt's, Lizzy?«

Lizzy Kobb lächelte. »Würden Sie die Güte haben, mein Herr, und ›Sieg‹ definieren?«

»Was sie in ihrer zynischen Art sagen will, Sohn, ist, daß es hier draußen so etwas wie einen Sieg nicht gibt«, sagte Partain. »Gott weiß, daß wir wirklich ein großzügiges Volk sind.« (»Wir sind so großzügig, weil wir so verdammt viel haben«, fiel Lustig – wie immer – viel später ein.) »Aber es gibt sogar für uns eine Grenze, die wir bei unserer Unterstützung nicht überschreiten können, ohne unsere eigenen riesigen Ressourcen aufzubrauchen. Und hier stehen wir tatsächlich vor dem sprichwörtlichen Faß ohne Boden. Wenn man alles genau betrachtet, können wir uns verdammt glücklich schätzen, wenn wir nicht noch tiefer reinrutschen.«

»Ich verstehe nicht«, sagte der Poet. »Wenn wir nicht gewinnen können – was hoffen wir dann, hier auszurichten?«

»Nun hören Sie mal, Joyce«, mischte sich der Kapitän ein und kaute innen auf der Backe.

»Ist schon gut, Captain«, sagte Partain und wischte die Unterbrechung durch den Kapitän mit einer Handbewegung beiseite. Er wandte sich wieder Joyce zu. »Wenn jemand mich fragt, was wir hier zu erreichen hoffen, Sohn, antworte ich normalerweise: ›Die Verteidigung der Freiheit‹ oder ›Hilfe für friedliebende Völker, sich gegen einen Aggressor zu wehren‹ und ähnliche Phrasen. Aber ganz unter uns – das ist nichts als reine Scheiße. Zeitschinden – das tun wir. Zeitschinden. Wir wollen bloß einen halbwegs anständigen Zwischenraum – sagen wir zwei oder drei Jahre – zwischen unserem Abrücken und der Machtübernahme durch die Kommunisten. Damit gewinnen wir Zeit, die Leute in Amerika an den Gedanken zu gewöhnen, daß wir die nächste Stellung auch verteidigen müssen.«

»Einen halbwegs anständigen Zwischenraum?« sagte der Poet.

»Genau«, bekräftigte Partain seine vorherigen Worte.

»Noch etwas Kaffee, Sir?« fragte True Love und hatte das leere, mechanische Lächeln derer aufgesetzt, die darauf programmiert sind, durch Dastehen und Warten zu dienen.

Proper leistet der Einladung Folge

Fünf Männer hockten in dem engen Friseurladen. Vier davon – Angry Pettis, Waterman, Tevepaugh und Ohm – hatten jeder fünf Dollar Eintritt bezahlt. Der fünfte, Dritter Sonargast Dwight Proper hatte keinen Cent entrichtet. Ce-De, der Impresario der Show, fädelte den Film in den Projektor und erzählte von dem Italiener, der sich einen neuen Trick ausgedacht hatte, dem Wehrdienst zu entgehen.

»Wann fängt der Scheißfilm eigentlich an?« fragte Angry Pettis.

»Warum holst du dir nicht einen runter – dann vergeht die Zeit schneller«, sagte Ohm.

Angry Pettis wirbelte herum und fuhr Ohm an: »Halt du dein Scheißmaul, weißer Wichser!«

»Paß bloß auf«, meinte Tevepaugh glucksend, »sonst kommt Proper hier noch auf den klugen Gedanken, daß du auch so ein Irrer bist wie – na, wie war doch der Scheißname? – na, der Sanfte Soundso.«

Ohm war froh, einer Auseinandersetzung mit Angry Pettis zu entgehen, schaute aber Tevepaugh wütend an. »Niemand beschuldigt mich, Sanfte Vernunft zu sein.«

Ce-De schob Ohm von Tevepaugh weg. »Such dir jemand, der

deine Kragenweite hat, Ohm«, sagte er. »Das ist die amerikanische Art: Wenn du auf jemandem herumhacken willst, dann such dir einen aus, der deine Größe hat.«

Ce-De widmete sich wieder dem Projektor. »Okay, okay, jetzt geht's los. Mach's Licht aus, Proper.«

Proper schaltete die Deckenbeleuchtung aus. Die Notlampe neben dem Feuerlöscher blieb brennen und tauchte alles in unheimliches Rot. Der Projektor setzte sich in Bewegung und besudelte das gegenüberliegende Schott mit dem Bild der »Black Cat Inn«.

»Schei-ße!« sagte Tevepaugh. »Seht euch bloß den de Bovenkamp an. Das ist beinahe so gut, wie selber in Piräus zu sein.«

So wie er den Namen der griechischen Hafenstadt aussprach, die Sokrates einst besucht hatte, klang er wie eine Geschlechtskrankheit.

De Bovenkamp versteht keinen Spaß

Angry Pettis und Waterman trafen de Bovenkamp auf ihrem Weg nach vorn im Mittelgang. Er ging nach achtern. Waterman verzog keine Miene; aber Angry Pettis konnte sich nicht beherrschen. Als er beiseite trat, um de Bovenkamp Platz zu machen, fing er an zu kichern, dann laut zu lachen. Er steckte Waterman damit an, so daß dieser auch laut herausplatzte.

»Was ist denn so irrsinnig komisch?« fragte de Bovenkamp. Aber die beiden Schwarzen hielten sich nur die Seiten und rangen nach Luft. Sie wollten etwas sagen, mußten aber immer mehr lachen.

Andere kamen hinzu. Plötzlich fand sich de Bovenkamp inmitten eines Kreises lachender Männer gefangen.

»Ich lasse mich nicht verarschen«, sagte de Bovenkamp wütend. Die beiden Schwarzen lachten noch lauter.

»Verdammt nochmal, jetzt reicht's aber!« brüllte de Bovenkamp. »Ich werde euch gleich einen Grund zum Lachen geben. Ich werde euch beide wegen Gehorsamsverweigerung melden.

Mal sehen, ob ihr immer noch so lacht, wenn ihr vorm Kriegsgericht steht.«

Angry Pettis und Waterman hörten auf einen Schlag auf zu lachen. »Sie scherzen wohl!« sagte Waterman.

»Sie werden ja sehen, ob ich scherze«, sagte de Bovenkamp und schob sich durch den Kreis der Männer.

»Arschficker!« brüllte ihm Angry Pettis nach, aber de Bovenkamp zog sich in die hintere Offiziersmesse zurück und knallte das Schott dicht. »Arschficker!« brüllte Pettis nochmal und wollte de Bovenkamp in die Messe folgen. Aber Waterman packte ihn am Arm und hielt ihn zurück.

»Er bekommt schon seinen Teil«, sagte Waterman.

Proper hat einen neuen Verdächtigen

Kapitän Jones war auf dem Weg von der Funkbude zu seiner Kammer, als Proper, der im Schatten auf ihn gewartet hatte, ihn vor dem Kartenhaus aufhielt.

»Verzeihung, Captain. Kann ich Sie einen Augenblick –«

Jones hob die Hände, um sich gegen den vermeintlichen Überfall zu verteidigen. »Wer ist da? Wer ist das? Rauskommen!« Er ging beim Sprechen zurück, jederzeit bereit, sich umzudrehen und zu fliehen, falls das Gesicht, das aus dem Schatten auftauchte, so aussah, als handle es sich um einen Geist.

»Ich bin's, Proper!« sagte Proper und trat mit der Mütze in der Hand ins Licht. »Ich wollte Sie nur eine Sekunde sprechen, Captain.«

»Haben Sie mir einen Schreck eingejagt, Proper! Was haben Sie mir zu melden? Sitzt die Maus in der Falle, ja?«

»Die Maus, Sir?«

»Das ist so eine Redensart. Was ich wissen will, ist, ob Sie die elende Schreibmaschine gefunden haben. Sie haben doch die Suche abgeschlossen, nachdem der Kongreßabgeordnete weg war?«

»Aber sicher, Captain. Ich habe das ganze Schiff, von der

Heckruderanlage bis zum Kettenkasten am Bug, auf den Kopf gestellt. Wissen Sie, was ich unter dem Anker gefunden habe?«

»Eine Schreibmaschine?«

»Eine tote Möwe.«

»Eine tote Möwe?«

»Totgequetscht, voller Maden.«

»Pfui«, sagte Jones und drehte den Kopf zur Seite, um die Tatsache zu verbergen, daß ihn das eigentlich nicht besonders störte. »Also haben Sie die elende Schreibmaschine nicht gefunden, ja?«

»Nein, Sir; aber ich bin sehr viel weitergekommen. Jetzt weiß ich, wo sie nicht ist.«

Proper machte ihn langsam mürbe. »Vor zwei Tagen, verdammt nochmal, haben Sie mir versprochen, herauszufinden, wo sie ist. Wenn ich Sie recht verstanden habe, ist es Ihnen bisher nur gelungen, festzustellen, wo sie nicht ist.«

»In der Polizeiarbeit, Captain, ist das ein sehr wesentlicher Schritt. Ich habe das Gebiet, wo die Schreibmaschine sein könnte, sehr eingeengt.«

»Da Sie das gesamte Schiff durchsucht und nichts gefunden haben, würde ich sagen, daß Sie es auf Null eingeengt haben.«

»Nein, Sir. Nicht ganz. Es gibt noch ein paar Stellen, an denen ich nicht nachgesehen habe, und da muß die Schreibmaschine sein. Da verwette ich meinen guten Ruf.«

»Wenn Sie mich fragen, Proper, riskieren Sie nichts, wenn Sie Ihren guten Ruf aufs Spiel setzen. Wo haben Sie denn noch nicht nachgesehen?«

Proper beugte sich zum Kapitän und senkte die Stimme. »Bei meiner Durchsuchung des Schiffs, Captain, waren acht Stellen verschlossen – die Farblast achtern und der Schiffsladen zum Beispiel.«

»Warum haben Sie nicht aufgeschlossen?«

»Entweder konnten die Männer, die den Schlüssel hatten, nicht gefunden werden, oder die Schlüssel fehlten überhaupt.«

»Und jetzt haben Sie vor, diese Stellen zu durchsuchen, ja?«

»Ja, Sir. Das möchte ich tun, Captain«, sagte Proper. »Die elende Schreibmaschine muß ja an einer dieser Stellen sein, und der Mann, der zu der betreffenden Stelle Zugang hat, muß dann Sanfte Vernunft sein.«

»Ist gut, Proper. Ich gebe Ihnen noch diese Chance«, sagte Jones. »Nach der Schießübung morgen früh soll Ihnen der Erste Quinns Schlüsselring geben. Damit sollten Sie alle Schlösser öffnen können. Aber danach will ich Resultate sehen, verstanden?«

»Aye, aye, Captain«, sagte Proper. Als Jones gehen wollte, zupfte Proper ihn am Ärmel. Peinlich berührt blickte Jones auf seinen Ärmel. »Versuchen Sie, meine Aufmerksamkeit zu erregen, Proper?«

»Verzeihung, Captain, ich wollte Sie nicht beleidigen. Ich wollte Ihnen nur noch eine Sache mitteilen.« Wieder senkte Proper die Stimme zu einem konspiratorischen Flüstern und beugte sich zu Jones hinüber. »Ich habe noch einen Hauptverdächtigen, Captain. Ich dachte, Sie wollten ihn vielleicht so ausloten, wie Sie es mit Leutnant Joyce gemacht haben.«

»Wer ist es diesmal, Proper?«

»Es ist...«

»Reden Sie lauter, Mann! Wie soll ich denn etwas verstehen, wenn Sie so leise flüstern.«

»Es ist Ce-De, Sir.«

»Wer zum Teufel ist Ce-De?« fragte Jones.

»Ce-De ist Czerniakovski-Drpzdzynski, der Schiffsfriseur, Captain. Ich verdächtige ihn aus zwei Gründen: Erstens habe ich ihn selbst so über Wehrdienstverweigerung reden hören, als würde er das billigen.«

»Und was ist der zweite?«

»Der zweite was, Captain?«

»Mein Gott, Proper! Der zweite Grund.«

»Ach so. Der zweite Grund ist der, daß er auf dem ganzen Schiff der am wenigsten Verdächtige ist, und bei der Polizeiarbeit ist sehr oft der, der am wenigsten verdächtigt wird, der Verbrecher. Dieser Czerniakovski-Drpzdzynski macht alle nur denkbaren Verrenkungen, um zu zeigen, welch ein Pro-Amerikaner er ist. Er hat sogar – Verzeihung, Captain – ein Poster mit ›Zum Teufel mit dem Kommunismus‹ in seiner Bude hängen. Ich finde nun, daß jemand, der wirklich unschuldig ist, sich nicht so viel Mühe machen müßte, unschuldig auszusehen, wenn Sie verstehen, worauf ich hinauswill.«

Jones nickte langsam. »Was für ein Name ist –«

»Czerniakovski-Drpzdzynski.«

»Czerniakovski-Drpzdzynski«, wiederholte der Kapitän. »Ist doch ein merkwürdiger Name, oder? Er ist doch kein Farbiger, oder?«

»O nein, Sir, keineswegs. Czerniakovski-Drpzdzynski ist ein *ausländischer* Name.«

»Ein ausländischer Name, ja? Ist gut, schicken Sie ihn mir rauf, dann werde ich ja sehen, woher der Wind weht.«

Ce-De siegt mit fliegenden Fahnen

Ce-De erschien fünfzehn Minuten später mit einem Laken und seinen Barbierutensilien in der linken und einer seiner Sex-Illustrierten in der rechten Hand. »Guten Abend, Captain«, sagte er und bot Jones die Illustrierte an. »Dann vergeht die Zeit schneller.« Ehe der Kapitän ein Wort sagen konnte, hatte er ihm das Laken umgebunden, die Illustrierte in den Schoß gelegt und angefangen, die Haare am rechten Ohr zu schneiden.

Jones wollte schon das Laken herunterreißen, aufspringen und Ce-De gehörig die Meinung sagen, als ihm einfiel, daß er einen Haarschnitt brauchte und das gleich jetzt miterledigen könnte. Also lehnte er sich zurück und sah zu, wie Ce-De ihn umtänzelte, mit klappernder Schere hin- und herschoß, seinen Kopf nach hinten legte, um sein Werk zu betrachten. Die ganze Zeit über plauderte er unaufhörlich.

»Freue mich, Ihnen die Haare schneiden zu dürfen ... Sie müssen wissen, daß manche von uns finden, daß Sie wirklich frischen Wind mitgebracht haben ... Riesenunterschied, seit Sie das Kommando übernommen haben ... Kopf bitte etwas herüberdrehen, danke ... dreckigen Kommies werden den Tag beklagen, an dem die *Eugene Ebersole* vor ihrer dreckigen Küste aufgetaucht ist ... gehört, daß man Sie für den ›Silver Star‹ vorgeschlagen hat ... Kopf bitte etwas nach vorn beugen ... haben wir aber Saures gegeben –«

»Sagen Sie mal«, unterbrach ihn Jones, »was halten Sie von diesem Sanfte-Vernunft-Kerl?«

Ce-De hielt beim Schneiden inne, trat einen Schritt zurück und schaute den Kapitän erstaunt an. »Sie fragen mich, was *ich* von Sanfte Vernunft halte?« fragte er und schwang drohend die Schere. Jones kroch noch tiefer in den Sessel, aus Angst, daß Ce-De sich auf ihn stürzen würde.

»Sie müssen die Frage nicht beantworten, wenn es Sie aufregt«, sagte er mit belegter Stimme. Seine Unterlippe zitterte, so daß er sich mit der Hand ins Gesicht fuhr, um das Zittern zu vertuschen.

»Verzeihen Sie, Captain, aber diese schwule Sau, die sich Sanfte Vernunft nennt, sollte man in kochendem Öl sieden.«

»In kochendem Öl, ja?« sagte Jones, und das Zittern am Kinn hörte auf.

Ce-De machte mit dem Haareschneiden weiter. »In jedem Faß gibt es einen verdorbenen Kommi-Apfel, Captain.«

Jones hatte sich jetzt wieder voll in der Gewalt. »Das werde ich nicht vergessen, mein Junge«, sagte er. »Sie haben dem Kommunismus gegenüber ziemlich starke Gefühle, ja? Warum nennt man Sie Ce-De?«

Ce-De schlug zu und schnitt das Haar über dem Kragen des Kapitäns. »Allerdings, Captain, Sir. Ich habe in meinem Salon ein Poster hängen, das das bestätigt. Da steht drauf – verzeihen Sie den Ausdruck – ›Zum Teufel mit dem Kommunismus!‹« Das drückt genau meine Gefühle aus. Ich würde liebend gerne jeden einzelnen zur Hölle schicken – Verzeihung, Captain – würde gern jeden umbringen, jeden Mann, Frau oder Kind dieser dreckigen, atheistischen Kommunistenbrut. Die sind alle die gleichen Schweine. Kratzen Sie mal an einem Kommi und Sie finden eine Drecksau drunter.«

Jetzt begann Ce-De mit den Koteletten, erst die eine, dann die andere Seite, dann wieder zurück, bis nichts mehr übrig war, was

Koteletten auch nur ähnelte. Mit gekonntem Schwung, den Ce-De für Offiziere reservierte, riß er das Laken vom Kapitän. Sofort fischte Jones mit zwei Fingern die Haare unter seinem Kragen heraus. »Noch eine Frage, Ce-De. Jemand – ich werde nicht sagen, wer – jemand hat mir gegenüber erwähnt, daß Sie ein paar Bemerkungen über das Drücken vom Wehrdienst fallengelassen haben, in denen sie mehr oder weniger Ihre Billigung dieses Verhaltens ausdrückten –«

»Drückeberger vom Wehrdienst sind in meinen Augen der allerletzte Abschaum, Captain«, unterbrach ihn Ce-De. »Ich bin wirklich nicht für diese miesen Säcke.«

»Dann muß sich dieser Jemand, ganz gleich, was er hörte, wohl geirrt haben, ja?«

»Captain, über Wehrdienstverweigerung weiß ich nur das, was ich von diesem Seemann in Neapel gehört habe. Dieser Matrose hatte einen Vetter, der in die italienische Armee eingezogen wurde. Es soll in Italien ein Gesetz geben, wonach Kriegsversehrte Anspruch haben, immer einen Soldaten aus den Mannschaftsrängen als Betreuer um sich zu haben. Bei dem Burschen, der eingezogen wurde, hat der Vater, der eine Büstenhalterfabrik leitet, einen verkrüppelten Veteranen *eingestellt*. Und dieser Krüppel stellt den Antrag, daß *er* den Jungen als Betreuer haben will. Also, der Junge wird eingezogen und, ehe er sich's versieht, wieder nach Hause beordert, um den alten Mann zu betreuen. Das is'n Ding, was?«

»Und die Regierung hat ihn ungestraft davonkommen lassen?«

»Die Regierung hat überhaupt nichts gemacht, ja!«

»Also, wenn Sie mich fragen«, sagte Jones, »ist das trotzdem Drücken vom Wehrdienst.«

»Verzeihung, Captain«, sagte Ce-De, »das ist nicht Drücken vom Wehrdienst – das ist einfach Italien.«

Kapitän Jones erhascht einen flüchtigen Blick auf etwas, das größer ist als er

Es herrschte das Zwielicht der Abenddämmerung – die Sonne war bereits untergegangen, ein letzter Rest von Tageslicht übriggeblieben – die kurzen Augenblicke, in denen der Navigator den Winkel zwischen Horizont und Himmelskörpern berechnet. Etwas früher könnte er die Sterne noch nicht sehen – etwas später wäre der Horizont in der Dunkelheit verschwunden.

Mit dem Sextanten in der Hand wartete der Erste auf das Erscheinen der Sterne am Firmament – Alioth oder Dubhe im Großen Bären; Polaris, der Nordstern, im Kleinen Bären; Schedir, Cepheus in Cassiopeia; Sirius im Großen Hund und Prokyon im Kleinen Hund.

»Noch nichts, ja?«

»Noch nichts, Käpt'n.«

»Das hat nicht schlecht geklungen, was er gesagt hat, ehe ihn der Hubschrauber abgeholt hat, ja?«

»Verdammt gut, Captain«, pflichtete der Erste bei. »Klang so, als würde er jedes Wort wirklich meinen.«

»Es dürfte kaum der Karriere eines Mannes schaden, wenn jemand wie er beim Admiral ein gutes Wort einlegt, oder?«

»So ein Wort ist nicht mit Gold aufzuwiegen«, sagte der Erste.

»Schon was zu sehen?«

Der Erste suchte den Himmel ab, als halte er nach Regen Ausschau. Er schüttelte den Kopf. »Noch ein paar Minuten«, sagte er.

»Was hat er Ihrer Meinung nach gemeint, als er sagte ›Ehre, wem Ehre gebührt‹?« fragte Jones und kratzte sich am Hals. »Glauben Sie, daß er damit uns im besonderen oder die Marine im allgemeinen gemeint hat?«

»Schwer zu sagen, Captain. Er ist ein ausgekochter Fuchs, der Kongreßabgeordnete. Nicht einfach zu sagen, was er genau gemeint hat. Eins aber ist sicher – es hat ihm hier prima gefallen. Sogar Filmore hat es gefallen. Haben Sie sein Gesicht gesehen, als sie die Dosen mit den Filmen hochzogen? Wenn eine in den großen Teich gefallen wäre, wäre er glatt hinterhergesprungen.«

»Filmore hat gesagt, daß er mit dem Material bestimmt mindestens zwanzig Sekunden bei Huntley-Brinkley und Cronkite bekommt.«

Kapitän Jones nahm die Baseballmütze ab und fuhr sich durch die Haare. Wie immer nach Ce-Des Haarschneidekünsten hatte er das Gefühl, kahl zu sein. »Glauben Sie, daß er von – na ja – von unserem kleinen Problem etwas mitbekommen hat?« fragte er den Ersten.

»Wie sollte er, Käpt'n? Einer von uns war doch fast jede Sekunde bei ihm. Ich wette einen Monatssold, daß er auf der *Ebersole* keinen Wind von Sanfter Vernunft bekommen hat.«

»Ich hoffe, Sie haben recht, Erster. Mehr habe ich nicht zu sagen. Ich hoffe, Sie haben recht.«

Beide Männer hingen eine Zeitlang ihren Gedanken nach.

Dann lachte der Erste laut.

»Was ist?« fragte der Kapitän.

»Nichts. Mir ist nur eingefallen, was passiert wäre, wenn der Abgeordnete verwundet worden wäre. Du meine Güte, da haben wir noch mal Glück gehabt, Captain.«

»Filmore hat gesagt, ein oder zwei Kratzer hätten ihm nichts ausgemacht. Bringt für ein paar Minuten Unterhaltungsstoff auf diesen Cocktailpartys in Washington.« Dann lachten er und der Erste gemeinsam. Sie wußten Bescheid.

»Verdammt schade wegen McTigue, was Captain?« sagte der Erste.

»Wirklich verdammt schade«, stimmte Jones zu. »Welcher war das gleich wieder?«

»Lustigs Chief – groß, zäh, Marine durch und durch. Sah aus wie einer dieser Schauspieler aus den alten Westernfilmen. Er war Geschützführer in Turm Einundfünfzig. Lustig sagt, daß er gehört hätte, daß die Düsenbomber den Hubschrauber außerhalb des Dorfes gesichtet hätten. War nur noch ein ausgebranntes Wrack.«

»McTigue«, sagte Jones nachdenklich. »Jetzt erinnere ich mich an ihn. Das war der, der mit den vielen Lücken vom Zahnarzt zurückkam.«

»Das ist er, Käpt'n. Lustig hat ihn überredet, sich den Zahnstein entfernen zu lassen.«

»Muß ich jetzt seinen nächsten Angehörigen schreiben?« fragte Jones. »Verdammt, wie ich diese Routinesachen hasse!«

»Ich habe noch ein paar Vermißtenmeldungsmuster mit einem Merkblatt von der Personalstelle irgendwo«, sagte der Erste. »Da stehen viele hervorragende Redewendungen drin – wie Sie den Burschen persönlich kannten und respektierten und lauter solch Zeug. Wenn Sie es gestatten, Captain, bereite ich einen Schriftsatz vor, den Sie nur zu unterschreiben brauchen.«

»Danke, Erster. Sie sind eine große Hilfe. He! Da, da, da drüben, sehen Sie – der erste Stern, ja?«

Der Erste hob den Sextanten ans Auge und lenkte durch ein Spiegelsystem das Licht des Sterns so nach unten, daß es auf der Horizontlinie auflag. »Achtung!« rief er dem Marineschreiber zu, der mit der Stoppuhr in der Hand, im Schott des Steuerstands wartete. Dann gab er ihm den Winkel an.

Der Stern war Beteigeuze, ein roter Riese, so groß, daß man Sonne, Merkur, Venus, Erde, Mars und alle Räume dazwischen in ihn hineinpacken kann und immer noch Platz übrig hat.

YANKEE STATION

Der dritte Tag

Proper hört ein ominöses Echo

Eine Stunde der Mittelwache war vorbei, als der Dritte Sonargast Dwight Proper das Sonargerät auf Automatikbetrieb stellte und sich mit einem Krimi in seinen kunstlederbezogenen Drehsessel sinken ließ. Er war gerade an der Stelle, wo die bildschöne junge Erbin zur Tür eilt, weil es geläutet hatte. Sie trägt dabei nur ein Goldkettchen um den linken Knöchel, sonst gar nichts. »›Ja, ich bin Cynthia Crespin‹, sagte sie mit kehligem, beinahe rauhem Flüstern zu Mullins. Sie warf mit einer Kopfbewegung das lange blonde Haar zurück, so daß ihre Brüste zu sehen waren. ›Warum kommen Sie nicht mit rauf?‹ ›Baby, ich bin längst oben‹, sagte er und folgte ihr ins Haus.«

Proper kreuzte die Beine über seiner eigenen Erektion und wollte gerade umblättern, als er das erste »Brrrrrrp-*brp*« hörte. »*Herrje!*« sagte er und schaltete die Deckenbeleuchtung aus, um weniger Reflektionen auf dem Sonargerät zu haben.

Von einer kleinen Kuppel, die am Kiel des Schiffes angebracht war, schoß pro Sekunde ein Schallimpuls ins umliegende Wasser. Wenn die Wellen auf kein Hindernis stießen, hörte man nur das »Brrrrrrp« der hinausgehenden Strahlen. Diesmal kam aber ein kurzes, scharfes Echo, das anzeigte, daß die Schallwellen auf Widerstand gestoßen waren. Proper stellte das Gerät ein und nahm die Entfernung und Schallortung vor, die auf dem Sonarschirm als weißes Echozeichen zu sehen war. Dann schaltete er den 21 MC am Schott auf »Brücke« und rief: »Brücke, hier ist Sonar. Ich habe Sonarkontakt, Peilung 180, Entfernung 1100 m.«

»Was?« rief der Deckoffizier, Oberleutnant Moore, zurück. »Was haben Sie?«

»Sonarkontakt!« meldete Proper aufgeregt. »Ich bin im Sonarraum, schaue auf den Schirm, und da habe ich eine Peilung auf eins acht null, Entfernung elfhundert Meter.«

»Mein Gott«, rief Moore zurück. »Was könnte es Ihrer Meinung nach sein?«

Proper neigte den Kopf und konzentrierte sich auf das »Brrrrrrp-*brp*. Brrrrrrp-*brp*. Brrrrrrp-*brp*«. Das Echo hatte einen deutlich niedrigeren Doppler – eine niedrigere Tonhöhe als die vom Schiff abgestrahlte Schallwelle – was anzeigte, daß sich das Ziel von der *Ebersole* entfernte. »Also«, brüllte Proper zur Brücke hoch, »ich finde, es klingt verdächtig nach dem Arsch eines U-Boots.«

Proper konzentrierte sich so auf das ständige »Brrrrrrp-*brp*«, daß er das schrille Alarmsignal gar nicht hörte. Er schaute auch nicht auf, als Leutnant de Bovenkamp, der Sonaroffizier, in den Raum stürmte.

»Verdammich!« sagte de Bovenkamp. Er trug einen seidenen Schlafanzug und kaute rhythmisch auf seinem Kaugummi herum. »Verdammich!«

Leutnant de Bovenkamps Curriculum vitae

»Gebt mir ein Y!«

»Y.«

»Gebt mir ein A.«

»A.«

»Gebt mir ein L.«

»L.«

»Gebt mir ein E.«

»E.«

»Wie heißt das zusammen?«

»YALE.«

»Ich kann euch nicht hören.«

»YALE!«

»Ich kann euch immer noch nicht hören.«

»Y-A-L-E!!!«

In der Sporthalle war jetzt die Hölle los. Der Trainer lachte und winkte zwei Betreuern zu; dann beugte er sich wieder in den dicht zusammengedrängten Spielerkreis. Sofort änderte sich sein Gesichtsausdruck. »Also, wir müssen angreifen«, brüllte er und verteilte Kaugummis. »Männer, ich habe schon tausendmal gesagt – der Trick ist, daß ihr den Gegner als Feind sehen müßt.«

»Wir machen sie kalt«, meinte der rechte Verteidiger.

»Wir ermorden sie«, sagte der Mittelfeldspieler.

»Wir schlagen sie zu Krüppeln«, sagte de Bovenkamp, schob den Kaugummi von einer Seite auf die andere und nickte erwartungsvoll.

»Alles klar, alles klar!« schrie der Trainer. Er schaute mit haßerfüllten Augen zum Gegner hinüber. »Das ist keine gegnerische Mannschaft, das ist der Feind, kapiert! Und ihr werdet mit denen aus reiner Notwehr den Boden hier aufwischen. Alles klar? Kapiert? Worauf wartet ihr noch? Vielleicht auf eine Einladung auf Büttenpapier? Ich will von euch nur, daß ihr da rausgeht und kämpft – für euch selbst, für eure Uni und für euren Trainer!«

»Verdammich«, sagte de Bovenkamp und klatschte mit der Hand gegen die des Trainers, andere Hände legten sich auf seine. Mit den Anfeuerungsrufen noch in den Ohren brach de Bovenkamp aus dem Kreis aus und führte seine Mannschaft zum Sieg.

Solange er sich erinnern konnte, war er immer ein Sieger gewesen. Seit er mit acht Jahren als Sieger aus einem Wettbewerb, wo man auf einem Löffel ein Ei transportieren mußte, hervorgegangen war, wußte er, was alle Sieger wissen: Alle hassen den Gewinner. Oder genauer gesagt, alle hassen einen Sieger, der so wie de Bovenkamp gewinnt – mühelos, beiläufig, mit dem »Schau-Mutti-ohne-Hände!«-Ausdruck auf dem Gesicht.

Es gab nur einen dunklen Punkt auf diesem Bild des übererfolgreichen Amerikaners: Nicht um alles auf der Welt konnte de Bovenkamp dort einen Treffer erzielen, wo es besonders zählte – auf sexuellem Gebiet. Er konnte ihn schon hochkriegen; aber er konnte ihn nicht hochhalten. In dem Augenblick, den man allgemein den »entscheidenden« nennt, welkte bei ihm alles dahin. Mehrere weibliche Wesen aus seinem Bekanntenkreis hatten alle möglichen »Heilbehandlungen« probiert, weil sie der Verlokkung dieser Herausforderung nicht widerstehen konnten, obwohl sie de Bovenkamp schon lange nicht mehr verlockend fanden. Es war ihm aber nie gelungen, so lange in »Hoch«-Stimmung zu bleiben, um tatsächlich einzudringen. »Ich würde schon einen frühzeitigen Samenerguß als Triumph ansehen!« vertraute er dem Psychiater an, bei dem er schließlich sein Problem ablud.

De Bovenkamp äußerte sich anfangs sehr zögernd und vorsichtig, ehe er wirklich offen redete. Danach machte er Fortschritte. Der Psychiater führte de Bovenkamps Problem darauf zurück, daß sein Vater ein Waschlappen und seine Mutter dominierend und ehrgeizig war. Mit einer Handvoll Sechzig-Dollar-pro-Stunde-Einsichten bewaffnet ging de Bovenkamp hinaus und verliebte sich in das erstbeste Mädchen, das er fand, das ihn nicht an seine Mutter erinnerte.

Sie hieß Evangeline und unterrichtete Chemie an einer Highschool. Sie war weich, weiblich und lief im Haus nur barfuß herum. Hauptsächlich zog es ihn aber zu ihr, weil sie so eine geringe Selbstachtung, ein strahlendes Lächeln und hinreißende irische Augen hatte. Als die Liebesaffäre so weit gediehen war, daß Coitus non-interruptus als nächster Punkt auf der Speisekarte gestanden hätte, geriet de Bovenkamp in Panik. Wortlos packte er seine Gucci-Reisetaschen und flitzte zur Offiziersakademie in Newport, Rhode Island. Verzweifelt schrieb sie ihm: »Ich liebe meine Familie, ich liebe meinen Lehrberuf, ich liebe mein Patenkind Jennifer. Daran hat sich nichts geändert; aber dich liebe ich mehr als alles andere. Du mußt nur sagen, ob du mich bei dir haben willst, dann bin ich in weniger als zwei Stunden dort. Für mich ist alles andere unwichtig.«

De Bovenkamp schickte ihr ein Telegramm als Antwort: »Betrachte diese Trennung als Test.«

Daraufhin schrieb sie ihm eine Postkarte: »Dummkopf – der wahre Test ist das Zusammensein, nicht die Trennung.«

Zu seiner großen Erleichterung hatte er danach nie wieder von ihr gehört.

Vom Beginn seiner seemännischen Laufbahn an schien de Bovenkamp für Großes bestimmt zu sein. Es spielte keine Rolle, daß er als Achtletzter den Lehrgang an der Offiziersakademie abschloß. Bezeichnend war, daß seine Kameraden ihn als den Mann erwählten, der am meisten wie ein Offizier *aussah*.

Nach der Abschlußprüfung teilte ihn ein Computer in Washington der *Eugene Ebersole* zu, Heimathafen Norfolk. An einem strahlend hellen Montagmorgen stand de Bovenkamp auf der langen Pier der Zerstörerbasis in Norfolk vor der stark angerosteten *Ebersole*. Mit schwerem Herzen marschierte er in seinen zum Gepäck passenden Guccis über die Gangway aufs Achterdeck. Dort pflanzte er sich in voller Höhe auf und salutierte so schneidig, wie er es in Newport gelernt hatte. »Erbitte Erlaubnis, an Bord zu kommen«, sagte er forsch.

Tevepaugh, mit dreckiger weißer Matrosenmütze und den vielen Mitessern auf der Stirn, erwiderte den Gruß lässig. »Warum nicht«, sagte er. »Sie müssen der neue George sein, stimmt's?«

»George?«

»George nennen wir den jüngsten Leutnant auf dem Schiff«, erklärte Tevepaugh.

»Wer ist der Deckoffizier?« fragte de Bovenkamp.

»Das ist Mister Lustig.«

»Und?«

»Und was?«

»Und was, *Sir!*«

»Sie brauchen mich nicht mit ›Sir‹ anreden«, sagte Tevepaugh. »Ich bin ja nicht der Deckoffizier, Mister Lustig ist der Deckoffizier.«

Unter der Maske der Unerschütterlichkeit stiegen de Bovenkamp die Tränen in die Augen. »Wo ist Mister Lustig?« fragte er nur.

»Beim Scheißen, wo sonst?« antwortete Tevepaugh.

De Bovenkamp bekam Lustig aber erst zu sehen, als es schon dunkel geworden war und auf dem Messedeck die Massenkeilerei wegen des Fernsehprogramms ausbrach. De Bovenkamp hatte den Eindruck, daß die Weißen ein Programm, die Schwarzen aber ein anderes sehen wollten. Er entdeckte Lustig, wie dieser oben beim Niedergang zum Messedeck kniete (später gab er zu, daß er Angst gehabt hatte, in diese Hölle runterzugehen), und ohne sichtbare Wirkung brüllte: »Achtung!« Da kam de Bovenkamp auf die praktische Idee, einen zweiten Fernseher heranschaffen zu lassen und ihn auf der Gegenseite aufzustellen. Und so begegnete er zum ersten Mal dem Mann, der in seinem Leben eine bedeutende Rolle spielen sollte – Kapitän J. P. Horatio Jones.

»Wenn Sie mich fragen, war das ein klarer Fall von Übermut«, sagte Jones am nächsten Morgen zu Lustig, als dieser etwas von Rassenkrawallen murmelte. Jones wandte sich an de Bovenkamp. »Aber *Sie* haben wirklich Köpfchen gezeigt, mein Junge. Weiter so, dann werde ich eine Beurteilung über Sie schreiben, daß Ihnen die Augen übergehen, ja?«

Von diesem anfänglichen Erfolg beflügelt tat de Bovenkamp alles, um sich beim Kapitän lieb Kind zu machen. Er organisierte auf der *Ebersole* eine Basketballmannschaft (er fungierte als Spieler-Trainer), heizte den Spielern mit Phrasen, die er von *seinem* Trainer übernahm (»Betrachtet sie als Feind!«), ein und führte sie zum Sieg, so daß er schon bald einen goldenen Basketball beim »Commander-Destroyer-Atlantic«-Turnier in Empfang nehmen konnte. Zur großen Freude des Kapitäns erschien in den Zeitungen in Norfolk ein Photo, auf dem der Admiral Jones und der Mannschaft der *Ebersole* gratulierte. Es folgte auch noch ein persönlicher Brief des Oberbefehlshabers der Atlantik-Zerstörer, Jones' höchstem Vorgesetzten, der ihm seine Anerkennung aussprach, das Problem des Kampfgeistes der Leute so aktiv und überlegt zu behandeln. »In der heutigen Zeit, mit Drogen und langhaarigen Bubis«, schrieb der Admiral, »ist es eine Freude, einen Zerstörerkommandanten zu sehen, der aus amerikanischen Grundtugenden, wie Basketball, Inspiration ziehen kann.«

In den folgenden Monaten wurde de Bovenkamp auf dem Schiff der zuverlässigste Verbündete des Kapitäns. Bei Iskenderun unterstützte er als einziger aller Offiziere die Entscheidung, längsseits des brennenden Tankers zu gehen und das Feuer zu bekämpfen. Beim ersten »Kriegsrat« – nach dem Eintreffen der *Ebersole* auf Yankee Station, war es wieder de Bovenkamp, der auf die anfeuernden Worte des Kapitäns voll abfuhr. Es war auch de Bovenkamp, der den Einfall gehabt hatte, den Ex-Polizisten Proper einzusetzen, um Sanfte Vernunft zu erwischen. »Mein Gott«, sagte Jones zum Ersten, »wenn alle meine Offiziere wie der junge de Bovenkamp wären, könnte ich meine Karriere auf Automatik schalten und mich in meine Kajüte zurückziehen.«

So wie de Bovenkamp der Liebling von Jones war, so brauchte der junge Leutnant ihn ebensosehr – Jones wurde sein Ersatzvater. De Bovenkamp hatte noch nie einen richtigen *Mann* Befehle geben sehen, und es berührte ihn tief. Er bekam langsam das Gefühl, daß er und der Kapitän vieles gemeinsam hatten – der eine durch die einsame Stellung als Kommandant isoliert (wie Jones nie müde wurde zu versichern), der andere durch die Tatsache isoliert (wie de Bovenkamp darlegte, als er den Kapitän näher kennengelernt hatte), daß er ein einsamer Sieger war.

Allmählich sah de Bovenkamp sich nicht mehr nur als Sieger. Er sei, wie er Jones einmal spät abends anvertraute, »auch eine Art Kommandant – ein Kommandant meines Schicksals«. Tatsächlich konnte de Bovenkamp spüren, wie der Lebenssaft in ihm emporstieg. In der »Black Cat Inn« in Piräus schaffte er einen frühzeitigen Samenerguß – für fünf Dollar konnte übrigens jeder auf der *Ebersole* die Szene sehen, die Ce-De in seiner Mitternachtsspätvorstellung vorführte. Sexuell gesehen war de Bovenkamp im entscheidenden Moment zwar immer noch nicht auf der Höhe; aber er hatte das Gefühl, daß er unter dem inspirierenden Kommando von Kapitän Jones mit der Zeit – wenn auch nicht sein Glied – doch den Kopf hochhalten könnte.

De Bovenkamps Sternstunde

De Bovenkamp schaute über Propers Schulter auf das Sonargerät. Drei weitere Sonargasten hatten sich in dem Sonarschapp eingefunden. Sie reckten die Hälse, um über de Bovenkamps Schultern zu schauen. Proper drehte volle Lautstärke auf – das »Brrrrrrp-*brp*« füllte den kleinen Raum – und deutete auf den Lichtpunkt auf dem Schirm.

»Verdammich«, sagte de Bovenkamp und kaute wie wild auf seinem Kaugummi. »Meinen Sie, das ist ein – na, Sie wissen schon was?«

»Sieht eindeutig so aus«, sagte einer der anderen Sonargasten.

»Klingt auch eindeutig so«, meinte ein anderer.

»Ich glaube, so ist's«, sagte Proper. »Wir haben den Doppler nach unten – hört ihr? – also entfernt es sich von uns. Warum würde es abziehen, wenn es nichts zu befürchten hätte? Versteht ihr, was ich damit sagen will? Entfernung bleibt ziemlich beständig auf elfhundert.«

Aus dem 21 MC ertönte Kapitän Jones' Stimme: »Na, Mister de Bovenkamp, was meinen Sie? Ist es ein U-Boot oder nicht?«

»Aufgrund des Geräuschs sind wir ziemlich sicher, daß es ein U-Boot ist«, rief de Bovenkamp zuversichtlich zurück. »Lassen Sie mich noch ein paar Minuten die Spur verfolgen.«

De Bovenkamp schaltete den elektromechanischen Computer in der Ecke des Sonarschapps ein. Sofort fütterte das Sonargerät Entfernung und Peilung des Ziels in den Computer. Ein paar Sekunden später zeigte der Computer an, daß das Echo einem Ziel folgte, das mit acht Knoten nach Süden fuhr. De Bovenkamp meldete über das 21 MC zur Brücke: »Sieht nach U-Boot aus, Captain – läuft mit acht Knoten nach Süden. Was machen wir jetzt?«

»Wir greifen an, mein Junge«, sagte Jones. »Laut unseren Operationsberichten befinden sich keine amerikanischen U-Boote auf Yankee Station. Es ist also eine Feuer-frei-Zone. Wahrscheinlich wildert so ein schlitzäugiger Kommi mit seinem U-Boot in unseren Gewässern. Greifen Sie an, Mister de Bovenkamp! Versuchen Sie, nicht an den Feind zu denken, der da unten absäuft, wenn die Schotten über ihm zusammenbrechen. Der Trick ist, es wie ein Spiel anzusehen – denken Sie an ihn wie an eine gegnerische Mannschaft. Machen Sie es genauso wie in den alten Unizeiten, ja?«

»Aye, aye, Captain«, sagte de Bovenkamp. Dann gab er jedem der Sonargasten einen Kaugummi. Den letzten Streifen steckte er sich selbst in den Mund. »Verdammt! Er will, daß wir angreifen!

Okay, der Trick ist, sie als Feind zu betrachten! Wenn alle das tun, läuft es wie am Schnürchen.«

Er rückte das Sprechgerät zurecht, das ihn mit der Brücke verband, und bellte seine Befehle. »Klarmachen zum Laden der Hedgehog-Raketen! Volle Kraft voraus, zwanzig Knoten. Rudergänger, Kurs eins acht null!«

Einer der Sonargasten stöpselte den Kabelauslöser ins Schott und gab de Bovenkamp den Auslöser. Ein kleines rotes Licht auf dem Schaltbrett zeigte an, daß alle achtundvierzig Hedgehogs – kleine Anti-U-Boot-Raketen – abschußbereit waren. Der Computer berechnete den idealen Auslösezeitpunkt. De Bovenkamps Augen hingen wie gebannt an der Skala, die ihm den exakten Moment anzeigte, in dem er auf den Auslöser drücken mußte. Er kaute wie wild und nickte im Takt.

»Ziel wandert leicht nach Backbord aus«, rief Proper. »Der Wichser versucht auszubüchsen.«

»Backbord eins sieben null«, befahl de Bovenkamp dem Rudergänger.

»Peilung gleichbleibend, Sir«, meldete Proper. »Sieht gut aus.«

»Klarmachen zum Feuern«, rief de Bovenkamp.

»Das Echo wird irgendwie verschwommen«, sagte Proper. »Ziel scheint in viele kleine Echos zu zerbröckeln, Mister de Bovenkamp. Himmelarsch! Was zum Teufel ist denn da los?«

De Bovenkamp brüllte Proper an: »Was ist jetzt? Soll ich nun schießen oder nicht?«

»Naja, was haben wir schon zu verlieren?« meinte Proper vage.

Laut Computeranzeige befand sich der Bug der *Ebersole* 270 Meter vom Ziel entfernt. De Bovenkamp schoß der Gedanke durch den Kopf, wie er sich wohl jetzt in einem U-Boot fühlen würde, wenn er die Explosion hörte, die Schotten einbrechen sah, Hunderte von Tonnen Wasser durch das Loch hereinbrachen und er das übermächtige Grauen des sicheren Todes durch Ertrinken vor sich hätte. Und dann drückte er auf den Auslöser.

Drei Decks über dem Sonarschapp flogen die achtundvierzig Hedgehogs – jede mit einer Sprengladung am Kopf – in die

Nacht hinaus und schlugen vor der *Ebersole* ins Wasser ein, wobei sie ein Muster wie die Zahl acht bildeten. Wenn auch nur eine Rakete auf dem Weg nach unten auf etwas Festes stieß, würde sie explodieren und dadurch auch bei den anderen siebenundvierzig Hedgehogs eine Explosion auslösen.

Auf der Brücke der *Ebersole* spähte Kapitän Jones in die Dunkelheit und wartete angespannt auf die Explosion, dic anzeigte, daß sie das »Kommi-U-Boot« dieser Schlitzaugen getroffen hatten. Gerade, als er die Hoffnung schon aufgegeben hatte, kam ein deutliches »Peng« unter Wasser von einer der Hedgehogs. Dann wallte das Meer hoch auf, als die restlichen siebenundvierzig hochgingen.

»WIR HABEN DAS SCHWEIN!« rief Kapitän Jones und hüpfte vor Freude auf und nieder.

Der Erste frohlockte ebenfalls. »WIR HABEN IHN! WIR HABEN IHN ERWISCHT!« schrie er.

Moore, der während des Gefechtsalarms Deckoffizier war, und Lustig, der als Artillerieoffizier für die Geschütze zuständig war, lachten und schlugen sich gegenseitig auf den Rücken.

Im Sonarschapp hörte de Bovenkamp die Explosionen mit einem Lächeln. »Verdammt«, sagte er. »Verdammt noch mal!«

Als die Explosionen verklungen waren, schaltete Kapitän Jones den Bordlautsprecher ein und sagte: »Männer, hier spricht der Captain. Das ist ein historischer Augenblick, ja? Wir sind ab jetzt das erste amerikanische Marinefahrzeug, das seit dem Zweiten Weltkrieg ein feindliches U-Boot versenkt hat.« Wieder jubilierten die Männer auf der Brücke. Achtern kletterte die Besatzung von Turm 53 auf den Geschützturm und schwenkte die Mützen. »Ich möchte ganz besonders Mister de Bovenkamp und seiner Klasse-Sonarmannschaft für diese hervorragende Arbeit meine Anerkennung aussprechen.« Aus mehreren Ecken des Schiffs hörte man wieder Jubelrufe.

Der Erste tippte Jones auf die Schulter. »Captain, warum machen wir nicht mit Leuchtmunition eine Festbeleuchtung im Abschußgebiet und fischen ein paar Wrackteile vom U-Boot als Beweis auf, falls jemand unsere Aussage anzweifelt?«

»Sie denken doch immer an alles, Erster«, sagte Jones und wandte sich an Lustig. »Greifen Sie sich die Leuchtpistole, Mister Lustig, und bringen Sie Licht in diese Sache.«

Lustig lud die Very-Pistole mit einer weißen Patrone, hielt steil nach oben und schoß. Sekunden später gab es ein »Plopp« über der *Ebersole,* und das gesamte Gebiet war taghell erleuchtet. Lustig feuerte weiter, während Jones die *Ebersole* voll wenden ließ und sie zur Explosionsstelle führte.

»Da, da«, rief der Erste. »Sehen Sie's? Da ist was im Wasser!«

Jones und der Erste beugten sich über die Reling und sahen zu, wie die Seeleute mit langen Bootshaken Wrackteile vom Hauptdeck aus hochzogen. Ihr Geschrei hielt der Kapitän für Freudenrufe.

Jones strahlte den Ersten an. »Jetzt kann keiner mehr sagen, daß wir den Mund zu voll nehmen, ja?«

Das Geschrei auf dem Hauptdeck wurde lauter. »Fragen Sie mal nach, was die Schreihälse da unten aufgefischt haben, Mister Lustig.«

Lustig sagte ein paar Worte in sein Mikrofon, hörte die Antwort und schaute dann den Kapitän an.

»Na?« fragte Jones.

»Es sind –«

Aus dem Meer stieg ein ekelhafter Geruch auf. Der Erste drehte sich beiseite und hielt sich das Taschentuch vors Gesicht.

»Es sind Wale, Captain«, meldete Lustig. »Wir haben einen Schwarm Wale versenkt!«

Völlig gebrochen sank Jones in seinen Stuhl. »Der Teufel soll de Bovenkamp holen!« Traurig schüttelte er den Kopf. »In welcher Welt leben wir bloß, Erster. Das würde ich gern wissen. In welcher Welt leben wir?«

Lustig sieht ein Gespenst

Die Decksmannschaft spritzte immer noch die Back ab, als der Hubschrauber des Flugzeugträgers über das Heck flog, in der Luft stehenblieb und einen Mann auf der *Ebersole* absetzte. Lustig war achtern, um das Manöver zu beaufsichtigen. Er packte das Bein des Mannes, als er über dem stampfenden Deck baumelte und zog ihn herunter.

»Mein Gott, Sie sehen ja wie ein Gespenst aus – ich hätte nie geglaubt, *Sie* noch mal wiederzusehen«, rief Lustig; aber seine Stimme wurde vom Hubschrauber übertönt.

Lustig ging voran, als die beiden Männer auf der Backbordseite über das Hauptdeck ins Krankenrevier gingen.

»Ich habe Ihnen doch gesagt, daß sie mich schon auf dem Träger untersucht haben, Mister Lustig«, sagte Chief McTigue. »Ich bin bloß dreckig und müde, vor allem aber habe ich eine Scheißangst.«

»Sie wissen, daß wir bei Sonnenaufgang eine Feuerübung angesetzt haben?« sagte Lustig. »Wenn Sie sich aber nicht danach fühlen –«

»Ein paar Stunden Matratzenhorchen, und ich bin wie neu.«

»Muß wirklich schlimm gewesen sein, was?« meinte Lustig.

»Weiß Gott, Scheiße! Mehr als schlimm«, bekräftigte McTigue. »Das war das letzte Mal, daß ich so 'n Scheißbeobachter gemacht habe, kapiert?«

Lustig fühlte sich zwar durch McTigues Ton beleidigt, beschloß aber, nachsichtig zu sein, als er daran dachte, was der Mann alles durchgemacht hatte. »Sie sind mir doch nicht etwa böse?« fragte er. »Ich habe Sie nicht als Beobachter vorgeschlagen. Ich habe nur die Befehle ausgeführt.«

Doc Shapley, der beim Anblick von Blut in Ohnmacht fiel, stürzte ins Lazarett und fing an, die Binden von McTigues Kopf abzuwickeln. Über dem linken Ohr war eine Stelle kahlrasiert worden. Die Kopfhaut war mit Mull bedeckt. Die Haare außen herum waren von Blut und Dreck verklebt.

Shapley fing mit dem Abwickeln der Mullbinden an. Nach drei Lagen stieß er auf Blut, das noch nicht ganz geronnen war. Er schluckte kräftig und wickelte McTigue schnell wieder zu. »Meiner Meinung nach, Chief, brauchen Sie vor allem erst einmal Ruhe und Schlaf. Ihr Verband kann ruhig bis morgen draufbleiben. Hier – nehmen Sie davon zwei« – er drückte McTigue einen Umschlag mit roten Tabletten in die Hand – »und davon eine« – dieser Umschlag war voll gelber Pillen – »alle vier Stunden.« Dann machte Doc Shapley auf dem Absatz kehrt und verschwand.

»Zwei rote und eine gelbe alle vier Stunden«, wiederholte McTigue. Er hielt sich den Kopf und machte sich auf den Weg zu seiner Koje im Vorderschiff. Außer Duffy, dem Chefmaschinisten, schliefen alle. Der las beim Schein einer Taschenlampe die Gebrauchsanweisung für das Reduktionsgetriebe.

»Mensch Meier, ich denke, du bist tot!« flüsterte Duffy. »Du siehst ja wie aufgewärmte Kotze aus. Was ist passiert?«

»Meine Güte, Scheiße, frag nicht!« sagte McTigue finster. »Stell mir nie wieder so 'ne Scheißfrage!«

Dann spülte er die zwei roten und die gelbe Pille mit Wodka runter, streckte sich auf seiner Koje aus und versuchte, nichts zu träumen.

McTigues Curriculum vitae

Der Pilot, ein Leutnant mit olivenfarbener Haut und dem Namen »Ruggieri« auf dem rot-weiß-gestreiften Helm, hatte McTigue mißtrauisch gemustert. »Zum ersten Mal in 'nem Hubschrauber, Chief?« hatte er über die Bordverständigung gefragt.

McTigue hatte mißmutig genickt und »Jaaa« gesagt. Er hatte aber den Sendeknopf nicht gedrückt. Ruggieri hatte gedacht: »Herr im Himmel – warum ich?« und hatte ungeduldig auf den Knopf gedeutet. McTigue drückte drauf. »Jaa, isses!« hatte er gesagt und seine Antwort im Kopfhörer des Helms mitgehört. »Bin schon oft in Fliegern, aber noch nie in 'nem Hubschrauber gewesen.«

»Unterschied zwischen Flugzeug und Hubschrauber ist bloß«, hatte Ruggieri ihm erklärt, »daß ein normales Flugzeug darauf brennt zu fliegen, diese Schneebesen aber von Natur aus abstürzen wollen.« Es war eine im Prinzip harmlose Bemerkung gewesen; aber Ruggieri hatte den kurzen Angstausdruck auf McTigues Gesicht gesehen. »Keine Bange«, fügte er schnell hinzu. »Es wird Ihnen bestimmt bald Riesenspaß machen.«

Ruggieri hatte den Knüppel gedreht, und der Hubschrauber drehte eine Kurve und schaukelte auf die Küste zu. McTigues Herz rutschte ihm dabei in die Hose.

Er hatte sich ausgesprochen beengt und ungemütlich außerhalb seines Elements gefühlt und stocksteif dagesessen und hinuntergesehen. Der Boden rollte sich wie ein Teppich unter dem Hubschrauber aus. Zuerst kam die Dünung des Meeres, dann wurde die See unruhig, und plötzlich waren da die Brecher an der Küste und dahinter ein flacher Sumpfstreifen. Ruggieri hatte McTigue auf die Schulter getippt und mit dem Finger nach unten gezeigt. McTigue war dem Fingerzeig gefolgt und hatte gesehen, wie der Schatten des Hubschraubers vor ihnen auf dem Boden dahinraste und dann seitlich wegglitt.

»Das macht mir jedesmal Spaß«, hatte Ruggieri gesagt, um McTigue abzulenken, der so ausgesehen hatte, als würde ihm jeden Augenblick das Essen aus dem Gesicht fallen.

McTigue hatte genickt, um zu zeigen, daß der Schatten des Hubschraubers ihm auch einen Heidenspaß machte.

Der Schatten war eine Zeitlang auf dem Boden dahingerast. Dann war er dem Hubschrauber entgegengekommen und McTigue sah, daß sie über eine Hügelkette flogen, auf der ein Blockhaus und ein verkrüppelter Baum standen. Über dem Baum schwebte eine Wolke.

»Was halten Sie davon, wenn wir dem Blockhaus eine verpassen?« fragte einer der Bordschützen.

»Negativ«, antwortete Ruggieri und erklärte an McTigue gewandt: »Leben und leben lassen – sage ich immer.«

Hinter der Hügelkette kam Weideland, und McTigue hatte

den Schatten verfolgt, bis er plötzlich in einem Labyrinth von Wegen, strohbedeckten Hütten und Zelten verschwand.

»Das ist...«, erklärte ihm Ruggieri und zog den Hubschrauber in einer langen, weiten Schleife um den Rand des Dorfes.

McTigue sah Dutzende von Kindern im Dorf und auf den umliegenden Feldern. Von denen auf den Feldern hatten viele mit dem Arbeiten aufgehört und schauten zum Hubschrauber herauf. Manche winkten, andere rannten weg. Die Art, wie sie rannten, zeigte McTigue, daß sie in Panik geraten waren.

»Mein Gott, Scheiße, da unten wimmelt's ja vor Kindern!« sagte er.

Einer der Bordschützen lachte und teilte per Bordverständigung den anderen mit: »Für mich sehen diese Stäbchenfresser wie Ameisen aus.«

»Es ist der Winkel«, versicherte der Pilot McTigue. »Von hier oben sehen alle wie Kinder aus.«

Das Dorf war durch eine asphaltierte Straße, die von Norden nach Süden verlief, in zwei ungleiche Hälften geteilt. Auf der dem Meer zugewandten Seite bestand das Dorf aus Zelten, strohgedeckten Hütten und kleinen Gemüsegärten. Auf der Seite landeinwärts waren ein paar Dutzend einstöckige Betonhäuser und ein zweistöckiges Haus neben einem Fußballfeld zu sehen, danach kamen wieder zahllose Hütten und am Dorfende ein altes Lastwagendepot mit drei offensichtlich kaputten Lastwagen.

Wären die Kinder nicht in alle Richtungen gelaufen und hätte nicht jemand in aller Eile eine weiße Fahne mit rotem Kreuz vor dem Fußballfeld hochgezogen, hätte das Dorf völlig friedlich ausgesehen.

»Sieht ganz friedlich aus, was?« fragte McTigue Ruggieri.

»Das tun sie alle«, antwortete Ruggieri.

Da meldete sich plötzlich knisternd und knatternd das Funkgerät, und McTigue hörte über Kopfhörer die vertraute Stimme.

»Einschießen, erster Schuß abgefeuert«, sagte die Stimme.

Plötzlich ging McTigue ein Licht auf. »Himmel, Scheiße, das ist Mister Lustig!«

Ruggieri zog den Hubschrauber hoch, so daß die Kuppel nach

unten zeigte und man alles wie von einer Haupttribüne sehen konnte.

Der Probeschuß explodierte mitten in dem Gewirr strohgedeckter Hütten auf der landeinwärts gelegenen Hälfte des Dorfes etwa fünfhundert Meter vor dem Lastwagendepot. Ein greller, gelber Lichtblitz – dann ein sich ausbreitendes Flammenmeer und eine schwarzbraune Rauchfahne, die korkenzieherartig in den Himmel stieg.

»Mein Gott, die schießen zu kurz!«

»Das müssen Sie nicht mir, sondern denen da unten sagen – deshalb sind Sie ja hier«, sagte Ruggieri und zeigte auf einen anderen Knopf, neben dem »Außenverbindung« stand.

McTigue drückte drauf und brüllte in sein Mikrofon: »Verdammte Scheiße, zu kurz, ihr feuert zu kurz, ihr habt die Strohhütten getroffen, verstehen Sie mich? Einschlag in Strohhütten. Ich habe gedacht, ihr würdet zuerst drüber hinaus schießen und dann schrittweise kürzertreten. *Over.*«

»Wieviel zu kurz, verdammt?« fragte Lustig.

»Herrje, Scheiße, die Scheißhütten brennen. Mindestens fünfhundert dazugeben. Verstehen Sie mich? *Over.*«

Der nächste Einschlag landete dreihundert Meter vor dem Lastwagendepot.

»Himmelarsch, ihr trefft immer noch in die Scheißhütten«, brüllte McTigue ins Mikrofon. Jetzt erreichte das Flammenmeer der Hütten schon die Größe eines Fußballfeldes. Menschen rannten in alle Richtungen. »Die Hütten brennen wie Zunder«, meldete McTigue. »Weiter dreihundert dazu.«

»Wieviel weiter?« fragte Lustig. »Wiederholen Sie noch mal, um wieviel weiter?«

»Dreihundert beschissene Meter dazu, versteht ihr denn kein Englisch? *Over.*«

»Kann nichts verstehen«, brüllte Lustig. »Sagen Sie alles zweimal. *Over.*«

Einer der Bordschützen meldete sich über die Bordsprechanlage. »Was bauen die denn für'n Scheiß? Steht heute vietnamesische Grillplatte auf der Karte?«

Der andere Bordschütze lachte laut. »He, Mann, das ist gut – vietnamesische Grillplatte!«

Ruggieri tippte McTigue auf den Arm. »Sie werden unterbrochen, weil der Antennenwinkel sich dauernd ändert. Sagen Sie einfach jedes Wort zweimal, kapiert?«

McTigue nickte und preßte mit der Faust auf den Knopf »Außenverbindung«. »Weiter, weiter, drei, drei, hundert, hundert, verstehen Sie mich? Verstehen Sie mich? *Over, over.*«

Der nächste Schuß erreichte das Depot immer noch nicht.

»Herr Gott, was für eine Scheiße, ihr habt das Ziel wieder nicht getroffen!« brüllte McTigue.

Nur Sekunden später eröffnete die *Ebersole* zu McTigues Erstaunen das Feuer und gab eine Salve aus allen Geschützen ab. Ein Schrapnellhagel prasselte auf die lichterloh brennenden Hütten nieder. Zwischen zwei Armee-Jeeps tuckerte ein uralter Löschzug aus dem Norden in das Dorf und blieb am Rand des Feuers stehen. Sofort umringte eine Schar Kinder die Jeeps und den Löschzug. Die bei der Feuerspritze deuteten auf die Flammen, die bei den Jeeps auf den Hubschrauber.

McTigue drückte wieder auf den Sendeknopf. »Verdammte Scheiße! Wieder zu kurz. Ihr Idioten schießt direkt in die Hütten. Das ganze Scheißdorf ist ein Inferno. Zielt etwas höher! Seid ihr taub? RAUF, RAUF, RAUF!«

Einer der Bordschützen schob ihn beiseite und sagte »He, *Lou*-tenant, ich glaube, einer der Jeeps da unten hat ein Maschinengewehr –«

McTigue hörte das Maschinengewehr nicht, nur das schrille Geräusch, als Stahl auf Stahl traf und ihn zerfetzte. Ruggieris Augen quollen vor Entsetzen über, als er auf die Instrumente vor sich blickte. Die Zeiger schienen völlig ruhig zu stehen. Der Rotor drehte sich noch, und der Motor klang auch wie immer. Ruggieri entspannte sich und zog den Knüppel hoch, um an Höhe zu gewinnen.

Der Hubschrauber reagierte nicht.

»Heilige Mutter Gottes –« murmelte Ruggieri und zog mit beiden Händen am Knüppel.

Eine leichte Explosion erschütterte den Hubschrauber. McTigue schaute sich um und sah im Rauch die beiden Bordschützen auf dem Boden liegen. Sie hielten sich den Bauch, als hätten sie Krämpfe. Dann schien der Sitz unter McTigue wegzusacken. Wie ein Vogel, der mit Schrot vollgepumpt ist, ging der Hubschrauber mit flatternden Rotorblättern nach unten.

»Wir schmieren ab«, rief Ruggieri. »Spring, sobald wir aufkommen und –«

»Was ist mit denen?« McTigue zeigte auf die Bordschützen.

»Wenn sie noch leben, schlagen sie sich allein durch.«

Da ertönte die durch Störungen verzerrte Stimme von Kapitän Jones in McTigues Kopfhörer. »McTigue, hören Sie mich? Wir haben einen Treffer abbekommen. Sehen Sie, woher das Gegenfeuer kommt?«

McTigue drückte auf den Sendeknopf. »Mayday, Mayday! Sie haben den Rotor getroffen. Mayday, Mayday, wir schmieren ab, Captain. Um Himmels willen, o Jesus, Scheiße, Hilfe, Hilfe, Hilfe. Hiiiiiilfe.«

Der Hubschrauber landete holprig auf einem Flachstück, etwa achthundert Meter hinter dem Depot. McTigue wurde in den Gurten vorgerissen. Als der Motor aussetzte, konnte er das Prasseln der Flammen im Heck hören. Er sah, wie Ruggieri anfing, sich loszuschnallen, und tat das gleiche. Dann sprangen beide Männer, jeder auf seiner Seite, aus dem Hubschrauber und rannten auf eine kleine Anhöhe zu, die etwa dreißig Meter entfernt war.

»Heilige Mutter Gottes«, keuchte Ruggieri.

»Herr Gott, verdammte Scheiße«, stöhnte McTigue.

Auf der Anhöhe warfen sie sich zu Boden. Beide keuchten vor Angst und Erschöpfung. Sie schauten zum brennenden Hubschrauber zurück und hörten das Prasseln der Flammen und das Knallen von Feuerwerkskörpern.

»Munition – geht – hoch«, stieß Ruggieri keuchend hervor. Dann riß er die Handschuhe und den rot-weiß-gestreiften Helm herunter und warf alles, so weit er konnte. Mit den Fingern fuhr er sich durch das dichte Haar, das durch das Gewicht des Helmes plattgedrückt war. Durch den Schleier aus Rauch und wabernden Hitzeschlieren konnte McTigue sehen, daß sich in der Nähe vom Depot am Dorfrand etwas bewegte. Er machte Ruggieri auf die Bewegung aufmerksam, worauf dieser eine blauschwarze 45er Pistole aus dem Holster zog, ein Magazin reinschob und den Sicherungshebel umlegte. »Los«, sagte er und zog McTigue am Ärmel. Die schweren Fliegerkombinationen und die schweren Stiefel behinderten die Männer. Sie schleppten sich über ein Feld ins Unterholz. Dort warfen sie sich ins Gebüsch, um sich außer Sicht zu bringen.

Während sie noch nach Atem rangen, kamen schon die ersten Düsenbomber von der Küste angebraust. Sie flogen extrem niedrig, kaum höher als die Dächer, warfen Blechkanister auf das Dorf und zogen dann, wie auf einer Achterbahn, ihre Schleifen in den Himmel. Hinter und unter ihnen türmten sich riesige, prächtige rot-schwarze Kugeln aus Rauch und Flammen auf.

»Und was zum Teufel machen wir jetzt?« fragte McTigue nach einer Weile.

»Wir lassen uns retten«, antwortete Ruggieri.

»Und wie machen wir das?«

Ruggieri zeigte auf ein kleines, mit Leder bezogenes Kästchen, etwa so groß wie ein Transistorradio, an seinem Gürtel. »Sender«, erklärte er. »Gibt ein Signal. Sobald sie mit der Operation fertig sind« – Ruggieri deutete mit dem Kopf zu dem brennenden Dorf –, »dann steuern sie diesen Sender an und holen uns ab. Wir brauchen nur in Deckung zu bleiben und zu warten.«

Von Norden kam eine Rotte Propellerflugzeuge und bombardierte das Depot. Dann kamen nochmal Jäger aus östlicher Richtung. Das letzte Flugzeug scherte aus und nahm Kurs auf eine Schar Kinder, die vom Depot wegrannten. Der Jäger schien abzudrehen, ohne etwas fallen gelassen zu haben. Einen Augenblick dachte McTigue, daß der Pilot erkannt hätte, daß es Kinder waren. Dann sah man dort, wo vorher die Gruppe gewesen war, nur noch einen riesigen Feuerball.

»Die ziehen wirklich eine Riesenshow ab«, bemerkte Ruggieri.

Aber McTigues Gedanken waren woanders. »Was passiert, wenn kein Rettungshubschrauber kommt?« fragte er.

Ruggieri sah ihn an. »Keine Angst, der kommt schon.«

»Aber wenn doch keiner kommt?« bohrte McTigue nach. »Was dann?«

»Der kommt schon!« Ruggieri wandte sich wieder dem Spektakel zu.

Auch lange, nachdem Ruggieri meinte, das Dorf sei dem Erdboden gleichgemacht, gingen die Lufteinsätze weiter. Flugzeuge kamen aus allen möglichen Richtungen, in verschiedenen Höhen und mit verschiedener Bestückung. Erst nach etwa anderthalb Stunden trat eine Pause sein.

»Vielleicht sollten wir uns ergeben?« sagte McTigue. »Was meinst du?«

Ruggieri drehte sich mit einem Ruck zu McTigue. »Ergeben! Du lieber Himmel, du mußt den Verstand verloren haben! Weißt du, was Hubschrauber hier in der Gegend vor ein paar Tagen gemacht haben? Sie haben so 'n Schlitzauge mit dem Lasso eingefangen, ihn auf einem Feld nackt ausgezogen, ihm dann einen Strick um den Hals gelegt und sind dann langsam durchgestartet. Der Reisfresser ist wie ein Irrer gerannt, um dranzubleiben. Nach kurzer Zeit konnte er aber nicht mehr und sein Genick brach, ›knacks‹. Stell dir das mal bildlich vor!«

»Warum zum Teufel machen sie so was?« fragte McTigue.

»Warum machen sie überhaupt was? Ich – ich bin für ›leben und leben lassen‹, stimmt's? Aber die im Dorf – woher sollen die wissen, daß ich für ›leben und leben lassen‹ bin, na?« Ruggieri spielte mit der Pistole. »Wenn sie uns erwischen, lynchen sie uns. Du kannst dich ja ergeben, wenn du willst, ich setze lieber da drauf.« Er hob die Pistole.

Vom Meer kam wieder ein Pulk Düsenjäger, dann noch einer und noch einer. McTigue verlor allmählich jedes Zeitgefühl. Ihm schienen die Flugzeuge in einer endlosen Woge heranzurollen. Ab und zu schaute er durch das Gebüsch auf das Dorf; aber das Dorf verschwand allmählich vor seinen Augen. Die Betongebäude waren nur noch Schutt in einer großen Staubwolke. Das

Lastwagendepot gab es nicht mehr. Wo vorher Hütten gestanden hatten, sah McTigue nur noch ein Flammenmeer.

Auf einmal rannten zwei Jugendliche mit einem Kinderwagen aufs offene Feld hinaus. Ein Propellerflugzeug, dessen Nase mit Zähnen bemalt war, schoß herunter und ließ hinter den Jungs einen Kanister mit Napalm fallen. Der Kanister schlug auf. Ein Flammenbogen sprang nach vorn. Die beiden Jungs ließen den Kinderwagen stehen und rannten noch schneller; aber die Flammen holten sie ein und verschlangen sie.

Jetzt brannten das Gras und das Gebüsch auf dem Feld. Das Feuer bewegte sich vom Dorf weg, auf McTigue und Ruggieri zu. Gerade, als es so aussah, als hätte es sich ausgebrannt, tauchten plötzlich auf dem Hügel zwischen McTigue und dem abgestürzten Hubschrauber vier weitere Kinder auf. Wieder löste sich ein Propellerflugzeug und warf einen Kanister auf die Gruppe. Diesmal landete der Kanister aber zu weit hinter den Kindern, so daß sie den Wald im Norden erreichten. Aber das Napalm ließ das Buschfeuer wieder aufleben, das immer näher an McTigues und Ruggieris Versteck herankam.

»Wir müssen abhauen«, sagte Ruggieri. Er zog ein großes Seidentuch aus einer Tasche über dem Knöchel und legte es auf dem Boden aus. Auf der einen Seite war eine Landkarte des umkämpften Gebiets und in phonetischer Umschrift einige vietnamesische Redewendungen, wie »Tut mir nichts – ich habe nur Befehle ausgeführt«. Auf der anderen Seite war die amerikanische Fahne. »Wenn wir losrennen, lasse ich die Fahne flattern, damit nicht etwa einer dieser Jet-Jockeys auf komische Ideen kommt. Okay, fertig?«

McTigue schaute auf das Buschfeuer, das nur noch wenige Meter entfernt war, und nickte. Dann stand er auf und folgte Ruggieri, der vorauslief und die Fahne hinter sich herflattern ließ. Plötzlich blieb er stehen, so unerwartet, daß McTigue beinahe aufgelaufen wäre. Dann sah er, warum Ruggieri angehalten hatte: Genau vor ihnen, etwa fünfundzwanzig Meter entfernt, warteten fünf junge Burschen mit langstieligen Äxten auf die beiden Amerikaner.

»Heilige Mutter Gottes«, sagte Ruggieri und wandte sich nach rechts. Dann lief er parallel zum Feuer, McTigue hinterher. Die Burschen liefen ebenfalls los und warteten, daß das Buschfeuer ihnen die Amerikaner in die Arme trieb. McTigue sah, daß das Feuer vor ihnen und auf der rechten Seite ausgebrannt war. Er rief Ruggieri an, und sie stolperten auf das Loch in der Flammenwand zu, die fünf Burschen hinterher. Ihr Abstand zu den Amerikanern verringerte sich zusehends. Auf einmal blieb Ruggieri stehen, ging mit einem Knie auf den Boden und brachte die Pistole mit beiden Händen in Anschlag, wie er es im Überlebenstraining gelernt hatte. Er holte tief Luft und schoß. Einen Jungen erwischte er, dann noch einen zweiten, ehe die restlichen drei bei ihm waren. Sie stürzten sich auf Ruggieri und schlugen mit den Äxten auf ihn ein. Er verkroch sich – wie ein verängstigtes Kind unter der Bettdecke – unter der Fahne und brüllte: »Heilige Mutter Gottes, tut mir nichts – ich habe nur Befehle ausgeführt.« Er schrie die Worte auf englisch, weil er die phonetische Redewendung vergessen hatte. Einer der Burschen schaute auf, sah McTigue und rannte auf ihn zu. Er war sich sicher, ihn einzuholen, da McTigue nicht mehr genug Luft hatte, um wegzurennen. McTigue war so durcheinander, daß er gar nicht richtig kapierte, was eigentlich geschah, nur daß es ihm passierte. »Scheiße – jetzt erwischt's mich«, dachte er, als der Junge vor ihm mit der Axt ausholte. McTigue warf sich instinktiv auf die Seite, so daß ihn der Schlag nur an einer Seite des Kopfes erwischte. Dann riß ein Feuerstoß aus einer Maschinenpistole dem Jungen die Brust auf, den linken Arm ab und schleuderte ihn nach hinten, weg von McTigue. Danach hörte McTigue nur noch ein komisches Rauschen, spürte den Wind; vor ihm platschte irgend etwas zu Boden, Hände zerrten ihn in eine Höhle, die aber keine Höhle, sondern ein Hubschrauber war, der sich nur wenige Meter hochschwang. Dann mähte der Bordschütze die anderen Burschen nieder. Wegen des Amerikaners, der dort unter der Fahne lag, war er außer sich vor Wut und Haß. Dann nahm der Hubschrauber leicht wippend Kurs auf die Küste. Die schwankenden Bewegungen waren so beruhigend, daß McTigue die Tränen in die Augen stiegen.

Er lag auf dem Bauch neben der offenen Tür, neben den Stiefeln des Bordschützen, spürte das Blut aus dem Haar sickern und den Wind in seinem Gesicht. McTigue japste nach Luft und sah hinunter, wo sich das Land wie ein Teppich entrollte. Zuerst die vom Buschfeuer verkohlten Felder, dann Rauch und Staub, wo die Ruinen der Betonhäuser waren, dann nur Glut, wo früher die strohgedeckten Hütten gestanden hatten. Auf der Straße sah man die verkohlten Wracks der beiden Jeeps und des Löschzugs, die wie Pockennarben aussahen, ansonsten nur noch Überbleibsel von Zeltstangen oder ausgebrannte, zerbombte Gemüsegärten. Schließlich die Hügelkette mit dem zerstörten Blockhaus und einem rauchenden Baumstumpf, wo der verkrüppelte Baum einmal gestanden hatte. Dahinter kam die geschwungene Küstenlinie in Sicht, an die sich die See mit der Brandung und langgezogenen Dünung anschloß.

»Verdammte Scheiße«, stöhnte McTigue. »Himmel, so 'ne Scheiße!«

McTigue bekommt weise Ratschläge

Schweißgebadet warf sich der Mann in der unteren Koje hin und her, als wollte er ein Leichentuch oder ein Laken abschütteln, das seinen Kopf verhüllte.

Tevepaugh beugte sich langsam nach unten und flüsterte: »Mister Lustig sagt, Sie sollten anfangen, die Munition auszugeben, Chief.«

Der Mann lag sofort ganz still, atmete nur noch schwer. »Himmel, Scheiße, wieviel Uhr ist es?«

»Kurz nach fünf, Chief.«

»Wer behauptet das?«

»Was meinen Sie mit ›wer behauptet das‹? Es ist kurz nach fünf, Chief. Ich schwör's.«

McTigue lag auf dem Rücken und sah nach oben. »Kurz nach fünf«, wiederholte er.

»Ja, Chief! Kurz nach fünf.« Tevepaugh zeigte auf den Kopfverband. »Das war bestimmt kein Picknick an Land, was Chief?«

McTigue ignorierte die Bemerkung. »Bist du sicher, daß es kurz nach fünf ist?«

Tevepaugh rollte den Ärmel seines Ölzeugs hoch und wies auf die Armbanduhr. »Wie gesagt, Chief. Es ist nach fünf. Mister Lustig hat gesagt, daß Sie –«

»Hab's schon beim ersten Mal verstanden, Junge. Jetzt beweg deinen Arsch nach oben und sage Mister Lustig –«

In der Koje über McTigue ging das Nachtlicht an. Ein halbes Dutzend Männer lag zusammengerollt in ihren Kojen und drehte sich jetzt der Schottwand zu oder zog sich die Decken über den Kopf. Chief Duffy richtete sich auf. Er trug nur Unterwäsche und weiße Socken. Auf einen Ellenbogen gestützt lag er direkt unter der Lampe. »Schon gut, Tevepaugh, gehen Sie mal ruhig zurück auf die Brücke und teilen Sie Kapitänleutnant Lustig mit, daß alles unter Kontrolle ist, verstanden? Sagen Sie ihm, daß die Munition ausgegeben wird. Alles klar?« Der Mann in der Unterwäsche sprach leise, aber mit nicht zu überhörender Autorität.

»Sicher, Chief, alles verstanden.« Tevepaugh flüsterte immer noch. »Chief McTigue gibt die Munition aus, richtig? Ich habe schon kapiert.«

Tevepaugh verließ mit einem Lächeln, das er für gewinnend hielt, die Kammer.

»Verdammte Scheiße! Mich kotzt alles so an, Duffy«, sagte McTigue heiser. Seine Gesichtshaut spannte sich so um die Kiefer, daß man die Zahnlücken sah. Mit starrem, beinahe eingefrorenem Ausdruck sagte er: »Wissen Sie, was in dem Scheißdorf war, das wir gestern angegriffen haben?« McTigue schluckte mehrmals. »Ich sag's Ihnen! In dem Scheißdorf war nichts außer Scheißkindern. Herr Gott, so 'ne Scheiße!«

Duffy ließ die Beine über den Kojenrand baumeln, sprang dann herunter und setzte sich zu McTigue auf die Koje. »Vergessen Sie, was Sie gesehen haben«, sagte er eindringlich. »Sie haben das nie gesehen. Wenn Sie jetzt durchdrehen, ruinieren Sie Ihre Karriere. Sie haben noch drei Jahre, bis die zwanzig um sind. Sie haben noch ein, vielleicht anderthalb Jahre aktiven Dienst auf See, Sie sind ein Glückspilz. Drehen Sie jetzt durch, Tom, dann ruinieren Sie alles, nur weil Sie ein paar tote schlitzäugige Gelbe gesehen haben!«

»Sie hätten sehen sollen, was die Düsenjäger angerichtet haben«, sagte McTigue. »Verdammte Scheiße, das Napalm –«

»*Sie* haben das aber nicht gemacht, Tom«, sagte Duffy eindringlich, »Sie haben doch nur Befehle ausgeführt.«

»Jawohl«, meinte McTigue, »tut mir nichts – ich habe nur Befehle ausgeführt.«

McTigue läßt Quinn im Stich

Mit immer noch starrem Gesichtsausdruck und Augen, die ihm offensichtlich Schmerzen bereitet – oder die Schmerzen gesehen – hatten, ging McTigue zur Kombüse hinauf, wo der Nachtbäkker, ein kräftiger Schwarzer, namens Seldon Saler, den letzten Schub Brotlaibe aus dem Ofen holte.

»Gütiger Gott! Ich hätte nie geglaubt, Sie nochmals zu sehen«, sagte Saler, wie immer atemberaubend fröhlich. »Hier – lassen Sie das mal auf der Zunge zergehen.« Er gab McTigue einen Kanten des heißen Brots. Die Stimme Nat King Coles erfüllte die Kombüse. Saler hatte angeblich als Koch in einem »Uncle Sam's Pancake House« an der Santa Ana Freeway gearbeitet. Er protzte damit, sämtliche Lieder Nat King Coles auf Band zu haben, was er bewies, indem er sie während der Nachtschicht immer wieder abspielte.

Mit dem Geschmack des frischen Brotes im Mund und Nat King Coles Stimme noch in den Ohren, kletterte McTigue den Niedergang nach unten, wo die Mannschaften unter dem Messedeck schliefen. Kauend blieb er neben dem Niedergang stehen, um die Augen an die Dunkelheit zu gewöhnen. Dann ging er zu Quinns Koje an der Schottwand.

»Reise, reise, auf, auf, Quinn«, flüsterte McTigue und schüttelte Artillerieobermaat Quinn an der Schulter.

»Herrje, Chief! Ich hätte nie gedacht, daß ich Sie noch mal wiedersehe!« Quinn schüttelte sich. »Wieviel Uhr ist es?«

»Nach fünf, Quinn. Machen Sie 'n paar Männer munter und geben Sie dann die VT-Schrapnell für zweiundfünfzig und dreiundfünfzig aus. Zweiundsechzig Granaten pro Turm. Um Einundfünfzig kümmere ich mich selbst. Und schicken Sie Boeth in die Munitionskammer, damit er stapelt.«

»Zweiundsechzig Granaten VT-Schrapnell, jawohl.« Quinn setzte sich auf, und McTigue wollte gehen.

»Chief«, sagte Quinn.

Aus einer Koje ertönte eine wütende Stimme: »Haltet doch die Schnauze!«

»Chief?« flüsterte Quinn.

»Ja, Quinn?«

»Ich nehme an, Sie hatten noch keine Gelegenheit, mit dem Ersten wegen meiner Schlüssel und meinem Gesuch zu reden?«

»Doch, ich habe mit ihm geredet«, sagte McTigue. »Vergessen Sie die Schlüssel! Wegen der andren Sache – da hat der Erste gesagt, daß der Captain Sie vom Schiff runter haben will. Er findet, Sie sollten mal Ihren Horizont erweitern und daß Sie schon viel zu lange auf der *Ebersole* sind.« Achselzuckend fügte McTigue noch hinzu: »Das hat er gesagt.«

»Hat das mit der Sache in der Kapitänskajüte zu tun?« fragte Quinn. »Ich entschuldige mich. Ich entschuldige mich – vor versammelter Mannschaft. Ich sag' ihm, daß ich die Scheiß-Elektro-Servokupplung gefunden habe. Alles, wenn ich nur auf der *Ebersole* bleiben kann.«

»Herrje, Scheiße, Quinn! Sie sind ein Glückspilz und wissen es nicht. Vielleicht kommen Sie auf einen dieser ganz neuen Pötte mit Klimaanlage, richtiger erstklassiger Messe und vollautomatischen Geschützen, bei denen Sie keinen Finger mehr rühren müssen. Sie sind ein Glückspilz.« McTigue mußte daran denken, daß Duffy ihm das auch gerade gesagt hatte. »Wir sind alle Glückspilze«, fügte er noch hinzu.

Ehe Quinn antworten konnte, hatte er kehrtgemacht und kletterte den Niedergang zum Magazin für die 12,7-cm-Munition hinunter, das unter den Schlafkammern der Mannschaft lag.

McTigue gibt die Munition aus, ohne sich die Mühe zu machen, Gott zu loben

Das Magazin war einer der wenigen Räume auf der *Ebersole*, der immer klinisch-steril sauber gehalten wurde, als ob Reinlichkeit wirklich gleich hinter Gottesfurcht käme. Jeder Griff oder Schalter war leuchtend rot gestrichen und beschriftet. Über dem größten Rad, direkt am Schott neben dem Niedergang stand: »Zum Fluten des Magazins Rad im Uhrzeigersinn drehen.« Das Rad war mit Kette und rotem Vorhängeschloß gesichert. Neben dem Schloß hing wieder ein Schild: »Folgende Personen haben Schlüssel zu diesem Schloß«. Dann folgten die Namen, McTigues stand ganz oben, Quinns an zweiter Stelle. An jeder Schottwand hingen mit der Hand geschriebene Schilder »Rauchen verboten«. In einer Ecke war eine große Tafel mit der Überschrift: »Die zehn Gebote der Schiffssicherungszentrale«. Dann folgten die Gebote: »1. Schiff wasserdicht halten« bis »10. *Das Schiff nicht aufgeben!*«, rot unterstrichen.

Normalerweise waren im Kriegsfall 345 Mann Besatzung an Bord eines Zerstörers, von denen fünf Mann bei Gefechtsalarm in jedem Magazin zu sein hatten, um die Granaten und Kartuschen in die Bedienungskammern, zwei Decks weiter oben, zu schicken, und von dort aus in die Türme der 12,7-cm-Geschütze, direkt über den Bedienungskammern. Aber die *Ebersole* verfügte schon seit 1945 nicht mehr über eine volle Besatzung, seit danach immer mehr Truppen abgebaut worden waren. Mit 255 Männern, Offizieren und Mannschaften, hatte die *Ebersole* nicht genug Leute an Bord, um die Gefechtsstationen vollständig zu besetzen. Es mußte daher jedesmal, wenn der Zerstörer schießen wollte, ein Mann vorher ins Magazin klettern, die Granaten und Kartuschen abzählen und mit dem Ladeaufzug in die Bedienungskammer schicken.

McTigue, der niemals von Untergebenen etwas verlangte, was er nicht auch selbst tat, war schon Hunderte von Malen ins Magazin geklettert, um die Munition auszugeben. Aber er hatte noch nie ein so komisches Gefühl wie heute dabei gehabt. Plötzlich erschien es ihm, als teilte er hier ebenso beiläufig den Tod aus, wie Saler seine Brote in der Kombüse.

»Sind Sie da?« rief McTigue durch den Schacht des Ladeaufzuges nach oben.

Die Klappe wurde hochgehoben. »Nur zu, Chief«, rief Boeth zurück. »Wie viele Cheeseburger haben Sie denn diesmal für mich?«

»Cheeseburger! Verdammte Scheiße!« murmelte McTigue, ehe er raufbrüllte: »Zweiundsechzig.«

McTigue drückte auf das Fußpedal, das den Ladeaufzug in Bewegung setzte, und bestückte ihn mit den 12,7-cm-Granaten, die wie Flaschen in einem Speiseaufzug oben durch das Loch verschwanden. Er überlegte, wer eigentlich die Zahl zweiundsechzig festsetzte. McTigue war schon siebzehn Jahre in der Marine, davon siebzehn Monate auf der *Ebersole*. Trotzdem wußte er nicht, woher die Zahl kam. Von Mister Lustig, dem Artillerieoffizier? Vom Ersten? Vom Kapitän? Von Konteradmiral Haydens, der den Kampfverband kommandierte, in dem die *Ebersole* nur ein kleines Licht war? Oder von irgendeinem namenlosen, unbekannten Vizeadmiral im Keller des Pentagon? Vielleicht aber auch von einem der jungen Adjutanten, der heute morgen nach Durchsehen der Zielangaben für die *Ebersole* zum Oberbootsmann gesagt hatte, während er sich in seine Playboy-Tasse Kaffee einschenkte: »Zweiundsechzig Granaten von jedem Turm müßten eigentlich reichen.« Wer war verantwortlich? Und warum nicht dreiundsechzig oder hundertsiebzig? Warum nicht gleich alles – die über zweitausend Granaten, die noch auf dem Schiff lagerten? Warum nicht das Ziel mit dem Schiff rammen? Warum nicht –

»Das wär's, Chief«, rief Boeth von oben. »Ich hab' die zweiundsechzig beisammen.«

»Das wäre es«, rief McTigue zurück. Dann knallte die Luke oben zu.

Ohm bläst zum Wecken

Ein paar Minuten später wurde zum Wecken geblasen – ein langes, schrilles Pfeifen aus Ohms Bootsmannspfeife, gefolgt von der krächzenden Stimme. Ohm hielt das Mikrofon so dicht an den Mund, daß man hören konnte, wenn er Luft holte. »Reise, reise! Auf, ihr müden Leiber! Die Pier steht voller nackter Weiber! Achtung! Achtung! Alle Mann an Deck! Rauchbeleuchtung wird eingeschaltet. Deckmannschaft an die Feudel. Schanz und Back klar Schiff machen!«

Die *Ebersole* wurde lebendig. Lichter gingen an, Seeleute gähnten, Toiletten wurden gespült. Man roch Rasiercreme, Zigaretten und die lauwarmen Rühreier, die in den Ausbuchtungen der Messetabletts glibberten.

An Deck schrubbten die Matrosen in Gummistiefeln die Böden. Wie jeden Morgen machte Boeth seine Runde, um das Hauptdeck nach fliegenden Fischen abzusuchen. Die toten, bei denen die bläulichen, zarten Flügel in Todesstarre zurückgelegt waren, warf er über Bord. Die noch lebenden, die sich mit letzter Kraft wanden, packte er hinterm Kopf und schlug sie hart und grausam gegen die Reling. Dann warf er sie auch über Bord.

McTigue verfüttert die ballistischen Daten

Eine halbe Stunde vor Gefechtsalarm suchte McTigue die Operationszentrale auf. Die OPZ beherbergte das Gehirn des Feuerleitsystems des Zerstörers – einen elektromechanischen Computer, mit dessen Hilfe die *Ebersole* die 12,7-cm-Granaten aus ihren sechs Geschützen auf ferne, im allgemeinen jenseits der Sichtgrenze befindliche Ziele feuerte, und dabei eine bemerkenswerte Treffsicherheit erreichte.

Der Computer – Mark Eins Able im Navy-Sprachgebrauch – war ein alter Krieger, der die Geschütze der *Ebersole* schon seit 1945 lenkte, seit die ersten Granaten ihre Rohre verlassen hatten. Sein Innenleben war so kompliziert, daß nur der Gefreite Boeth – der von Natur aus über technischen Verstand verfügte, und außerdem noch einen viermonatigen Kurs am Mark Eins Able absolviert hatte – wirklich wußte, was unter dem grünen Gehäuse vorging.

McTigue kannte nur die wesentlichen Punkte. Ein überaus empfindlicher Kreisel verfolgte das Rollen und Schlingern des Schiffs und sorgte dafür, daß die Geschütze diese Bewegungen ausglichen. Ein anderer Kreisel meldete Kurs und Geschwindigkeit des Zerstörers, zwei weitere Teilchen des Puzzles. Es mußten aber noch weitere ballistische Daten in den Computer eingegeben werden. Das tat McTigue jetzt. Er stellte die Temperatur des Schießpulvers ein, die er im Magazin notiert hatte. Die Temperatur beeinflußte die Zeit der Pulververbrennung, die ihrerseits wieder die Reichweite und Geschwindigkeit der Granate beeinflußte. Dann rief McTigue den Kartenraum und verlangte die morgendliche Windgeschwindigkeit und den Luftdruck, auch das hatte Einfluß auf das Verhalten des Projektils. Die letzten Informationen – Entfernung und Peilung des Ziels –, die der Computer noch benötigte, um das Problem zu lösen, wie man das Leben des Feindes der Vereinigten Staaten in sechs oder acht Meilen auslöschen konnte, würde Mark Eins Able direkt vom optischen Entfernungsmesser des Zentralleitstands erhalten.

Richardson macht für True Love eine Ausnahme

Die letzten Offiziere beendeten gerade ihr Frühstück in der Messe. Wie ein unauffälliger Engel schwebte True Love über ihnen und schenkte Kaffee aus einer Plastikkanne nach.

Leutnant de Bovenkamp nippte an seinem lauwarmen Kakao und blätterte in der Anklageschrift, die er gegen Angry Pettis und Waterman verfaßt hatte. »Anklage:« (stand da) »vorsätzliche Insubordination. Spezifizierung: Pettis Foreman, 337 93 33 USN und Jefferson Davis Waterman, 660 70 92 USN, an Bord der *Eugene F. Ebersole* DD722 haben sich am … vorsätzlich gegen Leutnant de Bovenkamp aufgelehnt, indem sie ihn zum Gegenstand ihres Spottes und ihrer Verachtung machten…«

Ihm gegenüber saß Kaplan Rodgers, der seine Seekrankheit erfolgreich niedergekämpft hatte, um in der Messe frühstücken zu können. Er hörte mit offensichtlichem Unbehagen Leutnant Wallowitsch zu. »Mein ganzes Leben lang«, sagte Wallowitsch und stocherte in den kalten Rühreiern auf seinem Teller herum, »mein ganzes Leben lang habe ich mich immer wieder gefragt: ›Wo waren die guten Deutschen?‹ Nun, ich weiß, wo sie waren – auf dem Finanzamt, Steuern bezahlen.« Rodgers legte eine Hand auf Wallowitschs Arm, weil er das für eine beschwichtigende Geste hielt, die er im Theologiestudium aufgeschnappt hatte, und sagte aufmunternd: »Hören Sie, Wally, im Krieg werden immer Menschen getötet – das liegt im Wesen des Krieges. Außerdem hat die andere Seite so viele Greueltaten begangen, daß eine Auflistung so lang wie Ihr Arm –«

Wallowitsch schüttelte die Hand des Kaplans ab. »Die *andere* Seite hat *immer* jede Menge Greueltaten begangen. Sonst haben Sie nichts dazu zu sagen?«

Da lachte der Erste, der im Kommandantenstuhl sein Frühstück einnahm, laut über eine Stelle der letzten COMDESLANT-Direktiven an alle Schiffe. Wallowitsch schaute ihn an – offensichtlich war er in der Laune zu stänkern – und sagte: »Wissen Sie was, Erster? Sie lachen immer an der falschen Stelle.«

Der Erste hörte auf zu lachen. Die beiden Männer schauten sich an. Dann ging der Erste der Auseinandersetzung aus dem Weg, indem er Wallowitschs Bemerkung als Scherz auslegte. »Sie sind wirklich 'ne Type. Treffer, muß ich schon sagen«, meinte er nur.

»Ich verbitte mir dieses ›Treffer‹-Geschwätz. Das habe ich Ihnen schon öfter gesagt«, entgegnete Wallowitsch ruhig. Dann schob er seinen Stuhl zurück und verließ die Messe.

»Was ist denn mit dem los?« fragte der Erste unschuldig. Ohne auf Antwort zu warten, fing er an, sich darüber zu beschweren, daß True Love wieder die Kehrichtschaufel in sein Urinbecken geleert hatte. True Love lächelte wie ein Kind, das man bei einem harmlosen Streich erwischt hatte, und schenkte dem Ersten Kaffee nach.

Plötzlich entdeckte de Bovenkamp einen Tippfehler in der Anklageschrift. »Mist, man sollte doch meinen –«

Die *Ebersole* krängte hart Backbord. De Bovenkamp wurde vom Stuhl gerissen; er wollte sich noch am Tisch festhalten, verfehlte ihn aber und segelte durch die Messe auf die Couch zu. Auf seinem Weg dorthin streifte er mit dem Arm das Modell der *Ebersole* und riß es herunter. Die Flasche zersprang auf dem Boden. Als de Bovenkamp sich auf der Couch aufsetzte, trat er noch mit dem Fuß auf das Modell, so daß auch dieses zersplitterte.

»Verdammich!« rief er. »Das habe ich wirklich nicht absichtlich gemacht.« De Bovenkamp sah sich um. »He, Jungs, ihr werdet doch dem Käpt'n nicht sagen, daß ich es gewesen bin, oder?«

True Love kehrte die Stücke zusammen, als Ralph Richardson, der Versorgungsoffizier, seine Serviette zusammenrollte und in den Ring steckte. »Entschuldigen Sie mich bitte, meine Herren«, sagte er und ging achtern.

Gleich hinter dem Mittelgang kam die Versorgungsschreibstube. Richardson ging hinein und ließ sich in den bequemen Ohrensessel fallen, den er in Santo Domingo von einem verlotterten Pott gegen ein paar Kisten verschimmeltes Rindfleisch eingetauscht hatte. Richardson breitete einen Stapel Anforderungsformulare vor sich aus, so daß bei allen die Zeile zu sehen war, wo er unterschreiben mußte. Dann griff er zum Stift.

Plötzlich hörte er am Eingangsschott ein Geräusch – so schwach, daß er schon dachte, es hätte jemand beim Vorbeigehen unabsichtlich dagegengestreift. Aber dann kam das Geräusch wieder, und Richardson wurde klar, daß jemand anklopfte. Er rief »Herein«.

Das Schott öffnete sich einen Spalt, ein ängstliches Auge zeigte sich. Dann quietschten die Angeln, als es sich ganz öffnete und True Love enthüllte. Er trug eine weiße, knöchellange Küchenschürze über der Uniform und eine hohe Kochmütze, die ihm die Stewards zu seinem neunzehnten Geburtstag geschenkt hatten. Sie hatten es als Witz gemeint; aber er trug sie, als wäre sie die »Medal of Honor«, verliehen vom Kongreß.

»Mister Richardson«, sagte True Love. Verlegen lächelnd trat er von einem Bein auf das andere. Er hielt den Kopf so tief gesenkt, daß er den Versorgungsoffizier nur durch die Wimpern erkennen konnte. »Meinen Sie... äh... meinen Sie, daß ich... vielleicht...«

»Was denn?« fragte Richardson. »Was soll ich denn meinen?«

»Meinen Sie, daß ich vielleicht mit Ihnen reden könnte?« sagte True Love endlich.

»Aber sicher!« antwortete Richardson. Er lächelte True Love freundlich an und bedeutete ihm, näher zu kommen.

Weil True Love schwarz war, außerdem in Georgia geboren und aufgewachsen, der einzige Junge in der Familie, die sonst nur neun Mädchen hatte, und einen IQ von vierundachtzig aufwies, sah Richardson ihm vieles nach. Dank dieser Nachsicht wurde er auch mit True Loves merkwürdiger Mischung aus höchster Liebenswürdigkeit und höchster Langsamkeit fertig. Wenn True Love (nur als Beispiel) den Ersten mal wieder zur Weißglut getrieben hatte, weil er den Kehricht in dessen Urinbecken geleert hatte, behandelte Richardson die Affäre ganz ruhig. »True Love«, hatte er ihm gesagt, »du kannst nicht den Kehricht in das Urinbecken des Ersten kippen – dann ist es verstopft und läuft über. Dann sind auf dem Fußboden kleine Pfützen, und die machen die Schuhe des Ersten naß. Meinst du, daß du das kapiert hast?«

True Love hatte heftig genickt und versprochen, es nicht wieder zu tun. Am nächsten Tag war der Dreck wieder im Urinbekken des Ersten. Als Richardson True Love darauf aufmerksam gemacht hatte, schüttelte dieser nur den Kopf über seine Nachlässigkeit und sagte: »Oh, hab nich dran gedacht, Sir.« Dann versprach er, es nicht wieder zu tun.

Allerdings hatte er große Schwierigkeiten, dieses Versprechen zu halten.

Kein Wunder, daß die anderen Stewards ihm übel mitspielten. So mußte True Love, zum Beispiel, immer die schweren Kisten mit fünfzig Pfund gefrorenem Hackfleisch aus der Gefrierlast unter Deck raufschleppen. Immer, wenn die *Ebersole* in einen Hafen einlief, hatte aus unerfindlichen Gründen True Love am ersten Wochenende Dienst. Eigentlich machte es ihm nicht viel aus – er konnte dann mit seiner Kochmütze und einem Hackmesser herumstolzieren. Weil er auch nicht den leisesten Schimmer vom Kochen hatte, mußte True Love sich immer fertiges Fleisch, Kartoffelbrei und Gemüse aus der Mannschaftsmesse holen. Das wärmte er dann auf und servierte es in der Offiziersmesse als ureigene Kreationen. Die Offiziere wußten, woher das Essen stammte. Da aber alle (mit Ausnahme des Kapitäns und des Ersten) True Love gern hatten, schnalzten sie anerkennend mit der Zunge. »Wer hat denn das Essen gekocht?« hatte der Poet einmal gefragt. True Loves ängstliches Gesicht war in der Zureiche zur Messe aufgetaucht. »Ich, Sir«, hatte er nervös zugegeben. Worauf Joyce nur meinte: »Meine Komplimente an den Küchenchef« – True Love hatte vor Freude von einem Ohr zum anderen gegrinst.

»Also, True Love«, sagte Richardson jetzt, »was kann ich für dich tun?«

Nach einigen Fehlstarts erklärte True Love, daß er wegen eines Gerüchts gekommen war, das er auf dem Messedeck aufgeschnappt hatte – demzufolge die *Ebersole* vom Marinepersonalbüro die Anordnung bekommen hätte, als Teil der Einsparungsmaßnahmen alle Marineangehörigen mit einem IQ unter neunzig sofort zu entlassen. Als Richardson das Gerücht bestätigte, stiegen True Love die Tränen in die Augen.

»Mister Richardson, Sir, was soll ich meinen Leuten sagen, wenn sie mich zum Zivilisten *runter*befördern? Wie ich letztes Mal zu Hause war, da haben sich alle auf der Straße umgedreht, wie sie mich in meiner blauen Ausgehuniform gesehen haben. Ich kann da nie mein Gesicht mehr zeigen, wenn ich nich in Uniform komme.« True Love wischte sich die Tränen ab und trocknete die Hand an der Schürze. »Mein Pa…« fing er an, brach aber dann völlig zusammen.

Richardson stand auf und legte den Arm um True Loves Schultern. »Hör mal zu, True Love, die verlangen zwar, alle mit einem IQ unter neunzig zu entlassen, wenn die Seeleute nicht eine für die Operation an Bord oder an Land wichtige Funktion haben. Meiner Meinung nach kann die Offiziersmesse auf der *Ebersole* nie und nimmer ohne deine Dienste auskommen, und wenn die Operation in der Messe ausfällt, ziehen sie vielleicht das Schiff aus dem Verkehr.«

»Sie meinen –?«

»Ich meine, daß du so lange in der Marine bleiben kannst, wie ich Versorgungsoffizier an Bord bin. Wenn dann der nächste Versorgungsoffizier kommt, ist die Dienstanweisung längst abgelegt und vergessen, so wie Hunderte von anderen Direktiven, die wir jeden Monat bekommen. Alles klar? Fühlst du dich jetzt besser?«

True Love nickte heftig und schüttelte Richardson die Hand. Langsam stahl sich auch das jungenhafte Lächeln wieder auf sein Gesicht, als er die Schreibstube verließ.

Richardson setzte sich wieder und betrachtete die Anforderungen auf seinem Schreibtisch. Er wollte gerade mit dem Unterschreiben anfangen, als er aus purer Gewohnheit zum Tresor hinuntergriff, um das Kombinationsschloß zu drehen. Aber statt sich leer zu drehen, rastete es ein. Die Tür war geschlossen, aber der Tresor war nicht verschlossen, sondern hatte die ganze Nacht offengestanden.

Vor Angst lief es Richardson kalt über den Rücken. Die Betriebskasse des Schiffs, aus der Richardson alle zwei Wochen den Sold bezahlte und in ausländischen Häfen Proviant und Treibstoff kaufte, war in diesem Tresor. Er schob gewaltsam das Bild weg, daß er seine Marinekarriere im Bau beenden würde, und riß die Tresortür voll schlimmster Befürchtungen auf.

Das Geld war noch da – aber war auch alles noch da? Mit dieser Sanfte-Vernunft-Geschichte konnte er nicht vorsichtig genug sein. Was blieb ihm anderes übrig, als die gesamten 322 648,73 Dollar zu zählen. Richardson schob den Riegel von innen zu, schob die Formulare zusammen und stopfte sie in eine Schreibtischschublade. Dann stapelte er – immer noch mit kaltem Schweiß auf der Stirn – die Banknoten vor sich auf. Als erstes zählte er das Kleingeld. Dreiundsiebzig Cents – zwei Quarters, zwei Dimes und drei Pennies. Dann versuchte er die Finger an der knochentrocknen Zunge naß zu machen und fing mit den Scheinen an: »Zehn, zwanzig, dreißig, vierzig, fünfzig, sechzig, siebzig, achtzig, neunzig, einhundert, hundertzehn...«

Die *Ebersole* startet einen mörderischen Angriff

Die Uhr im Ruderhaus zeigte vier Minuten bis zum Gefechtsalarm, als Kapitän Jones die Brücke betrat.

»Der Kapitän ist jetzt auf der Brücke«, krächzte Ohm in den Bordlautsprecher.

»Morgen, Captain«, sagte Lustig durch das Bullauge des Ruderhauses. »Ich habe auf dem Radar Land direkt voraus in sechzehn Meilen Entfernung.«

»Sehr schön, Mister Lustig«, meinte der Käpt'n. Er ging auf seinen Decksstuhl in der Steuerbordnock zu. »Ich verlasse mich auf Sie, mein Junge, daß Sie uns heute ein feines Schützenfest vorführen«, rief er Lustig zu. »Wir hatten eine lange Anreise, um unsere Waren abzuliefern. Da wollen wir sie aber auch prompt und präzise an die richtige Adresse bringen, ohne uns um etwaige Hindernisse zu kümmern, ja?« Seine Augenbrauen gingen nach oben, um den Punkt hervorzuheben.

»Aye, aye, Sir«, antwortete Lustig unverbindlich.

»Eine Tasse Hausjava, Captain?« erkundigte sich Ohm und deutete auf den Kaffeetopf auf einer kleinen elektrischen Kochplatte.

Jones kaute nervös auf seiner Backe herum und ignorierte das Angebot. Die Sonne kam über den Horizont, und Jones setzte seine Polaroid-Sonnenbrille auf.

»Morgen, Käpt'n«, sagte der Erste und salutierte vor seinem eigenen Spiegelbild in der Sonnenbrille. »Tut mir leid, Ihnen melden zu müssen, daß de Bovenkamp heute beim Frühstück das Modell der *Ebersole* runtergeschmissen hat.«

»Kann man es reparieren?«

»Glaube ich nicht, Captain. Nachdem er es heruntergestoßen hat, ist er auch noch draufgetreten. Also – offen gesagt – da ist nicht mehr viel übrig, was man wieder zusammensetzen könnte.«

Jones schüttelte verärgert den Kopf. »Von dem Jungen habe ich mehr erwartet! Erst die Wale und jetzt das.«

Der Erste Offizier hustete nervös. »Es ist Null sieben zwanzig, Käpt'n«, sagte er.

»Gut, Erster, dann los!«

Der Erste ging durch das Ruderhaus und drückte auf den Hebel für den Gefechtsalarm. Wieder hallte das DONG DONG DONG DONG DONG durch die *Ebersole*.

Ohm steckte seine Wettenaufstellung für das morgendliche Schießen in die Brusttasche (bei ihm galt die Regel: »Sobald Gefechtsalarm kommt, sind alle Wetten abgeschlossen.«) und ging ans Mikrofon. »Achtung, Achtung! Dies ist *keine* Übung! Dies ist *keine* Übung! Alle Mann auf Gefechtsstation. Ab sofort im ganzen Schiff Eins Able.« Dann rannte er auf seine Gefechtsstation in der OPZ.

Der Erste Offizier schloß die Kiste unter dem Schreibtisch des Navigators im Ruderhaus auf und gab an alle Offiziere auf der

Brücke, auch den Kapitän, Seitenwaffen aus.

»Sechs Minuten zwounddreißig Sekunden«, sagte der Erste und drückte auf seine Stoppuhr, als Wallowitsch mit besonders grimmiger Miene im Feuerleitstand verschwand.

Jones rutschte unruhig in seinem Stuhl hin und her. »Kopf hoch, Erster«, brüllte er. »Ich will nicht die zehn Faden Tiefenlinie überlaufen.«

Der Erste studierte die Seekarte, auf der die feindliche Küste von --- bis --- abgebildet war.

Aus dem Kartenhaus wurden »11,5 Faden« gemeldet.

»Empfehle Kurs null zwo null in – naja, drei Minuten, Captain«, sagte der Erste. »Damit sind wir parallel zur Küste und sechs Meilen vom Ziel. Sie müßten es direkt voraus erkennen können, sobald wir auf Kurs gehen.«

»Mister Moore, Steuerbord auf null zwo null in drei Minuten«, befahl der Kapitän.

»Steuermannsmaat, tragen Sie ins Log ein«, rief der Erste, »Null sieben zwanzig acht, Feuerlinie überschritten.«

Jones schien sich sichtbar zu entspannen.

»Null sieben dreißig, Captain«, meldete der Erste. »Empfehle Steuerbord.«

»In Ordnung, Mister Moore, Sie haben's gehört. Steuerbord«, sagte der Käpt'n. Er wurde jetzt aufgeregt. Er hatte das Gefühl, daß sein rasender Puls den Ereignissen den Rhythmus aufzwang.

»Steuerbord, auf null zwo null«, rief Moore.

»Gehen auf Steuerbord null zwo null, Sir. Null zwo null liegt an.«

»Welche Geschwindigkeit, Erster?« fragte Moore.

»Welche Geschwindigkeit, Captain?« fragte der Erste.

»Zwölf Knoten. Bei der Dünung müßte das ausreichen, damit die Geschütze ruhig zum Tragen kommen. Vergewissern Sie sich, daß die Überhitzer in Betrieb sind, falls sie wie beim letzten Mal zurückschießen und wir schnell abhauen müssen, ja? Wenn ich äußerste Kraft voraus verlange, will ich äußerste Kraft voraus *bekommen*!«

»Umdrehungen für zwölf Knoten«, befahl Moore.

Als die *Ebersole* auf dem neuen Kurs dahinfuhr, hatte sich der frühe Morgendunst, der die Küste verhüllt hatte, verflüchtigt.

»Können Sie das Ziel sehen, Psycho?« fragte Lustig über das Sprechgerät, das ihn mit dem Feuerleitstand, der OPZ und den Türmen verband.

»Positiv, ich kann das Ziel sehen«, sagte Wallowitsch. Er hockte auf seinem Traktorsitz und hatte die Augen gegen das Okular des Zielortungsgerätes gepreßt, das mit vierundzwanzigfacher Vergrößerung arbeitete. Er drehte an einem Knopf, um die Abbildungen des Ziels so zusammenzusetzen, daß sie ein Ganzes ergaben. Erst dann konnte er die genaue Entfernung bestimmen, es beschießen und wieder in Einzelteile aufspalten.

»Was ist los, Wally?« fragte Lustig. Irgend etwas in Wallowitschs Stimme klang falsch.

»Ich habe gesagt, daß ich das Scheißziel sehen kann. Was wollt ihr denn noch?«

(»Etwas mehr Anstand«, fiel Lustig später als Antwort ein.)

Auf der Backbordnock der Brücke betrachteten Lustig, Moore und der Kapitän ihr Ziel durchs Fernglas. Ein kleiner Weiler, der --- hieß. Die wenigen Hütten drängten sich um die beiden Enden der Stahlbetonbrücke, die den Fluß --- etwa hundert Meter vor der Mündung überspannte. Auf dem höher gelegenen rechten Flußufer standen mehrere zweistöckige Betongebäude, auf dem linken Ufer gab es eine Kirche aus Ziegeln und ungefähr zwei Dutzend strohgedeckte Hütten. Die einzig wahrnehmbare Bewegung im Dorf war das Glitzern der Sonnenstrahlen, die sich wie Funken von einem Amboß an der Glocke der Kirche brachen. Von den Brückenverstrebungen aus angelten ein alter Mann und zwei Kinder. Der Alte schien die Hand über die Augen zu halten und vorgebeugt in die aufgehende Sonne, aufs Meer hinaus, zur *Ebersole* hinüberzuspähen. --- war in den Zielanweisungen als »Schlüsselkreuzung« eingetragen.

»Fangen wir gleich mit der Kirche an, ja?« befahl der Kapitän. Seiner Stimme hörte man die Aufregung an. »Die haben bestimmt ein paar Beobachter da oben postiert. Diesmal werde ich ihnen keine Gelegenheit geben, uns aufs Korn zu nehmen.«

»Oberflächeneinsatz Backbord«, rief Lustig. »Kirche als Ziel erfassen, Psycho.«

Die beiden vorderen Türme auf der *Ebersole* kamen in Gang, sie schwenkten die Geschütze vor und zurück, dann nach Backbord. Turm 53 am Heck, unter der Führung von Leutnant de Bovenkamp, schwenkte zuerst aus Versehen nach Steuerbord. »Jesus Christus, allmächtiger Gott«, schrie Lustig. Aber ehe er mehr sagen konnte, erstarrten die Rohre und machten sich wie bei einem Streich ertappte Kinder auf den Rückweg nach Backbord.

Der Computer in der OPZ empfing Entfernung und Zielpeilung von Wallowitsch und gab die Lösung gleich direkt automatisch an die Geschützlafetten weiter.

»Ziel erfaßt«, sagte Gefreiter Boeth, der bei Gefechtsalarm den Computer in der OPZ bediente.

»Ziel erfaßt«, meldete Leutnant Joyce, der neben Boeth stand, nach oben.

Auf der anderen Seite des Raumes faltete Ohm seinen Wettplan auseinander, um den Gewinner festzustellen.

»Ziel erfaßt, Captain«, rief Lustig. »Zielrechner arbeitet.«

Die sechs 12,7-cm-Geschütze, jedes 4,83 Meter lang und mit Zügen versehen, so daß die Granaten wie Footballs auf Spiralkurs durch die Luft eierten, schienen ein Eigenleben zu entwikkeln. Sie beschrieben mit den Mündungen kleine Achten, als sie sich nach oben, unten, vor und zurück bewegten. In Wirklichkeit waren sie wie auf das Ziel festgenagelt. Es war der 2200-Tonnen-Zerstörer, der sich um die Geschütze bewegte.

Die Sonne war jetzt aufgegangen und schien jedem, der aufs Meer hinausschaute, mitten ins Gesicht.

Kapitän Jones nickte nägelkauend Lustig zu.

»Klarmachen zum Abschuß«, rief Lustig in sein Mikrofon. »Feuer frei für Backbordgeschütz Einundfünfzig.«

Chief McTigue nickte grimmig, und Steuermann Carr stemmte eine fünfundzwanzig Pfund schwere Messingkartusche auf die Laderampe backbord.

Ce-De stand direkt vor Carr. Er trat auf einen roten Hebel und brachte die mit fünfzig Pfund TNT vollgestopften VT-Schrapnell-Granaten per Ladeaufzug aus der Bedienungskammer herauf. Das System war so integriert, daß die Zünder in den Projektilköpfen automatisch beim Heraufkommen auf 14,4 Sekunden eingestellt wurden. Mit einer Geschwindigkeit von 75 km pro Sekunde benötigten die Granaten exakt so lange, um die Entfernung zwischen der *Ebersole* und --- zurückzulegen. 23 Meter über dem Ziel explodierten die Geschosse und würden dann alles Leben im Umkreis von 30 Metern töten.

Der Kapitän, der Erste, Mister Moore und die anderen Männer auf der Brücke stopften sich Wattebäusche in die Ohren. Tevepaugh, der Läufer der Wache während eines Gefechtsalarms, hatte Angst, die Watte nicht wieder herauszubekommen, deshalb preßte er die Handflächen gegen die Ohren.

Hoch droben flatterten die amerikanische Flagge und der schon etwas verschlissene Wimpel der *Ebersole* vom Vormars. Die Radarsuchantenne, ein uraltes Modell, das wie Sprungfedern einer Matratze aussah, quietschte laut.

»Alles klar, Mister Lustig?« fragte der Kapitän und führte auf einem Bein einen Freudentanz auf. *»Zum Teufel mit Sanfte Vernunft – zeigen Sie's diesen Bastarden!«*

»Feuer frei«, rief Lustig. »Feuer frei.«

Tevepaugh nahm eine Hand vom Ohr und drückte auf den Hebel am 21 MC, der mit »Feuerleitstand« beschriftet war. »Feuern! Feuern! Feuern!« brüllte er und legte gleich wieder die Hand übers Ohr.

Richardson versucht, die genaue Summe festzustellen

Zwei Decks weiter unten arbeitete sich Richardson ganz konzentriert durch einen weiteren Stapel Geldscheine. »Zwölftausendachthundertsechzig, zwölftausendachthundertachtzig, zwölftausendneunhundert.«

Dann machte er in der Spalte für die Hunderter wieder einen Strich.

Lustig fleht um göttlichen Beistand

»Auf was warten Sie denn noch, Psycho?« schrie Lustig ins Mikrofon. »Eine Extra-Einladung? Feuer frei!«

»Was gibt's denn für ein Problem?« fragte der Kapitän ungeduldig. »Und jetzt?«

»Wir haben auf diesem Kurs nur sechs Minuten fürs Ziel, Captain«, rief der Erste vom Ruderhaus.

»Was können Sie nicht, Psycho?« fragte Lustig. »Was soll das heißen – Sie können nicht?« Als Lustig die Antwort hörte, fiel ihm der Unterkiefer herunter, und die Augenbrauen gingen nach oben.

»Na?« fragte Jones.

Lustig starrte den Kapitän an, bis dieser sagte: »Spuck's aus, Junge!«

»Der Feuerleitstand ist ausgefallen, Captain. Wahrscheinlich, wahrscheinlich die Zündleitung. Damit hatten wir schon letztes Jahr in der Karibik Probleme, wenn Sie sich erinnern.«

»Scheiße, ausgerechnet jetzt muß das passieren.« Jones warf ganz nervös einen Blick auf die Küste, als hätte er Angst, das Ziel könne verschwinden. »Können Sie auf Direktbedienung umschalten?«

»Können Sie auf Direktbedienung schalten, Psycho?« fragte Lustig. Ein leises Flehen klang in seiner Stimme an. »Können Sie direkt von den Geschützen feuern?« Dann nickte Lustig und strahlte. »Okay. Klarmachen Einundfünfzig. Wir feuern mit Direktbedienung vor Ort beim Einschießen. Jetzt ist's Ihr Baby, McTigue. Feuer frei. Feuer frei.«

Tevepaugh drückte wieder auf den Schalter an 21 MC und brüllte: »Feuern! Feuern! Feuern!«

Immer noch blieb das Backbordrohr auf Turm 51 stumm.

»Was jetzt?« jammerte Jones. Schweißtropfen standen ihm auf der Stirn und flossen ihm in die Augen, dann über die Wangen, als wären es Tränen der Verzweiflung.

Lustig war blaß geworden. »Wiederholen Sie das noch mal, Chief«, rief er hinunter. Dann fügte er leise hinzu: »Ich nehme an, Sie wissen, was Sie tun.«

Lustig wandte sich an den Kapitän. »McTigue sagt, daß die Kontakte der Direktbedienung ausgebrannt sind, Captain. Er sagt, daß man Einundfünfzig nur ferngesteuert abfeuern kann.«

»Was in drei Teufels Namen geht eigentlich hier vor?« schrie Jones und kaute an den Nägeln. Dann stürmte er ins Ruderhaus, schob Tevepaugh unsanft beiseite und drückte auf den Schalter »Turm 52« am 21 MC. »Mal herhör'n, Zweiundfünfzig, hier spricht der Kommandant. Ich will, daß Sie mit dem Einschießen beginnen. Mir ist völlig egal, welches Rohr. Nur laden und feuern. Kapiert? Laden und feuern.«

Wildes Knattern in der Leitung, danach war Quinns Stimme schwach zu hören. »Tut mir leid, Captain; aber Zweiundfünfzig ist im Arsch. Ich glaube, es ist die Elektroservokupplung, Sir. Ja, der Servo will anscheinend nicht kuppeln.«

»Ich kenne Ihre Stimme, Quinn. Ich weiß, daß Sie das sind. Dafür sehe ich Sie noch in der Hölle schmoren, in der Hölle. Haben Sie mich verstanden. In der Hölle –«

»Noch drei Minuten auf diesem Kurs, Captain«, rief der Erste aus dem Kartenraum.

Mit zitterndem Kinn drückte Jones auf den Hebel für Turm 53. »Wer führt dort das Kommando?« fragte er.

»Ich«, meldete sich de Bovenkamp.

»Wer zum Teufel sind Sie?« brüllte Jones.

»Ich bin's, Captain – Leutnant de Bovenkamp.«

»Ah, de Bovenkamp.« Jones wischte sich den Schweiß mit dem Ärmel vom Gesicht. »Hören Sie, mein Junge. Ich will, daß Sie ein Rohr laden und eine Granate abschießen. Haben Sie das verstanden?«

»Verdammt«, antwortete de Bovenkamp. »Steuerbord oder Backbord?«

»Steuerbord oder Backbord was?« fragte Jones, der sich sichtlich Mühe gab, nicht die Beherrschung zu verlieren.

»Wollen Sie das Steuerbord- oder das Backbordgeschütz geladen, Sir? Lustig spezifiziert das immer.«

»Laden Sie das Backbordgeschütz, Mister de Bovenkamp. Falls das aber aus irgendeinem Grund nicht funktioniert, laden Sie das Steuerbordgeschütz und feuern damit.« Jones beugte sich näher ans Mundstück und senkte die Stimme. »Sie wissen, Mister de Bovenkamp, daß ich immer in Sie ganz besonderes Vertrauen gesetzt habe. Ich möchte Ihnen sagen, daß ich die leidige Affäre mit den Walen von heute morgen vergessen will. Ich will Ihnen auch nicht vorwerfen, daß Sie das Modell der *Ebersole* kaputtgemacht haben – das kann jedem mal passieren. Ich will einzig und allein, daß Sie schießen. Sie sind ein guter Offizier, ein guter Amerikaner und ich erwarte, daß Sie Ihre Pflicht tun.«

»Sie können auf mich zählen, Captain«, sagte de Bovenkamp. »Ich bin zum Schießen bereit, bereit und willig.«

Jones nickte Lustig zu, der den Befehl zum Feuern gab. Tevepaugh brüllte wieder »Feuern! Feuern! Feuern!«

Auf der Brücke verrenkten sich alle die Hälse und schauten zu Turm 53 achtern. De Bovenkamps Geschütze drehten sich kurz, als würden sie jeden Moment feuern, verloren aber im entscheidenden Augenblick ihre Erektion und senkten sich aufs Deck.

Schluchzend, halb hysterisch vor Angst kam de Bovenkamps Stimme über den 21 MC. »Captain, Sir! Sie lassen mich nicht. Ich hab's versucht, ich schwör's; aber die lassen mich nicht.«

Jones stand bebend da und blickte über sechs Meilen Wasser hinüber zum Dorf ---.

Lustig zupfte ihn am Ellenbogen. »Ich kann OPZ versuchen, Captain. Einundfünfzig ist immer noch geladen. McTigue hat gesagt, daß man es mit Fernbedienung feuern kann. Wir lassen Boeth von OPZ aus feuern.« Als Jones nicht reagierte, sagte Lustig ins Mikrofon: »Joyce, sind Sie da? Joyce? He, Poet, sind Sie dran? Wo zum Teufel seid ihr OPZ? Warum antwortet keiner?«

Lustig wandte sich mit geschlagenem Ausdruck auf dem Gesicht wieder an den Kapitän. »OPZ scheint nicht zu antworten, Captain«, flüsterte er.

»Noch eine Minute auf diesem Kurs«, rief der Erste. »Eine Minute noch.«

Jones explodierte. »Das ist dieser gottverdammte Sanfte Vernunft!« kreischte er.

»Sanfte Vernunft hat nichts –« warf Lustig ein. Aber der Kapitän brüllte ihn nieder. »Sie sind hier der Artillerieoffizier! Ihre Karriere ist im Arsch, wenn Sie nicht diese Geschütze sofort einsatzbereit machen.«

»Um Gottes willen«, schrie Lustig ins Mikrofon. »Irgendeiner soll schießen.«

»Ich versuch's ja. Ich versuch's ja«, schrie de Bovenkamp zurück.

Türme 51 und 52 waren immer noch fest auf das Ziel eingestellt und bewegten sich weiter, als wäre noch ein Funke Leben in ihnen. Aber das einzige, mit dem die *Ebersole* die Küste bombardierte, war – Schweigen.

Ohm zahlt aus

»Achtunddreißigtausendsechshundert, achtunddreißigtausendsechshundertzehn –«

Jemand klopfte an die Versorgungsschreibstube. »He, Mister Richardson?«

Richardson schaute nicht auf. »Achtunddreißigtausendsechshundertzwanzig –«

»Mister Richardson, ich bin's – Melvin Ohm.«

»Achtunddreißigtausendsechshundertdreißig –«

»Sind Sie da drin, Mister Richardson? Machen Sie doch auf.« Ohm klopfte wieder.

»Was ist denn, Ohm?« rief Richardson. »Was wollen Sie?«

»Ich muß Sie eine Sekunde sprechen, Mister Richardson. – Es geht um die Wette von heute morgen wegen des Feuerns.«

»Sagen Sie bloß, ich habe gewonnen?«

»Niemand hat gewonnen, Mister Richardson. Wir haben überhaupt nicht geschossen – haben Sie das nicht gehört?«

»Ich war den ganzen Morgen beschäftigt«, antwortete Richardson. »Was ist denn passiert?«

»Null Ahnung«, sagte Ohm. »Ich halte mich da raus. Ich weiß nur, daß kein Schuß gefallen ist.«

»Na schön, warum kommen Sie dann her, wenn wir nicht geschossen haben?«

»Ich will Ihnen Ihren Dollar zurückgeben«, sagte Ohm unglücklich. »Kein Schuß heißt keine Wetten. Keine Wetten heißt, die Knete zurück. Machen Sie doch auf, damit ich Ihnen den Lappen geben kann.«

»Hören Sie, Ohm. Ich habe wirklich viel zu tun. Schieben Sie's einfach durchs Schott unten durch.«

Ohm schob den Dollarschein mit der Wettaufstellung unten durch. »Würden Sie bitte Ihre Initialen neben Ihren Namen schreiben? Sie sind in Quadrat einundvierzig. Schließlich muß alles seine Ordnung haben, stimmt's?«

Richardson steckte den Dollar in die Tasche und kritzelte seine Initialen neben seinen Namen ins Quadrat einundvierzig. Dann schob er das Blatt wieder zurück zu Ohm.

»Danke, Mister Richardson«, sagte Ohm.

»Gern geschehen«, antwortete Richardson und wandte sich wieder den aufgestapelten Scheinen auf dem Schreibtisch zu. »Wo war ich denn? Achtunddreißigtausendsechshundertfünfzig, achtunddreißigtausendsechshundertsechzig...«

Kapitän Jones schluckt den Köder

Kapitän Jones saß aufmerksam auf dem geschlossenen Klodeckel zwischen dem metallenen Waschbecken und der Dusche. Die Füße hatte er in den aufgeschnürten Schuhen mit höheren Absätzen flach aufgesetzt. Sein Kopf war nach hinten geneigt wie bei einer Gottesanbeterin. Ein nasser Waschlappen bedeckte die Augen. Alle paar Minuten hielt der Kapitän den Lappen unter den

Kaltwasserhahn, drückte ihn aus und legte ihn wieder auf die obere Gesichtshälfte.

Die Tür zur Kammer wurde mit einem Holzkeil offengehalten. Der Erste Offizier und der Dritte Sonargast Dwight Proper hatten sich zwei Stühle herübergeholt, damit sie durch die offene Tür mit dem Kapitän sprechen konnten.

Mit dem zurückgelegten Kopf und der Augenbinde wirkte Jones beinahe wie ein Invalide. Er hörte zu, ohne den Kopf zu bewegen, und sprach der Lücke zwischen den Stühlen zugewandt.

»Sind Sie sicher, daß ich nicht den Doc holen soll?« erkundigte sich der Erste nochmals. Die Schiffsglocke hatte gerade zehn Glasen angezeigt – das Zeichen für ihn, auf der Brücke mit dem Sextanten die Position zu bestimmen. Aber der Erste hatte heute morgen auch nicht das leiseste Interesse am Stand der Sonne. Für ihn hing seine weitere Karriere davon ab, was in den nächsten Minuten geschehen würde.

»Nein, nein«, wehrte Jones ungeduldig ab. »Machen Sie weiter, Proper.«

»Wie ich schon sagte, Captain, können wir meiner Meinung nach Mister Wallowitsch, McTigue, Quinn, die Neger in Mister de Bovenkamps Turm und Mister Joyce wegen Verletzung des ›Uniform Code of Military Justice‹, Artikel –«

»Der Artikel ist unwichtig«, unterbrach ihn Jones. »Womit können wir sie ganz genau festnageln?«

»Meuterei«, sagte Proper. »Wir können sie wegen Meuterei festnageln, worauf eine Höchststrafe – in Friedenszeiten – das trifft auf uns zu – von lebenslänglich steht.«

»Bloß lebenslänglich«, beschwerte sich Jones. »Wie schade, daß wir noch nicht Krieg haben, was?«

»Mister de Bovenkamp ist ein ganz anderer Fall, Captain. Ihn können wir wegen Pflichtversäumnis festnageln, was unter Brüdern fünf Jahre einbringt. Mal sehen« – Proper schaute auf seine Notizen – »dann bleiben noch Mister Lustig und Boeth übrig. Mister Lustig müßten wir anhängen können, wissentlich mündliche oder schriftliche Meldungen gefälscht zu haben.«

»Im Klartext – Belügen des Kommandanten«, faßte der Kapitän zusammen.

»Das wär's in aller Kürze«, stimmte ihm Proper zu. »Leider muß ich Ihnen sagen, daß darauf höchstens drei Jahre stehen. Ich will aber die Möglichkeit nicht ausschließen, daß weitere Nachforschungen ergeben könnten – Ihnen ist ja klar, daß ich erst zwei Stunden mit der Sache befaßt bin – daß ich noch auf wesentlich mehr stoße. Nun zu Boeth – in Boeths Fall sind die Umstände etwas komplizierter.«

Jones nahm den Waschlappen ab und blinzelte. Seine Augen brannten fiebrig. Sein Gesicht war von roten Flecken bedeckt, als wäre das Blut in den Kopf gestiegen und nicht vollständig zurückgeflossen. Zwischen den Flecken sah die Haut des Kapitäns wie Wachs aus, das gleich schmilzt. Er mahlte mit dem Unterkiefer, wenn er nicht sprach.

»Gute Polizeiarbeit, Proper«, sagte Jones. »Sie machen diesem Schiff Ehre, und Ihrem Vaterland ebenfalls, nicht wahr, Erster? Na schön, dann wollen wir mal alle der Reihe nach durchgehen. Fangen Sie mit diesem Clown Wallowitsch an.«

»Aye, aye, Captain«, sagte Proper. Dann schaute er zum Ersten hinüber und wieder in seine Notizen. »Wallowitsch hat –»

»*Mister* Wallowitsch für Sie«, fuhr ihn Jones an. »Wir wollen doch nicht vergessen, daß er kraft eines Gesetzes des Kongresses Offizier und Gentleman ist.«

»*Mister* Wallowitsch also, Captain. Ich wollte niemanden beleidigen. *Mister* Wallowitsch hat alles gestanden.«

»Er gibt zu, daß es kein technisches Versagen war?«

»Er gibt zu, einem rechtmäßigen und ausdrücklichen Befehl, das Feuer zu eröffnen, nicht nachgekommen zu sein. Jawohl, Sir. Er gibt zu, daß es nichts mit technischem Versagen des Geräts zu tun hatte.«

»Bringt er irgendwelche Entschuldigungen vor?« fragte der Erste.

»Ich nehme an, man könnte es eine Entschuldigung nennen; aber ich bezweifle, daß es auch nur vor einem Zivilgericht standhalten würde. Er behauptet nämlich, daß er nicht geschossen hat

– hören Sie gut zu! – weil er körperlich nicht in der Lage war, den Muskel seines Abzugfingers zusammenzuziehen.«

Jones kaute an den Nägeln und hatte vor Erstaunen große Augen. »Er konnte den Muskel des Abzugfingers nicht zusammenziehen«, wiederholte er und zog den Muskel in seinem Abzugfinger mehrmals zusammen, um zu zeigen, wie mühelos diese Bewegung war.

»Klingt wie – Verzeihung, Captain – klingt wie eine ausgemachte Scheiße, wenn Sie wissen, worauf ich hinauswill. Selbst, wenn es stimmt, hatte er immer noch neun andere Finger, mit denen er es hätte versuchen können.«

»Und zehn Zehen«, pflichtete ihm Jones bei. »Vergessen Sie die zehn Zehen nicht. Hat Wallowitsch das Lustig über das akustische Kommunikationsgerät mitgeteilt? – Daß er den Finger nicht krumm machen konnte?«

»Allerdings, das hat er, Captain.«

Jones erhob sich langsam vom Klodeckel und schlurfte zu seinem Schreibtischstuhl hinüber. Der Erste und Proper drehten ihre Stühle, um den Kapitän anzusehen. Der Stuhl des Ersten quietschte auf dem Boden. Das Geräusch jagte Jones eiskalte Schauer über den Rücken.

Jones kaute an einem besonders widerborstigen Nagelhäutchen. Als er es endlich abgebissen hatte, wechselte er zu einem anderen Finger über. Schließlich sagte er: »Dann hat also Lustig Wallowitsch gedeckt, als er mir gemeldet hat, daß die Zündleitung im Arsch sei?«

»Genau richtig, Captain. Wallowitsch – ich meine, *Mister* Wallowitsch hat *Mister* Lustig gesagt, daß er nicht schießen könne, weil er den Abzugfinger nicht krumm machen könne. Und Mister Lustig hat gemeldet, daß die Zündleitung nicht funktioniere. Das stellt eindeutig einen Fall von wissentlicher Verfälschung einer mündlichen Meldung dar. Damit können wir ihn ans Kreuz nageln.«

Jones nickte begeistert. »Hervorragend. Jetzt zu McTigue – was ist in Turm Einundfünfzig vorgefallen?«

»McTigue behauptet, daß die Kontakte für die Direktbedienung vor Ort ausgebrannt seien. Die Kontakte waren ausgebrannt – genau, wie er gesagt hat, Captain – aber sie waren noch warm – ebenso wie der Lötkolben, den ich hinter dem Backbordaufzug im Turm gefunden habe. Wenn wir den Kolben auf Fingerabdrücke untersuchen, werden wir bestimmt überall auf McTigues stoßen.«

»Ein warmer Lötkolben, ja?«

»Stimmt, Captain. Ich kann ihn Ihnen zeigen, wenn Sie wollen; aber jetzt ist er natürlich nicht mehr warm.«

»Das ist nicht nötig, Proper. Jetzt zu Zweiundfünfzig – was ist mit diesem« – aus nicht ersehbarem Grund lächelte Jones – »Quinn?«

»Quinn schwört auf alle Bibeln, daß er auf den Knopf zum Feuern gedrückt hätte, als Sie ihm den Befehl gaben, Captain. Er sagt, daß die Geschütze nicht losgingen, liege an« – Proper sah in seinen Notizen nach – »an einem Ding, das Elektroservokupplung heißt. Die sei durchgebrannt und deshalb hätte das Geschütz nicht funktioniert. Ich habe in den Wartungsvorschriften für dieses Geschütz nachgesehen, konnte aber nirgendwo eine Elektroservokupplung finden. Offensichtlich existiert so 'n Ding gar nicht.« Der Kapitän warf einen verstohlenen Blick auf den Ersten, aber dieser starrte aus dem Bullauge, als wäre er mit seinen Gedanken ganz woanders. »Außerdem«, fuhr Proper fort, »habe ich eine schriftliche Aussage von dem Kartuschenkerl in Zweiundfünfzig. Er sagt, daß Quinn gesagt hätte, ›Scheiße, wenn niemand schießt, können sie mir auch nicht die geringste Scheiße anhängen‹ oder etwas Ähnliches. Verzeihen Sie bitte die Ausdrücke, Captain.«

»Wollen doch mal sehen, ob wir ihm nicht etwas anhängen können, ja?« sagte Jones. »Was ist mit Mister de Bovenkamp? Was hatte der überhaupt in Dreiundfünfzig zu suchen?«

»Sie haben Mister de Bovenkamp vor zwei Wochen zum Turm Dreiundfünfzig abgestellt, Captain, weil er später Mister Lustigs Nachfolger als Artillerieoffizier werden soll, und da muß er sich erst als Geschützführer qualifizieren. Als Sie ihm den Befehl gaben, das Feuer zu eröffnen, hat er den Befehl an die beiden Pulvermänner und Ladeschützen weitergegeben, die das Laden ausführen. Es wird Sie sicher interessieren, Captain, daß alle vier Männer Farbige sind.« Proper schaute schnell auf seine Notizen. »Zwei sind die Signalgasten, die Sie im Verdacht hatten, die Fahne falsch herum gehißt zu haben – Pettis Foreman und Jefferson Waterman. Der dritte ist der Nachtbäcker Seldon Saler. Der vierte ist True Love –«

»Das ist der dämliche Steward, der immer mein Urinbecken verstopft«, warf der Erste ein.

»Waterman scheint der Anführer zu sein, Captain. Als Mister de Bovenkamp den Befehl zum Laden gab, sagte Waterman, daß sie den Befehlen eines rassistischen Offiziers nicht gehorchten, oder etwas Ähnliches.«

»Hat er damit mich oder Mister de Bovenkamp gemeint?« fragte Jones.

»Das ist eine gute Frage, Captain. Ich muß ihn nochmals verhören und das herausbringen. Wie dem auch sei, meinem Gefühl nach hatte Mister de Bovenkamp die Aufgabe, als Geschützführer auf alle Fälle zu schießen, ganz gleich, ob sich nun die Männer weigerten zu laden. Dieses Fehlverhalten stellt eindeutig ein Pflichtversäumnis dar, wenn man die Statuten genau nimmt.«

»...meinen Sie, daß Sie...«

»Verzeihung, Captain?« fragte Proper und spitzte die Ohren.

»Ich habe Sie gefragt, ob Sie meinen, daß Sie damit durchkommen, Proper?«

»Ob ich damit durchkomme? Meine Güte, vor dem Hintergrund dieser Sanfte-Vernunft-Affäre sieht es aus, als würden wir ihn mit Samthandschuhen anfassen, wenn Sie wissen, was ich meine, Captain.«

Jones nickte zweimal. Beim zweiten Mal ließ er den Kopf unten und widmete sich wieder den Nagelhäutchen.

Proper wartete, ob Jones nicht zum Luftholen aufsehen würde. »Verzeihung, Captain, aber wollen Sie noch hören, was in der OPZ passiert ist? Der Poet war in der OPZ.« Als Jones zögerte, fügte Proper hinzu: »Das ist der mit den subversiven Bildern über der Koje.«

»Was hat denn der Poet in der OPZ gemacht?« fragte der Kapitän. »Er ist doch mein Nachrichtenoffizier.«

Diesmal antwortete der Erste. »Die *Gefechtsrollen* sehen vor, daß wir während eines Gefechtsalarms einen Offizier in der OPZ haben müssen. Joyce war der einzige Offizier, den wir entbehren konnten, daher habe ich ihn dorthin geschickt, Captain. Natürlich schmeißt eigentlich Gefreiter Boeth den Laden da unten – Boeth war auf der Marine-Feuerleitschule, wenn Sie sich erinnern – daher haben wir Mister Joyce an das akustische Kommunikationsgerät gesetzt, wo er keinen Schaden anrichten konnte.« Der Erste mußte über seine eigene Genialität lachen.

»Klingt vernünftig«, meinte Jones.

»Wie ich schon sagte, Captain, hat Mister Joyce über Kopfhörer mehr oder weniger verfolgt, was sich abspielte. Als Mister Lustig Boeth anrief, um ihm den Feuerbefehl zu geben, hat Mister Joyce den Steckkontakt vom Telefon herausgerissen. Sie erinnern sich, daß Mister Lustig niemanden erreichen konnte. Ja, das war der Grund für die tote Leitung.«

»Ich erinnere mich«, sagte Jones bitter.

»Und jetzt wird die Sache aber erst richtig kompliziert. Als Mister Joyce ausgestöpselt hatte, versuchte der Artillerieobermaat –«

»Ohm ist der, der die Wetten abschließt«, erinnerte der Erste den Kapitän.

»Das ist unser Mann«, bestätigte Proper. »Ohm versuchte, das Telefon wieder einzustöpseln und kämpfte mit Leutnant Joyce, legte ihn flach –«

»Er hat einen *Offizier* angegriffen?« fragte Jones ungläubig.

»Vergessen Sie nicht, Captain, daß er einen Offizier angegriffen hat, um ihn an einer Meuterei zu hindern.«

»Hm, naja. So könnte man es auch sehen«, stimmte ihm Jones bei. »Zumindest haben wir mit Ohm einen Mann an Bord, der loyal zu Captain und Vaterland hält.«

»Während er Mister Joyce auf dem Boden festhielt«, fuhr Proper fort, »brüllte er laut: ›Du Arschloch, dann muß ich alles zurückgeben!‹ oder etwas Ähnliches.«

»Alles *was* zurückgeben?« fragte der Erste.

»Weiß ich nicht, Erster. Mehr konnte er nicht sagen, weil ihn in diesem Augenblick ins oder ans rechte Auge die *Gefechtsrollen* trafen, die Gefreiter Boeth nach ihm geworfen hatte. Boeth warf sich dann auf Ohm und drosch ihn windelweich.«

»Aber dann können wir doch auch Boeth wegen Meuterei anklagen, ja?« rief Jones.

»Verzeihung, Captain, nicht so schnell! Ich habe Ihnen doch schon vorher gesagt, daß bei Boeth der Fall kompliziert ist. Einerseits könnten wir ihn wegen tätlichen Angriffs mit einer tödlichen Waffe packen – die *Gefechtsrollen* wiegen immerhin über acht Pfund, weil der Einband aus Metall gemacht ist, damit wir sie versenken können, falls das Schiff in die Hand des Feindes fällt.«

»Tödliche Waffe, ja?«

»Das Problem ist nur«, fuhr Proper fort, »daß Boeths Verteidigung sicher vor Gericht durchkäme. Boeth sagt, er hörte den Lärm, drehte sich um und sah wie einer aus der Mannschaft einen Offizier angriff. Instinktiv ist er dem Offizier zu Hilfe gekommen, ohne sich darüber klar zu sein – das sagt Boeth, wohlbemerkt –, daß dieser Offizier gerade Meuterei beging.«

»So sieht's also aus, ja?« Jones bückte sich und schnürte seine Schuhe zu, die an mehreren Stellen abgestoßen waren. Proper und der Erste bemerkten, daß die Nagelhäutchen des Kapitäns bluteten und seine Hände zitterten.

»Jawohl, Sir. Das wäre es in etwa. Wie Sie gesehen haben, können wir alle – Boeth möglicherweise ausgenommen – festnageln. Und wenn wir erst diesen Sanfte-Vernunft-Kerl in die Finger bekommen, liegt gegen ihn mehr an als vorschriftswidriges Ankleben von persönlichen Botschaften – dann kriegen wir ihn wegen Anstiftung zur Meuterei!«

Jones schüttelte bedauernd den Kopf. »Das wäre das absolut Letzte auf der Welt –« setzte er an, »das Allerletzte, was ich je erleben wollte. Erster, Sie wissen das. Bei einem Verfahren wegen Meuterei bleibt an allen Offizieren dieses Kommandos ein Makel haften, ganz gleich, wie loyal sie waren. Wo wir auch später hinkommen, werden alle flüstern ›Der war auf der *Ebersole*!‹ Aber, so schmerzlich es auch ist – ich muß meine Pflicht tun!« Ein Lächeln stahl sich auf das Gesicht des Kapitäns. »Natürlich wird es Genugtuung geben.« Dann schloß er die Augen und sah sich auf dem Achterdeck eines Kriegsschiffes stehen, sah die Meuterer mit gespreizten Beinen und Armen an die Wanten gefesselt, sah sich selbst einmal nicken, worauf Proper die neunschwänzige Katze schwang und mit lautem »Pfffitt« Leutnant Joyce über den nackten Rücken zog. Bei dieser Vorstellung wurde das Lächeln auf dem Gesicht des Kapitäns immer strahlender.

»Ja, Genugtuung«, bekräftigte Jones und öffnete die Augen.

Normalerweise wäre der Erste vorneweg gesegelt, nachdem er festgestellt hätte, in welche Richtung der Wind wehte. Diesmal aber sagte er zu Proper: »Entschuldigen Sie uns bitte!« Und deutete mit dem Kopf zum Eingangsschott. »Ich würde gern mit dem Captain ein paar Worte wechseln.«

Kaum war Proper verschwunden, sagte der Erste zu Jones: »Captain, ich glaube, Sie wissen, daß ich Ihren Sinn für Pflichterfüllung hundertprozentig teile. Aber die Frage hier scheint mir zu sein: ›Worin besteht die Pflicht?‹ Selbstverständlich können wir diese Männer anklagen und –«

»Ich verstehe nicht ganz, was Sie –«

»Captain, Sie und ich sind Profis. Für uns hat die Pflicht immer an erster Stelle gestanden – noch vor unseren Familien, unseren persönlichen Vorlieben oder Abneigungen, oder was Sie sonst noch aufzählen wollen – auch wenn die Erfüllung unserer Pflicht unsere Beförderungschancen gefährden könnte. Weder Sie noch ich würden uns aus persönlichen Motiven vor einer Pflichterfüllung drücken, das muß nicht erst erwähnt werden. Aber meiner Meinung nach gibt es noch eine andere Verpflichtung, eine größere Pflicht –«

Jones beugte sich vor. »Hören Sie auf, um den heißen Brei herumzureden, Erster.«

Der Erste Offizier holte tief Luft. »Captain, Sie wissen ebensogut wie ich, daß die Vereinigten Staaten durch einen Staatsvertrag verpflichtet sind, zweiundvierzig verschiedenen Nationen auf dieser Erde zu Hilfe zu kommen, wenn bei einer der Ballon aufsteigt. Ferner haben wir noch starke moralische Verpflichtungen gegenüber zwei weiteren Dutzend. Welches ist der Schlüssel, mit dem diese Verpflichtungen erfüllt werden können? Das will ich Ihnen sagen, Captain. Der Schlüssel ist die Seemacht. Um das Kind beim Namen zu nennen – wir können diese Meuterei nicht melden, weil wir damit das Vertrauen in die Marine der Vereinigten Staaten erschüttern, letztlich sogar das Vertrauen in die Vereinigten Staaten selbst. Mein Gott, wenn es allgemein bekannt wird, daß einer der Windhunde des Meeres seine Pflicht nicht erfüllt hat – ja mehr noch, im Angesicht des Feindes gemeutert hat – werden die Russkis fröhlich auf unseren Seewegen herumkreuzen, vielleicht die Schnauzen sogar in den Hafen von Norfolk stecken.« Nachdem er den Köder ausgelegt hatte, zupfte der Erste leicht an der Angelschnur. »Ich weiß, Captain, daß ich einen viel härteren Kurs vorschlage –«

»Ihr Vorschlag ist einfach unmöglich, Erster – Sie verlangen von mir, daß ich diese« – Jones suchte händeringend nach dem richtigen Wort – »diese« – Er konnte es nicht finden.

»Ich bitte Sie, abzuwägen, was wichtiger ist, Captain – das Schicksal von ein paar weichherzigen Feiglingen oder das Vertrauen in die Vereinigten Staaten von Amerika?«

Jones knabberte an einem Nagel. »Eins muß ich Ihnen lassen, Erster – Sie denken doch immer an alles«, sagte er. »Aber mir ist nicht klar, wie wir den Vorfall einfach ignorieren können. Was zum Teufel soll ich in meinen Gefechtsbericht an Admiral Haydens schreiben?«

Der Erste dachte kurz nach. »Ich nehme an«, sagte er schließlich, »Sie könnten das reinschreiben, was er hören will.«

Die Batterien des Kapitäns werden schwächer

Der Poet war auf das Schlimmste gefaßt, als er hörte, daß der Kapitän ihn sehen wollte.

»Und warum?« fragte er Tevepaugh, der ihm die Vorladung überbracht hatte.

»Null Ahnung«, antwortete Tevepaugh. »Er hat nur gesagt, daß Sie die Meldungsformulare mitbringen sollen.«

»Sie wollten mich sprechen, Captain?« sagte der Poet kurz darauf.

Der Kapitän saß mit dem Rücken zum Eingang und schrieb. Er trug einen dunkelblauen Bademantel, auf dem hinten »KO« für Kommandant und darunter »Schnell und Sicher« stand. »Eine Sekunde noch«, sagte er. In den folgenden Minuten hörte man in der Kapitänskajüte nur das Kratzen des Filzstifts – vor allem beim Unterstreichen ganzer Sätze. Schließlich drehte sich Jones um.

»Treten Sie näher – machen Sie das Schott hinter sich dicht. Wie ich sehe, haben Sie Ihren Meldungsblock dabei, ja? Gut, gut. Ich möchte, daß Sie das hier verschlüsseln und an Admiral Haydens senden. Wahrscheinlich bereitet meine Handschrift Ihnen Schwierigkeiten. Ich lese Ihnen den Text vor.« Jones überflog das Blatt, änderte ein Wort, sah es kurz an und setzte das Original wieder ein. Wieder kratzte der Filzstift.

»Also schön. Dann wollen wir mal. ›Vom Kommandanten der *Eugene Ebersole*. Gefechtsbericht. In Ausführung von Op-Befehl drei sieben charlie romeo, wurden abgefeuert sechsundachtzig Granaten VT-Schrapnell auf ---. Beschädigung von Brükkenpfeilern und Straße auf Brücke über --- Fluß. Vier Schützenpanzer, zwölf Lastwagen, ein Barackenlager und Treibstofflager zerstört. Verluste beim Feind auf zweihundertfünfundfünfzig geschätzt.‹ Jones schaute auf. »Haben Sie das, Mister Joyce?«

Mit ausdrucksloser Stimme las Joyce den Bericht herunter. Bei

»Verluste beim Feind auf zweihundertfünfundfünfzig geschätzt« stockte er. »Aber das ist ja genau die Besatzungsstärke der *Ebersole*!«

»Ach wirklich, Mister Joyce?«

»Das wissen Sie doch«, sagte der Poet. »Wollen Sie mir damit etwas mitteilen?«

»Ich könnte *Ihnen* nie etwas mitteilen«, sagte der Kapitän. »Wissen Sie, warum? Weil ich durch und durch Marineoffizier bin, und Sie durch und durch Zivilist sind! Da gibt es keine gemeinsame Sprache. Ich bin mit siebzehn zur See gegangen, Mister Joyce. Ich habe ein Weizenmeer gegen ein Meer aus Wasser eingetauscht. Sie würden nicht verstehen, wenn ich Ihnen sagen würde, daß ich es niemals bereut habe.«

»Mir ist schon klar, daß das Leben auf See gewisse Reize hat«, gab der Poet zu. »Die Sonnenaufgänge –«

Jones lachte laut. »Sonnenaufgänge! Ich habe die Sonne während meines Lebens so oft aufgehen sehen, Mister Joyce, daß es ein alltäglicher Vorgang für mich geworden ist –«

Plötzlich war der Poet sehr gerührt. »Es tut mir leid –«

»Es braucht Ihnen nicht leid zu tun, Mister Joyce. Unsere Marine braucht kein Mitleid von einem Zivilisten wie Ihnen. Ich teile Ihnen lediglich die Tatsachen des Marinelebens mit, das ist alles. Wenn ich die Wahl hätte, wäre es mir lieber, Sie würden das begreifen, anstatt überhaupt nichts zu kapieren. Aber in meinen Augen sind Sie ein ziemlich hoffnungsloser Fall.«

»Ich würde gern –« setzte der Poet an; aber Jones unterbrach ihn.

»Ich hatte meine Freunde mit siebzehn gefunden. Den Rest meines Lebens habe ich damit verbracht, sie zu verlieren. Die Marine hat meine Freundschaften zerstört, meine Familie – meine Frau hat sich vor zwölf Jahren von mir scheiden lassen, weil ich keine Kommandierung an Land bekommen konnte. Ich habe seit drei Jahren meine Söhne nicht gesehen.«

»Aber warum bleiben Sie dann dabei?«

»Weil« – Jones betrachtete seine Stacheldrahtsammlung an der Schottwand – »weil in meinen Augen nach dem Krieg nur noch mein Vaterland und meine Karriere übriggeblieben waren.«

»Das sind aber zwei verschiedene Dinge, Captain.«

»Das ist der Standpunkt eines überzeugten Zivilisten, Mister Joyce. Für mich waren mein Vaterland und meine Karriere immer ein und dasselbe. Wenn ich einem diene, diene ich auch dem anderen.«

Der Poet und der Kapitän schauten sich lange an, sie blickten sich direkt in die Augen. »Sie haben aber die Zahl zweihundertfünfundfünfzig verwendet«, sagte Joyce schließlich.

Der Kapitän schaute weg und sprach im Telegrammstil weiter, als müßte er jedes Wort einzeln bezahlen. »Keine Tränen über vergossene Milch.«

»Das stimmt nicht, Captain, – Sie können über vergossene Milch weinen«, entgegnete Joyce hitzig. »Sie *müssen* sogar über vergossene Milch weinen.«

Jones schüttelte den Kopf. »Niemals! Für mich ist schon ein Kloß in der Kehle reiner Luxus!«

»Mein Gott!« sagte der Poet erschüttert.

»Möglich!« sagte Jones, als würde das in die Unterhaltung passen. Dann nahm er die Taschenlampe vom Schreibtisch und spielte gedankenverloren damit. Er versuchte, die Gegenstände auf der anderen Seite der Kammer mit dem Lichtstrahl zu berühren. Aber das Tageslicht, das durch das Bullauge hereinströmte, löschte das Licht aus.

»Batterien werden schwächer«, meinte Jones noch und bekämpfte den kleinen Kloß, der ihm in der Kehle aufstieg.

Der Poet hört eine Entschuldigung

»Heißt das, du hast es abgeschickt!«

»Aber sicher habe ich es abgeschickt – entweder das oder wir hätten alle vor dem Kriegsgericht gestanden.«

»Ich aber nicht. Scheiße, ich weiß nur, daß ich mich umgedreht und gesehen habe, wie jemand dich zusammenschlug. Da habe ich mich auf ihn gestürzt. Das ist zufällig die Wahrheit. Sie können mich nicht dafür bestrafen, daß ich einen Offizier verteidigt habe.«

»Jetzt bist du aber der Unschuldige«, sagte der Poet. »Du träumst wohl, wenn du glaubst, daß das vor Gericht standhält. Mein Gott, wenn die mit dir fertig sind, wird es so aussehen, als hättest du die ganze Sache angezettelt.« Joyce sprach zu einem imaginären Kriegsgericht. »Mit Ihrer Erlaubnis, Herr Vorsitzender, legt die Staatsanwaltschaft als Beweis einen Zeitungsausschnitt vor, der als ›Beweisstück A‹ gekennzeichnet ist. Darauf sehen Sie den Angeklagten« – der Poet zeigte anklagend auf Boeth – »wie er von einer Anti-Kriegsdemonstration weggeschleppt wird, nachdem er einen Polizisten in die Eier getreten hat.«

»Es war die Leiste.«

»Nun denn – in die Leiste. Einen Polizisten in die Leiste getreten hat.«

Boeth saß mit dem Rücken an einen Computer gelehnt auf dem Boden. Jetzt lachte er nervös. »Tatsache ist jedenfalls, daß ich auch nicht den leisesten Schimmer hatte, was da los war. Woher sollte ich auch wissen, daß du so 'n Kraftakt aufführst?« Boeth zuckte mit seinen breiten Schultern. »Vielleicht hast du recht. Auf die Tour sind wir aus dem Schneider und er auch. Wenn sie wegen der Meuterei nachforschen würden, käme doch auch raus, daß wir die Dschunke versenkt und ein Flugzeug halbiert haben, und daß er gedacht hat, wir hätten von der Küste einen Treffer kassiert, als das Plexiglas auf der Brücke kaputtgegangen ist.«

Boeth schaute Joyce fragend an. »Ganz ehrlich, Poet, ich hätte nie gedacht, daß du so was abziehen könntest.«

Joyce lächelte verlegen. »Falls es dich tröstet – ich auch nicht.«

Über den Bordlautsprecher kam die Bootsmannspfeife und rief zum Mittagessen.

Boeth nickte und zuckte noch mal mit den Schultern. Auch Joyce zuckte mit den Achseln. Beide lächelten sich an.

Boeth fragte: »Massiert er immer noch seine Phallus-Taschenlampe?«

»Er spielt damit«, antwortete der Poet. »Aber er ist viel komplizierter gebaut, als wir gedacht hatten.«

»Und Sanfte Vernunft?« fragte Boeth. »Was hältst du jetzt von ihm, nachdem er eine Meuterei geschafft hat?«

»Wie ich die Sache sehe«, meinte der Poet, »hat Sanfte Vernunft damit nicht viel zu tun gehabt.«

Der Erste macht eine Entdeckung

Der Erste Offizier ging an der Schlange vorbei, die im Innengang zum Essenfassen stand. Die weißen Matrosen, die ihm im Weg standen, schob er mit dem Handrücken beiseite. Zu den schwarzen Matrosen sagte er »Entschuldigung«, ehe er sie wegschob. Sie machten ihm in solchem Schneckentempo Platz, daß es schon an Unverschämtheit grenzte, – jedenfalls kam es ihm so vor.

Während er sich achteraus vorschob, schnappte er Gesprächsfetzen auf.

»...mit dieser Liliputanerin war das, wie ficken von...

»...kassiert pro Tag achtzig Doller plus Trinkgeld und freie Unterkunft und Verpflegung. Scheiße, Mann, ich kenn' einen Typ, der wär so voll...«

»...der Bulle wird krank, kapiert, und fragt mich, ob ich für ihn abkassiere, kapiert? Ich kassiere also fünfzig Cent hier und 'n Dollar da, kapiert? Wie nu der Bulle abkratzt, sag' ich keinem Schwein, daß er vom Schlitten gefallen is. Ich kassiere fröhlich weiter und...«

Der Erste war schon beinahe im Mittelgang, als er merkte, daß die Atmosphäre sich verändert hatte. Vor dem Krankenrevier drängelten sich die Männer, reckten die Hälse, gestikulierten und diskutierten. Es schien, als würden alle auf einmal reden.

»Für wen hält dieses Arschloch sich eigentlich? Hängt so 'n Ding auf, wenn wir mampfen wollen.«

»Laß mal sehen! Laß mal sehen!«

»Vergiß den Arsch und komm essen!«

»Nerven hat er! Das muß man ihm lassen!«

»Der ist doch nich dicht!«

»Lies mal vor!«

Ein Matrose drehte sich wütend um, als er die Hand des Ersten im Rücken fühlte. »Blöde Sau, paß doch –« Als er sah, wer es war, entschuldigte er sich. »Verzeihung, Sir.«

»Was ist hier los?« wollte der Erste wissen. Sofort trat mürrisches Schweigen ein. Schließlich zeigte Angry Pettis Foreman, einen Zahnstocher zwischen den Lippen, auf die Plastiktafel mit der Anleitung zur Mund-zu-Mund-Beatmung, die an die Tür geschraubt war.

»Was zum –« rief der Erste und riß das Blatt, das auf der Tafel klebte, wie ein Pflaster ab – mit einer schnellen Bewegung, damit es möglichst wenig weh tat.

»Das habe ich auf der Tafel mit der Mund-zu-Mund-Beatmung im Mittelgang gefunden«, teilte er gleich darauf dem Kapitän mit. »Ich glaube, ich hab's erwischt, ehe es zu viele lesen konnten.«

Jones saß mit hängenden Schultern vor seinem Schreibtisch und stocherte in seinem Essen herum. Der Erste hielt ihm das Flugblatt hin. Als der Kapitän keine Anstalten machte, es zu nehmen, fragte er: »Soll ich es Ihnen vorlesen?«

Jones nickte grimmig.

Der Erste hustete nervös. »Es fängt wieder mit diesem verdammten ›Waffenbrüder‹ an«, sagte er und erwartete, daß der Kapitän darauf reagierte. Als nichts kam, meinte der Erste: »Das ist doch so 'n typisches Bolschewiken-Gesabbere.« Immer noch keine Reaktion vom Kapitän.

Ohne zwischen den Sätzen aufzuschauen, las der Erste Offizier das Flugblatt vor:

> Heute haben wir gezeigt, was Männer mit einem Gewissen erreichen können, wenn sie auf die Vernunft hören. Die Offiziere und Mannschaften der *Eugene Ebersole* haben sich geweigert, dem Rassistenschwein von Kapitän zu gehorchen, als er ihnen den Befehl gab, auf den Abzug zu drücken. Heute morgen war der aussagekräftigste

Klang der ganzen Welt zu hören – das Schweigen der Männer, die sich weigerten, zu töten. Dieses Schweigen wird auch die Generäle und Admiräle des Pentagon übertönen.
Die Stimme der Sanften Vernunft

Der Kapitän blieb noch lange stumm. Endlich sagte er mit matter Stimme: »Entweder er –« Er griff sich an die Wange, um das Zittern abzustellen. »Entweder er oder ich! Verstehen Sie, Erster? Er oder ich. Die Marine ist nicht groß genug für uns beide.«

»Sie meinten, daß Proper noch einen Trumpf im Ärmel habe, Captain – etwas über die Stellen, an denen er noch nicht gesucht hat. Soll ich ihn herholen?«

»Nein«, sagte Jones. »Geben Sie ihm nur Quinns Schlüssel. Er weiß wozu. Will ihn nicht sehen, bis er diesen –« Wieder zermarterte Jones sich das Gehirn, um die passende Bezeichnung zu finden, die seine abgrundtiefe Verachtung für Sanfte Vernunft ausdrückte. »Diesen –« Wieder gelang es ihm nicht.

»Wegen dieses Pamphlets hier?« Der Erste hielt das Blatt hoch. »Was soll ich damit machen?«

Aber Jones hatte sich umgedreht und stocherte weiter in dem kalten Essen auf seinem Blechteller herum.

Jones erblickt wieder einen ganz alltäglichen Vorgang

»Der Kommandant ist jetzt auf der Brücke«, krächzte Ohm in den Bordlautsprecher; aber seine Worte schienen im Wind, der am Schiff vorbeistrich, zu verwehen.

Kapitän Jones schlurfte auf die offene Brücke. Er kniff die Augen zusammen, weil das grelle, stechende Sonnenlicht seinen Augen wehtat. Normalerweise trug er eine Sonnenbrille hier oben; aber heute hatte er sie vergessen. Unter seinen Augen waren große weiße Kreise, wo die Sonne die Haut nicht gebräunt hatte. Er hatte seine Schuhe mit grünen Filzpantoffeln vertauscht, wodurch er sehr viel an Körpergröße verloren hatte. Seine Khakihosen waren an den unmöglichsten Stellen verknautscht, die Knie ausgebeult. Er trug einen vorschriftswidrigen grauen Pullover mit braunen Lederflecken an den Ellenbogen, den seine ältere Schwester, die in Wichita lebte, ihm gestrickt hatte. Er schien Schwierigkeiten zu haben, die Augen auf ein bestimmtes Ziel zu richten. Seine Züge wirkten immer noch so verschwommen wie schmelzendes Wachs. Als er sich über den Steuerbordpelorus beugte, um durch die teleskopische Alhidade den Flugzeugträger anzupeilen, der in den Wind ging, sah er aus wie ein alter Mann, der mit einem Schlüssel etwas hilflos im Schloß herumfummelte.

»Darf ich Ihnen gratulieren, Captain!« rief de Bovenkamp und salutierte stramm mit einer Hand; mit der anderen hielt er seine Mütze fest. Er hatte schon eine Stunde gewartet, ehe der Kapitän auf der Brücke erschien. »Das ist wirklich ein Glückstag für Sie.«

Mit wehenden Haaren zischte Jones de Bovenkamp an. »Müssen Sie ewig auf diesem verdammten Kaugummi herumkauen?« Ohne auf Antwort zu warten, brüllte er: »Wir sind vier Grad vom Kurs. Sollen querab an Backbord vom Träger sein für Lufteinsatz. Wer ist Deckoffizier?«

Über die neunhundert Meter Ozean, die den riesigen Träger von der *Ebersole* trennten, hörte man schwach das Zisch-bumm der Dampfkatapulte. Vier F-4-Phantoms sprangen in den Himmel, um einen Angriff auf das Festland zu fliegen.

»Das bin ich, Captain«, rief Lustig.

»Sie sind vier Grad vom Kurs, Mister Lustig.«

»Aye, aye, Captain«, sagte Lustig und verschwand im Ruderhaus, um den Kurs zu korrigieren.

Zisch-bumm, zisch-bumm, zisch-bumm, zisch-bumm – vier weitere Phantoms stiegen auf, bildeten ihre Formation und zogen mit einer Schleife durch das Gewölk auf das Festland zu.

Eine überaus ruhige, melodische Stimme kam durch die taktische Primärleitung vom Flugzeugträger herüber. »Fänger, hier ist Volière, sofortige Kursänderung, neun Strich, ich wiederhole, sofortige Kursänderung, neun Strich. Klarmachen zur Ausführung! *Over*!«

Lustig ging ans Funktelefon und sagte: »Hier Fänger, *Roger, out*!« Dann rief er dem Rudergänger Carr zu: »Links, Standardruder!«

Der Wind riß Lustig die Worte von den Lippen; deshalb wandte sich Carr an de Bovenkamp, der neben dem Radar vor sich hinbrütete. »Mister Lustig hat links gesagt, oder?«

De Bovenkamp nickte geistesabwesend. Carr legte das Ruder um und brachte die *Ebersole* neunzig Grad nach links. Durch dieses Manöver lief der Zerstörer jetzt neunhundert Meter vor dem Flugzeugträger. »Warum hat der Träger den Kurs geändert?« fragte der Kapitän.

»Die Foxtrott-Flagge ist noch gedippt, Captain«, erklärte Lustig. »Sie muß noch einen Pulk Phantoms aufnehmen. Die sind aber erst in ein paar Minuten fällig. Dann dreht sie wieder in den Wind.«

Jones lehnte sich in seinem Stuhl auf der Steuerbordnock zurück und winkte den Ersten heran, der soeben auf die Brücke gekommen war. »Kommen Sie, Erster, und klären Sie mich über Filmores Pläne auf, ja?«

»Nun, es sieht so aus, als sei Ihr ›Silver Star‹ durchgekommen, Captain – für den wir Sie vorgeschlagen hatten, nachdem wir neulich das Patrouillenboot versenkten. Filmore läßt Sie vom Kongreßabgeordneten Partain persönlich mitten auf dem Flugdeck des Trägers auszeichnen. Ich nehme an, daß die Zeremonie einige gute Meter Film bringen wird, sozusagen als krönenden Abschluß des Besuchs des Abgeordneten. Sie wollen, daß wir längsseits gehen und Sie per Highline rüberbringen, sobald die nächsten Phantoms gelandet sind.«

»Gottverdammt, so was nenn' ich gute Nachrichten.« Jones' Gesicht wurde heller. Seine Gesichtsfarbe war etwas zurückgekehrt, so daß die Züge nicht mehr so verschwommen wirkten. Mit steigender Begeisterung stürzte er sich in die Planung.

»Mal sehen, ich muß aus diesem Pullover raus und sollte wohl eine Krawattte umbinden, ja? Würden Sie True Love mit meinen

Ordensbändern und Schuhen heraufschicken, Erster? Ach ja, und mit meiner blauen Baseball-Mütze mit dem ›Schnell-und-Sicher‹-Emblem.« Jones drehte sich in seinem Sessel und schaute zurück zum Flugzeugträger, der wie der Felsen von Gibraltar in der Dünung vor Yankee Station aufragte. »Wahrscheinlich gehen sie nach Beendigung der Flug-Operationen wieder auf diesen Kurs. Damit wären wir direkt vor dem Träger. Hmmmmm. Ich schätze, am besten wär's, wenn wir einen vollen Kreis rechtsrum schlagen und für die Highline-Aktion auf die Steuerbordseite kommen. Was meinen Sie, Erster?« Jones musterte mit zusammengekniffenen Augen die See und versuchte, die Wirkung von Wind und Wogen auf die Anfahrt zum Träger abzuschätzen.

»Der Rechtskreis klingt hervorragend. Das müßte klappen, Käpt'n«, sagte der Erste. Beide Männer hatten jetzt gute Laune. »Ich schicke Ihnen True Love in Null Komma nichts herauf.«

Der Kapitän hatte bereits Pflaster über seine blutenden Nagelhäutchen geklebt und schnürte gerade seine Schuhe, als die melodische Stimme sich wieder meldete. »Fänger, hier ist Volière. Sofortige Kursänderung, neun Strich, ich wiederhole, sofortige Kursänderung, neun Strich. Klarmachen zur Ausführung, *Over*.«

Lustig bestätigte das Kommando und brachte die *Ebersole* wieder in den Wind, wieder querab Backbord vom Flugzeugträger. »Foxtrott zwo ist blockiert«, gab Lustig als Erklärung.

Ein Pulk von sechzehn Phantomjägern scherte aus einem Verband aus, flog dann einen Kurs wie auf einer Rennbahn, der sie tief über die *Ebersole* führte und am anderen Ende der Rennbahn von hinten zum Flugzeugträger brachte, wo sie sich nacheinander wie Enten auf dem Flugdeck niederließen. Beim siebten Jäger war das Fahrwerk weggeschossen. Mit einer Bauchlandung rutschte er über das Deck und kam ganz knapp vor dem Ende des Decks zum Stehen. Sofort umschwirrten mehrere Dutzend Männer in leuchtend bunten Jacken das verwundete Flugzeug. Durch das Fernglas konnte Jones sehen, wie man den Piloten aus dem Cockpit zerrte und ihn auf einer Bahre wegschaffte. Ein gelber Traktor zog die Phantom aus dem Weg, so daß die restlichen

Jäger, die inzwischen auf dem Rennbahnkurs weitergekreist waren, landen konnten.

»Foxtrott-Flagge ist nieder, Captain«, rief Lustig. »Sie sind mit den Flug-Operationen fertig. Aha – da kommt's! Da ist die Romeo-Flagge – sie ist klar, uns längsseits zu empfangen.«

»Na schön, Mister Lustig«, rief Jones, der neben dem Ruderhaus stand. »Ich übernehme jetzt selbst das Kommando.«

»Der Kapitän übernimmt das Kommando«, brüllte Lustig Carr am Ruder zu.

»Aye, aye! Der Kapitän hat das Kommando«, wiederholte Carr.

Die taktische Primärleitung meldete sich wieder. »Fänger, hier ist Volière. Sofortige Kursänderung, neun Strich. Ich wiederhole, sofortige Kursänderung, neun Strich. Klarmachen zur Ausführung. *Over.*« Lustig bestätigte den Befehl.

Haben Sie das mitbekommen, Captain?« rief er.

Jones nickte. Dann drehte er sich zum Ruderhaus und brüllte in den Wind: »Links, Standardruder!«

Im Ruderhaus sah Carr zu de Bovenkamp, der immer noch niedergeschlagen herumging. »Der Captain hat links gesagt, nicht wahr, Mister de Bovenkamp?«

»Ganz recht«, sagte de Bovenkamp, nickte und wickelte einen frischen Kaugummi aus.

Carr zögerte kurz, zuckte dann mit den Achseln und riß das Ruder nach rechts.

Gerade hatte die *Ebersole* angefangen, auf die Kursänderung anzusprechen, als Proper den Niedergang zum Ruderhaus heraufgestürzt kam. Er preßte eine Schreibmaschine an die Brust und rannte auf die offene Brücke. Um den Hals hatte er eine Schnur mit einem Ring voll Schlüsseln hängen, die bei jedem Schritt klingelten. »Ich habe sie gefunden«, kreischte er und drückte dem Kapitän die Schreibmaschine in die Hände. »Ich hab sie gefunden. Ich hab Ihnen doch gesagt, daß ich das Scheißding finden würde. *Und ich weiß, wer Sanfte Vernunft ist*!«

Alle Augen richteten sich auf Proper.

»Sie wissen, wer Sanfte Vernunft ist?«

Proper nickte aufgeregt. Der Kapitän schaute Proper stumm an. Er konnte es noch nicht fassen, daß er so viel Glück hatte, daß die ganze Sanfte-Vernunft-Geschichte ausgestanden war. Dann schaute er auf die Schreibmaschine, dann wieder zu Proper, dann zu de Bovenkamp, der sich gerade einen Kaugummi in den Mund schob, dann zum Ersten Offizier. Aber der Erste schaute mit abgrundtiefem Entsetzen am Kapitän vorbei aufs Meer hinaus. Dann schaute auch Proper in dieselbe Richtung wie der Erste, den gleichen Ausdruck in *seinen* Augen. Der Kapitän folgte ihren Blicken und sah, wie der Flugzeugträger direkt auf die *Ebersole* zusteuerte. Irgendwo hinter ihm stöhnte jemand vor Angst. Kapitän J. P. Horatio Jones drückte die Schreibmaschine gegen seine Ordensbänder und nickte, als würde das, was er sah, lediglich bestätigen, was er schon wußte. Er legte den Kopf etwas schief, seine Wange zuckte. So sah er zu, wie der Flugzeugträger immer näher kam. Er betrachtete das Schauspiel, so wie er unzählige Male zugesehen hatte, wie die Sonne über dem Horizont aufging.

Richardson wird für seine Mühe belohnt

Zwei Decks unter der Brücke hatte Richardson gerade die letzten Scheine gezählt. Er verglich seine Summe mit dem Hauptbuch, stellte fest, daß er zehn Dollar zuviel hatte, lächelte und steckte den überzähligen Schein ein.

Tevepaugh tritt als Ein-Mann-Orchester auf

Mit dem Blick nach achtern saß Tevepaugh in seinem Klappstuhl und fühlte, wie die *Ebersole* krängte. Er nahm an, daß sie jetzt für das Highline-Manöver längsseits gingen. Liebevoll hielt er seine rote Elektrogitarre in den Armen, beugte sich nach unten, um den Verstärker anzuschließen, und probierte ein paar Akkorde. Es gab eine scheußliche Rückkopplung – ein unerträglicher Angstschrei des Schiffs! Dann pflügte der 70 000 Tonnen Flugzeugträger, vier Häuserblocks lang, in den 2200 Tonnen Zerstörer, kletterte auf und über das kleinere Schiff, donnerte herab und zerschmetterte es auf dem Amboß des Meeres.

Kommandant Filmore verfaßt den Epilog

Bei Sonnenuntergang schickte Kommandant Whitman Filmore seinen Lakai Haverhill mit dem Hubschrauber zur Küste. Haverhill hatte eine Aktentasche dabei, in der sich die Filmaufnahmen vom Besuch des Kongreßabgeordneten Partain auf Yankee Station und eine Pressemitteilung über die tragische Kollision zwischen einem der Windhunde und einem Flugzeugträger auf hoher See befanden. Der Zerstörer, der innerhalb von Minuten nach der Kollision gesunken war, hatte unerklärlicherweise die falsche Richtung eingeschlagen und war dem heranbrausenden Flugzeugträger direkt in den Weg gelaufen. Einhundertdreiundfünfzig Mann der Zerstörerbesatzung überlebten den Untergang. Unter den einhundertundzwei Vermißten oder Toten waren Kapitän J. P. Horatio Jones, der Erste Offizier, Kaplan Rodgers, Richardson, Lustig, Moore, de Bovenkamp, Boeth, McTigue, Tevepaugh der Gitarrist, Ohm, Carr, Doc Shapley, der Koch Saler, Proper, Czerniakovski-Drpzdzynski, de Frank, Duffy, Angry Pettis Foreman, Jefferson Waterman, Keys Quinn, der Poet, der Psycho, True Love und Sanfte Vernunft.

Ende.